KB068560

다시는
치즈를
못 먹어도 돼!

다시는
치즈를
못 먹어도 돼!

김학필 치유소설

Though I can't chew cheese any more…

바른북스

목차

* 해당 소설은 허구임을 밝힙니다.

On the Record

어… 뭡니까? 언제 또 이렇게… 제 앞에… 와 계셨을까요? 이건 약간… 게릴라 콘서트… 같은 느낌인가요? 아 저는 콘서트를 하는 사람은 아니다 보니까… 음… '게릴라 토크쇼'! 예, 그런 느낌이겠다고 이해하면… 되겠나요? 하여튼… 반갑습니다. 사실 오늘도 토크쇼를 하게 될 줄은 몰랐어서… 준비를… 안 해뒀었는데… 큰일이네요. 제 꼴이 좀 많이 추레하긴 하지만, 그래도 뭐… 괜찮습니다. 비록 상태가 이렇긴 하지만… 저… 토크쇼 한 편 정도'는'… 나름 가뿐히 진행할 수 있는 사람이기는… 하거든요. 그만큼 뭐… 토크쇼를… 좋아하기도 하고, 또 많이 해봤기도 했으니까! 사실… 별 상관없기는 합니다. 다만… 다만 예, 물 한 컵만 좀 준비해… 주시겠습

다시는 치즈를 못 먹어도 돼!

니까? 아무리 그래도 그거는 좀 마셔야… 일이… 될 것 같은데….

아… 좋습니다. 시원…하네요. 준비완료…입니다. 예, 그럼… 바로 시작해 볼까요?

우선 뭐… 이러나저러나… 이런… 일종의 서론 비슷한 것은 좀… 뺄고… 시작해야겠죠?

그… 안녕하세요, 김학필입니다. 아니아니… 김학필이라고… 합니다. 저는 올해로… 27살! 직업은… 음… 환자입니다. 환자? 음… 맞나요? 잠시 동안의, 또 일시적인 요양에 시간을 태워내고 있는 사람을… 뭐라고… 지칭하면 될까요? 그냥 환자라고 하면… 되는… 걸까요? 아니면… 피요양인? 뭐가 제일 나을지는 모르겠습니다만, 하여튼 간에 저는… 요양 중인 사람입니다. 보다 자세한 표현으로는, 일생일대의 사건으로 인해… 재기불능의 충격을 받아서… 잠시… 예, 아주 잠시 동안… 요양을 진행하고 있는 환자…입니다.

아니 더 나은 표현으로는, 사실… 그 사건으로 인해… 요양으로도 씻어낼 수 없을 만큼 큰 충격을! 예, '재기불능'의 충격을 받았다지만, 뭐… 이런저런 이유들 '덕분에', 잠시 동안의 요양'만'을 이행하고 나면, 다시… 재기란 걸 할 수 있을 것 같아서… 일단'은' 요양'만'을 택한… 환자…입니다.

뭐… 제가 그 요양을… 일시적인 요양이라고 표현할 수 있었던 이유가… 있다면! 또 제가… 훗날… 다시 재기인가 뭔가를 이행해낼 수 있을 것이라 확신할 수 있는 이유가… 있다면!

음… 간단하겠습니다만, 저는… 결국… 다… 찾아냈기 때문입니다. 또 이러나저러나 지난 제 과오를… 씻어냈기 때문이기도… 합니다. 제 삶이 망가져 버린… 원인을! 예, 그러니까 앞서 언급드렸던… 그 일생일대의 사건이… 어떤 것이었는지를… 찾아내 버렸기 때문에! 또 뭐… 그로부터 약간의 시간이 흐른 뒤… 제가 저질렀던 과오마저도… 다… 씻어내기는 했었으니! 그렇게… 말씀드릴 수… 있는 겁니다. 운이 좋았던 것이었을 수도? 아니 어쩌면, 제가 그만큼… 많은 노력을 쏟아냈던 것이었을 수도… 있겠지만! 어쨌든 간에… 그를… '기어이' 찾아내 버렸고, 또 과오 역시도… 씻어냈으니까… 방금 같은….

음… 어차피 뭐… 저에 대한 이야기는… 나중에 더 드릴 것이긴… 하니까! 보다 정확히는, 이 토크쇼가 끝날 때까지… 제 이야기만을 드릴 것이긴… 하니까! 제 소개는 여기까지만….

그… 있잖습니까? 제가… 토크쇼를 진행할 때면, 꼭 한번… '먼저' 드려보고 시작하는 이야기가… 하나 있습니다. 보다 정확히는, 던져보는 질문이 하나… 있습니다. 뭐… 한번… 드려봐도… 되겠습니까?

좋습니다, 그럼….

오늘의 당신은… 누구입니까?

그렇습니다. 방금 그것이 질문…이었습니다. 오늘의 당신은… 누구입니까? 바꿔 말하면, 오늘의 저는… 누구…일까요?

저는 개인적으로… 그렇게… 생각합니다. 오늘의 저는… 어제의 저의… 연장선! 그제의 저의 연장선이었던 어제의 저의… 연장선!

다시는 치즈를 못 먹어도 돼!

딱 그런 존재라… 생각합니다. 조금 더 강하게 얘기해 보자면, '인간'이자 '생명체'이기보다는, 그저… 지난 일생 동안의 기억의 퇴적물인 동시에… 지난 사건들이 낳은… 부산물! 예, 그것이 오늘의 저이자… 여러분…이라고… 생각합니다. 저 혼자만의 생각일 수도 있겠지만, 어쨌든 제 생각은… 그렇습니다.

아… 물론… 오해하지 마세요. 제가… 어디 한번… 오늘의 귀하를 '이렇게' 만들어 낸 사건을 찾아들 보시라고… 저런 질문을 건넸던 것은 아녔습니다. 그런 건 절대 아니었고….

그냥… 저런 자문자답을 이행해 낸 이유는… 그냥 그로써… 토크쇼의 주제를 넌지시 던져보기 위함이었을 뿐이었더랬죠. 예, 다른 건 몰라도… 여러분들이… 각자의 기억 속으로의 여정을 떠나시기를 유도하고서 뱉어냈던 것은… 절대… 아녔었다는 겁니다. 음… 그러니까… 다… 다시 나와주세요. 그 여정이자 사색에서…얼른 빠져나오고! 다시 저와… 눈을 맞춰들 주시라고요. 당장… 그만둬요. 그건 너무… 무의미한 행위입니다. 헛수고라고요. 아니 정확히는, 헛수고일 수… 있다고요.

아… 이 이야기는 나중에 드리려고… 했는데….

그게… 무의미한 행위, 또 헛수고일 수 있는 이유는… 아무래도….

사실… 있잖습니까? '그것'들이! 보다 자세히는, 지금의 여러분들을 만들어 냈을 일련의 사건들이자… 그 사건들에 대한 기억들이! 꼭… 여러분의 기억에 남아 있지는 않을 수도… 있거든요. 여러분들 역시… 지난날의 저처럼! 그를 모두 잊어버린 상황들이실 수도… 있거든요. 보다 정확히는, 그네들이… 여러분들이… 파헤쳐 볼 수 있을… 여러분들의 '의식' 속에 남아 있지는 않을 수도… 있긴… 하거든요. 예, 그네들은… 어쩌면… 여러분들의 '무의식' 속에… 터를 잡아뒀을 수도… 있다는 거죠. 예, 여러분의 무의식 깊은 곳에 가부좌를 틀고 앉은 채로… 내일의 여러분을! 또 내후년의 여러분을 만들어 내는 암약을 자행하고 있을 수도 있다는… 거죠. 여러분들만이… 모를 뿐! 인지하지 못할… 뿐….

또 지난날의 저 역시… 몰랐을… 뿐….

음… 어쨌든요. 그런 상황이라면… 찾을 수 없는 겁니다. 아니 정확히는, 찾고 말고를… 할 것도 없이… 그냥… 그딴 것들은 '애초부터' 없었고, 그딴 일들은… '애초부터' 일어난 적이 없었다고 생각하며… 평생을 살게… 되는 겁니다. 그럴 수밖에 없지… 않겠습니까? 존재 자체를 확신할 수가 없는데… 어떻게… 그를 찾아내 볼 수가 있겠나요, 안 그래요? 아니 그를 찾아보려는 생각조차… 해볼 수… 있겠나요? 그건… 불가능한 이야기잖습니까, 안 그래요?

그런… 겁니다. 만일 제가 지금… 여러분들께… 아무리 생각해 봐도 겪었었던 적이 없었었을 만한… 일을! 보다 정확히는, 겪었었던 적이 없었다고 생각되는 일을… '사실은' 지난날의 여러분들이 앓으셨었다는… 말씀을… 드려본다면! 예, 그렇게 주장해 본다면! 여러분들은… 제 주장을… 이견 없이 받아들일 수 있으시겠습니까? 제 말을… 믿으실 수 있으시겠습니까? 코웃음? 아니 헛웃음이

다시는 치즈를 못 먹어도 돼!

나 뱉어내지 않으면 다행이지… 않겠습니까?

맞습니다. 딱… 그런 느낌인 겁니다. 기억 속에 없다고… 해서! 그것이… 없는 일이 되는 것은 아니라지만! 또 절대다수의 사람들이… 기억은 '망각'되는 존재라는 것을 알고 있고, 또 그에 긍정하기야 한다지만!

그 자명한 사실이! 또 어쩌면, 한낱 이론이… 언제나… 통용되는 것이지만은… 않아요. '아무리 생각해 봐도' 없었다고 생각되는 기억이자 사건이… 사실은… 일전에 '실제로' 자신에게 있었던 사건이었을 수도… 있다는 거예요. 물론 그럴 가능성이 있다는 생각을 꽃피워 내는 것 자체가… 사실은… 불가능한 일이긴 하겠지만, 앞서 언급드렸…듯… 그렇다고 해서… 그런 경우가 아예 존재하지 않았었던 것은 아니었을 수도… 있다는… 이야기입니다.

아… 좋습니다. 이런 식의 비유라면… 좀… 괜찮을지도요?

혹시 여기서… 전날 점심에… 무엇을 드셨었는지를 기억하고 계신 분… 계십니까? 좋습니다, 그럼… 지지난 주 목요일 저녁에… 무엇을 드셨었는지를… 기억하고 계신 분은… 혹시… 계십니까? 아… 좋습니다. 그럼… 지난해 1월 10일 저녁에… 어떤 걸 드셨었는지를 기억하고 계신 분은… 계십…니까? 아니 그런 분은… 계실 리가… 있겠습니까? 어렵겠죠, 안 그렇겠습니까?

하지만… 말이죠? 또 여러분들이야 그러신다고들… 해도… 말이죠? 여러분들의 몸은… 그를 다… 기억하고 있을 겁니다. 보다 정확한 표현으로는, 여러분들의 몸은… 각자의 방식으로 그것들을 '반영'해 뒀을… 겁니다. 여러분이 그를 기억하고, 못 하고 따위와는…
완전 무관하게, 또 별개로… 말이죠. 예, 기억에는 남아 있지 않더라
도… 그 반영된 결과를 통해… 그 식단이… 여러분들의 몸에….

예, 그 당시의 식단이… 나트륨 과다 식단이었더라면, 귀하의 몸
에는… 나트륨이 잔뜩 쌓여버렸을 것이고! 비타민, 또 미네랄 과
다 식단이었더라면, 귀하의 몸에는… 뭐… 비타민과 미네랄이… 잔
뜩… 쌓여버렸지 않았겠습니까? 뭐… 음… 그런 식으로 '반영'되었
을 것이라는… 이야기죠. 여러분의 몸이… 반영'해 둔' 것이든! 그네
들이… 여러분의 몸에 반영'된' 것이든 간에….

아… 갑자기… 과학 시간이 된 것… 같나요? 음… 그렇게 느끼
시면… 안 될 건데? 그렇게 느끼시면… 제 토크쇼가… 재미없어질
텐데…요….

뭐… 좋습니다. 그럼 아예… 판을 다시 짜보죠. 묘사의 방향 자
체를… 재설정해… 보겠습니다.

'판'이라는 표현을 썼으니만큼… '도박'! 예, 도박으로 한번 가보
겠습니다. 이해를 돕기 위해… 잠시… 도박으로 패가망신한 승부사
한 분을 모셔와 보겠습니다. 아 물론… 실제로 모셔오겠다는 건 아
니고….

그… 하나만 여쭤보겠습니다. 도박으로… 전 재산을 탕진하려면,
어떤 노력이 '동반'되어야… 할까요? 어떤 것들이 선행되어야… 할
까요?

아니 그냥… 다른 표현들 다 필요 없이… 어떤 사람'만'이… 전

다시는 치즈를 못 먹어도 돼!

재산을 탕진한 도박중독자로의 변태(變態)를… 이뤄낼 수 있을까요?

하나씩… 따져봅시다. 우선은 꽤… 개방적인 사람이어야 합니다, 그렇죠? 승패를 떠나… 이행하기만 한다면, 갖은 질타를 받게 될 '도박'이라는 행위를… 기꺼이 이행해 낼 수 있을 만큼! 또 음… 그런 비위행위를 통해 벌어들인 수익을… 눈 하나 깜짝하지 않고서 써재껴 낼 수 있을 만큼… 개방적인 사람이어야… 합니다, 그렇죠? 더해… 또… 음… 자신의 눈에 보이는 현재의 돈을… 눈에 보이기는커녕 상상도 잘 되지 않는 불분명한 미래의 수익을 위해… 기꺼이 내걸 수 있을 만큼… 공상가적인 면모도 지녀둔 사람이어야 하기도… 하겠고요, 그렇죠? 승패와 상관없이… 말이죠. 또 그 돈을… 현실의 돈이 아닌… 일종의… 음… 사이버머니? 혹은 다 필요 없이 그냥 한낱 '숫자'로 취급해 낼 수 있을 만큼 대담하기도 해야 할 뿐에! 여차하면 단판 승부에 전 재산을 내걸 수 있을 만큼 과감하거나! 음… 연속된 패배로 잔고가 야금야금 줄어드는 상황에서도… 그에… 개의치 않고서, 다음 판을 또 이어갈 수 있을 만큼… 나름대로 강직한 면모도 지녀둔 사람…이어야겠죠. 아 물론… 굳이 따지고 보면, 꼭… 그에 개의치 않아 해야 할 필요까지는… 없기는 하죠. 손을 벌벌 떨고, 입술을 있는 대로 잡아 뜯어가며… 다음 판을 이행해도… 큰… 상관은… 없기는 하죠. 이러나저러나… 돈을 거는 데에, 또 다음 판을 시작하는 데에… 내면의 과감함을 발휘해 줄 수만 있다면… 안 될 건… 없긴 하죠.

뭐… 그런 겁니다. 말하자면… 앞서 언급해 뒀던 성격들이… '먼저' 형성되어 줘야만… 한다는 겁니다. 보다 정확한 표현으로는, 모종의 경위들을 통해… 저런 성격들을 형성시켜 둔 사람'만'이… 전 재산을 탕진한 도박중독자로의 변태를… 이뤄낼 수… 있다는 겁니다. 그래두지 않았던 사람은… '패배'란 것 역시도… 겪지… 못하게 될… 것입니다. 단판 승부에서 앓는… 단 한 번의 패배든! 연속된 승부에서 앓는… 가랑비와 같은… 연패든 간에… '패배'란 걸… 앓지… 못하게 되는 겁니다. 그 패배가… 운이 나빠서 앓게 된 것이든! 아니면… 실력이 한참 모자라서 앓게 된 것이든 간에… 그런 패배라는 것을 앓기 위해서라면, 저런 것들이… 선행되어 줘야만 한다는 거죠. 저런 성격들을 갖춰두지 못했던… 자에게는!

다른 표현으로는, 저런 성격들이 형성될 만한 일련의 사건들을 겪어두거나… 혹은 경위들을 밟아두지 않았던 자에게는! 그의 결괏값에 해당할… 패배라는 것도… 없다는 것…이죠. 예, 그런 사람들은… 패배라는 것을… 앓아보려야… 앓아볼 수가 없고, 또 전 재산을 탕진해 보려야… 탕진해 볼 수가….

뭐… 됐습니다. 어떻습니까? 이제 이해가 좀… 되셨습니까?

정리하자면… 그런… 겁니다. 앞서 언급했듯… 사람은… 어제의 연장선! 육체적으로는, 지난 시절 동안 섭취해 댔던 비타민과 미네랄의… 퇴적물!

정신적으로는… 귀하의 의식 속에 남아 있는 사건 및 기억들에다가! 귀하에게'는' 완전히 잊힘으로써, 존재하지도 않았었다고 생각되었던 사건들이 더해진 유기체인 동시에… 그 사건들이 낳은 부

다시는 치즈를 못 먹어도 돼!

산물이었던 이런저런 감정들의… 퇴적물! 예, 오늘의 귀하는… 그네들이 반영되어 준 결과인 동시에… 어쩌면… 그네들의 현신(現身)…이기까지 한 존재…라는 것! 그것이 제 결론…입니다. 아니 제… 생각입니다. 어떻습니까? 그럴듯…하나요?

일단은 뭐… 박수… 한번 주시겠습니까? 아니… 부탁드려 봐도 되겠습니까?

아… 감사합니다. 우레와 같은 박수와… 함성! 잘 받았습니다. 반응 좋네요, 그죠?

뭐… 감사하긴 한데! 저… 내친김에 하나만 더 여쭤봐도… 되겠습니까? 어쩌면 앞선 이야기와 연관된 질문을 하나… 던져봐도… 되겠습니까?

여태껏 자신이 믿어왔던 모종의 사실들이… 실제로는 다… 거짓…이었다면?

아니 단순히 거짓이기만 했던 게 아니라….

여태껏 자신이 믿어왔던 기억들이… 전부 다… 조작된 것…이었다면?

당신들은… 어떻게 할 것이며, 나는… 어떻게 해야 할까? 아니… 어떻게 하는 게… 맞을까?

아 물론… 오해하지 마세요. 방금 것들은 진짜… 말 그대로… '질문'이었긴 했으니까… 말이죠. 떠보기 위해서 던져냈던 말 같은 건… 절대… 아니었긴 했으니까… 말이죠. 물론 저는… 답을 알고 있는 입장이긴… 하지만! 보다 정확히는, 답을 알고서, 그를… '무려' 이행해 내기까지 했던 사람, 또 입장이긴… 하지만! 그래도…
아닌 건 아니죠. 예, 저는… 방금 저 질문을… '문제'를 내는 느낌으
로다가 뱉어냈던 것은… 절대… 아니었어요. 예, 그러니까 뭐… 귀
하가… 제 생각과는 다른 답변을 뱉어내더라도! 다른 표현으로는,
그에… 오답을 뱉어버리시더라도! 그를… 문제 삼을 생각 같은 건
없는 입장이긴… 하다는 거죠. 그러니 그냥… 편하게 대답해 주시
면 됩니다.

아… 좋습니다. 그럼 이렇게 여쭤볼게요.

과연 당신들은… 그 당시의 나와 다른 선택을 할 수… 있을까?

아… 방금은 살짝… 시비조…였나요? 그럴 의도는 아니었는
데… 음… 그렇게 느끼셨다면… 죄송해요. 그럼 뭐… 방금 질문
은… 그냥… 없었던 걸로… 하고….

음… 사실… 앞서도 언급했듯! 조금 전의 그 질문들은… 틀려
도 되는 질문들이었던 것이야 맞긴 하다지만, 그렇다고 해서… 완
전… 무의미한 질문들이지는… 않았었답니다? 예, 애초에 그랬었더
라면… 제가 그를… 뱉어내지도 않았었겠죠. 다… '나름의' 의미가
있는 질문들이었기는… 했다는 겁니다.

사실 이미… 짐작하고 계셨을 수도 있겠지만, 그것들은 다… 실
화…입니다. 정확한 표현으로는, 그 질문들은… 다… 실화에 기반
한 질문들…입니다. 그… 주인공? 아니 '주인공'이라는 표현은 좀 그
렇고, 그… 당사자? 예, 어쨌든 간에… 그런 사람은… 애석하게도,
저였고… 말이죠.

다시는 치즈를 못 먹어도 돼!

예, 이렇게나 망가져 버린 저였고… 말이죠.

음… 이렇게 얘기해 보겠습니다. 누군가 제게… 제 삶이 왜 그렇게 망가졌냐고 묻는다면! 결국… 저는… 다 제가… 오만했기 때문이었다고 답할 것이며, 그 오만이라는 감정은… 그 앞서 언급했던… 하나의 사건으로 인해 '배양'당한 감정이라는… 구절이자… 음… 일종의 부연 설명까지… 덧붙여 낼 겁니다.

예, 맞습니다. 사건…요. 그… 아까… 다 이야기했죠? 저는… 요양을 택하게 된 환자라는 이야기를… 이미 다… 드려놨죠? 예, 저는… 피해자입니다. 보다 정확한 표현으로는, 수재민(水災民)…이겠고 말이죠. '시간'이란 이름의… 노도(怒濤)? 아니 어쩌면, 노도보다는, 잔잔한 물살에 더 가까웠던 듯했지만, 어쨌든… 놀랍게도… 세기와는 별개로… 노도만큼이나 확실하게 모든 걸 휩쓸어 떠나보내 버렸던 물살에게… 끝내는… 모든 걸 빼앗겨 버리고야 말았던… 수재민! 아니 사실 '모든 것'이지야 않겠고, 그냥… '대단한 것'을, 또 '치명적인 것'을 빼앗겨 버리고야 말았던… 수재민! 예, 그런… 가여운 사람…입니다.

뭐… 노도의 정체가 시간이었던 만큼, 당연한 이야기겠지만, 그에게 빼앗겨 버리고야 말았던 것은… '기억'…이었고 말이죠.

물론 그것이… 그냥… 시답잖은 기억에 지나지 않았었더라면! 보다 자세히는, '최소한' 그 기억이… 지금의, 또 그 당시의 저를 '그렇게' 만들어 줘 버렸던 '사건'에 대한 기억이자… '계기'라 명명해 봐도 될법했던 기억이지만 않았었더라면! 저는… 그 시간인가 뭔가에게⋯ '노도'라는 이름을 절대 붙여주지⋯ 않았을 거예요. 또 방금 같은 이야기도⋯ 부러⋯ 드리지 않았을 거고요. 다른 표현으로는, 그 사건이 무려⋯ 저를 이렇게⋯ 요양을 택해볼 수밖에 없게 만들어 냈던⋯ 치명적이었던 사건이지만⋯ 않았었더라면! 또 첨언해보자면, 그 기억을 쌓게 되었던 그 당시에는 몰랐었다지만, 먼 훗날에 닿을 때까지도⋯ 제 무의식 언저리에 터를 잡고 앉은 채로⋯ 저를 조종하고, 또 그다음 날의 저를 만들어 대기까지 해줬었던⋯ 그런⋯ 치명적이었던 사건이자 기억이지만 않았었더라면!

아 이것은 굳이⋯ 지금 당장 언급해야 할 사안이지는 않을 수도 있겠지만, 앞선 묘사들에 더해⋯ 그것이 무려 '또'⋯ '조작된 것'이지만⋯ 않았었더라면! 그랬⋯었더라면!

음⋯ 어쨌든요. 뭐⋯ 뭐가 어쨌었건 간에⋯ 그네들이 그렇게⋯ 제 삶에서 사라져 줘 버렸던 덕분에, 저 사실⋯ 좀⋯ 힘들었긴 했어요. 아 물론⋯ 대단히 힘들었던 것은 아녔었긴 했고⋯ 딱 그 정도의 힘듦만을⋯ 이따금씩⋯ 앓았었긴⋯ 했었더랬죠. 그 기억만 남아 있어 줬었더라면⋯ 이해할 수 있었고, 또 어찌 된 영문인지도 아주 잘 알겠어 했었겠지만, 그가 사라져 줬던 덕분에, 그러지 못하는 과정에 닿아버리는⋯ 부침! 또 그 과정에서 앓는⋯ 힘듦! 예, 그런 것들을⋯ 이따금씩 앓았었더라는 이야기죠. 뭐⋯ 앞서 언급했듯 대단히 치명적인 부침이나⋯ 힘듦이지야 않았다지만, 그렇다고 해서⋯ 마냥 무시해 버릴 수는 없었을 정도는 됐었던⋯ 수준의⋯.

뭐⋯ 각설하고요. 그랬던 입장이었으니까⋯ 뭐⋯ 엄청난 충격을… 받았었기는 했죠. 기억 속에는 없었던 사건이… '놀랍게도' 실제로는 존재했었다는 것은 물론이거니와… 또 그것이 무려… 조작된 것이기까지 했었다는… 기가 막힌 사실을 알게 되었던… 그 어느 날에! 보다 자세히는, 5년 전의 어느 날에… 저는… 형언할 수 없을 만큼의 충격을… 받았었더랬죠. 앞서 언급했듯… 그 당시까지만 해도… 저는… 당연하게도… 절대다수의 사람들처럼… '존재하지 않는 기억'을 '잊힌 기억'이 아니라… '없는 기억'… 혹은 '없었던 사건'이라 취급하며 살아왔었던… 지극히 평범한 사람이었는데… 뭐… 그럴 수밖에 없지… 않았겠습니까?

아… 지금 이야기할 생각은 없었는데… 어쩌다 보니까… 다… 말해버렸네요? 5년 전 어느 날… 그 끔찍한 사실을… 알게 되어버렸다는 이야기까지도… 벌써 다… 해…버렸네요?

뭐… 무를 순 없겠고, 이왕 이야기한 김에… 이것까지만 더… 말씀드려 볼까 싶은데… 어때요? 아 물론… 전부 다는… 지금은 좀… 그렇고….

그… 놀랍게도… 있잖습니까? 그것은 모두… 아버지의 소행…이었어요. 저희 아버지였던… 김정민! 그 작자의 소행…이었어요. 그 사건을 일으키다 못해… 구체적으로 빚어내기까지 했던 사람도! 또 그에 더해… 그 사건을… '무려' 잊게 만들었던 사람…까지도… 다… 김정민… 그 작자였더라는 거죠. 보다 정확한 표현으로는, 김정민 그 작자는… 제가 그를… 잊어내는 것을 넘어… 아예… 기억 속에 품어두는 것 자체를 원치 않아 했었던 사람이었던 만큼, 애초에… 그를… 잊히기 좋은 것을 넘어… 잊힐 수밖에 없는 사건으로 구성해 뒀었고, 또 그 덕분에, 그렇게 되어버렸던 것이었지만… 어쨌든 간에… 다… 그 사람의 소행…이었었더라는 거죠.

뭐… 딱… 이 정도만… 하고, 다시… 본론으로….

음… 어쨌든요. 그 덕분에, 지금의 저는… 이렇게… 등신 머저리가 되어버리고야 말았지만! 사실… 있잖습니까? 그전까지만 해도… 저는… 분명… 괜찮은 사람이었기는… 했었어요. 예, 저라는 화자와… 당신이라는 청자의 만남이… 지금 이 시점에서 이루어져서… 믿기 어려우실 수도 있으시겠지만, 제게도… 나름… 괜찮았던 시절이 있었기'는' 했다는… 거죠. 물론 종국에는… 그 나름의 성과들 역시… 믿을 구석이 없는 것들이라는… 비극적인 사실이 다 밝혀졌긴 했지만! 예, 앞서 언급했던 그것처럼 조작된 것이지야 않았었다지만, 그렇다고 해서… 액면 그대로 받아들일 수 있는 것들이지는 않다는 게… 증명되고, 또 밝혀졌기는 했지만… 말이죠? 그렇다고 해서… 그 당시의 제가 쌓아냈던 성과들을… 부정할 수는 없는 거예요. 그 당시의 저를… '괜찮은 사람'이 아니었다고 평할 수는… 없는… 거라고요. 물론 '무지'에서 비롯되었던… 과신! 또 근거 없는 자신감이라고 하면… 할 말… 없기야 하겠지만, 어쨌든 간에… 그 당시의 제가… 저 자신의 능력을 의심할 이유가 없을 만큼… 대단하게 여겨졌던 성과들을 쌓아냈던… 것은… 명백한 사실이기는… 합니다. '한때나마' 그런 삶 속에… 저 자신을 녹여냈었던… 것은! 아니 그보다는, 그랬던 적이 있었던… 것은… 그 누구도

다시는 치즈를 못 먹어도 돼!

부정할 수 없는 사실….

　뭐… 됐고요. 툭 터놓고… 이야기하겠습니다. 맞아요, 저는… 영재였습니다. 물론 애석하게도, 그냥 영재가 아닌… '조작된' 영재…였었긴 했지만! 그래도… 제가… '이러나저러나' 영재이기'는' 했었다는 것은… 부정할 수 없는 사실이긴… 합니다. 물론 그 끔찍하고, 또 비참한 사실을 깨닫기 전의 기준이자… 그 당시의 생각으로는! 뭐… 언제부터 영재로 '거듭'나게 되었는지에 대한 기억이야 남아 있지 않다지만, 그래도… 영재다운 기억들? 예, 영재라면 '응당' 쌓아냈어야 했을 기억들을 다 쌓아두기'는' 했었던 만큼, 의심의 여지가 없었고, 또 의심할 필요가 없었던… 뭐… '나름' 완벽하다면 완벽했던 영재…였죠. 하나하나 다… 나열해 볼 수는 없겠지만, 이를테면… 눈앞의 문제들을… 코웃음을 쳐가며 격퇴시켜 냈던 기억들하며, 또 그로써, 그의 보상과도 같았던 칭찬들을 받아 챙겨냄으로써, 얼굴을 붉혀내곤 했던… 기억들! 예, 얼굴을 상기시켜 내곤 했던 기억들 같은… 영재'라면' 쌓아뒀어야 했고, 또 영재'니까' 쌓아둘 수 있었던 기억들… 말이죠. 물론 그 기억들이… 썩 괜찮은 기억들이었고 말고 따위와는 별개로… 앞서 언급했듯… '초석'과도 같았던 계기에 대한 기억만큼은 존재하지 않았었던 만큼, 저 자신이 영재가 맞는다는 믿음은… 사실… 어찌 보면 사상누각(沙上樓閣) 같은 측면이 없지 않아 있었기는 했지만… 그래도… 괜찮았어요. 그러한 불필요하고, 또 불쾌하기까지 했던 의심들을 다 불식시켜 낼 수 있을 만큼… 많은 기억들을 쌓아왔던 것은… 사실이고….

또 아무리 그래도… 설마… '조작된 영재'일 것이라는… 생각 같은 건… 사람이라면… 피워내 보기 어려웠으니까….

아… 됐고… 말이죠?

그… 노파심에 드리는 이야긴데… 다른 건 몰라도… 이것만큼은… 절대… 잊으시면… 안 되는 겁니다?

비록 누군가가… 제 고향이자! 제가 그 일련의 성과들을 이뤄냈었던 무대였던… '만미동'의 '수준' 및 대내외적인 '인식' 따위를 들먹여 가며, 지난날의 제가 쌓아 올려냈던 성과들을… 폄훼해 대더라도! 보다 정확히는, 폄훼해 대려 하더라도! 그 당시의 제가 영재였다는 사실이 변하지 않는다는 것…만큼은! 아니… 그를 변하게 할 수 없다는 것만큼은… 절대… 잊어서는… 안 되는 겁니다?

더해 '영재'라는 직함 역시도… 아무나 얻어낼 수 있는 직함이지는 않다는 것까지도… 잊어서는… 안 되는… 겁니다? 제가 따돌려 냈던… 이들이! 또 제게 짓밟혀 버렸던 이들이… 존재 자체만으로… 만미동의 수준을 대변해 낼 수 있었을 만큼… 모자란 이들이었다고… 해서! 그 당시의 제가 얻어냈었던 직함의 가치가… 희석되고, 또 개박살… 나버려서는… 안 된다는 것이고, 또 그를… 잊어서는 안 된다는 이야기입니다, 아시겠죠?

끝으로… 제가… 그런 이들만이 모이고, 또… 그런 이들만을 속에 품어뒀다는 것으로다가… 쓰레기 학군으로 전락해 버렸던 만미동에서'만' 그 직함을 받아 챙겨낼 수 있었던… 사람이었다고… 해서!

보다 정확히는, 다른 학군에게 품어져 있었던… 산연고등학교에 진학해 냄과 동시에… 그를… 박탈당해 버렸을 만큼… 실력이… 출중하지'는' 않았었던 사람이었다고… 해서! 그 당시의 제 실력을 폄훼해서도… 안 된다는 것… 역시도… 잊어서는… 안 되는… 겁니다? 예, 그곳에 닿기 전까지만 해도… 저는… '못해도' 뱀의 머리만큼은 해냈었던 사람이었다는… 것을! 아 물론… 뱀보다는… 뱀장어에 더 가까웠었던 것 같기는 하지만, 어쨌든… 그 무언가의 머리만큼은 해냈었던 사람이었다는 것 역시도… 절대… 예, 절대 잊어서는… 안 되겠고… 말이죠. 당연하다면 당연한 이야기겠지만, 나머지 몸통부터 꼬리까지를 이뤄냈었던 자들의… 상태가… 영 좋지 못하다는 이유 하나만으로! 저와… 저 자신이 쟁취해 냈었던 성과와 직함의 가치가 폄훼되어서는 안 된다고… 이야기하고 싶은 겁니다. 아니 그런 이야기를… 드리고 있는 겁니다.

그네들의 저능함에 대한 책임을… '그런 식으로' 제게 지우려하는 것은… 부당하기 짝이 없는 처사…입니다. 잘못된 행동…이라는 거죠, 아닙니까?

물론 제가… 조작된 영재였다는 것을 아주 잘 알고 있는 지금 이 시점에서는, 그와 '조금이라도' 연관되어 있었던 그 모든 기억들은… 제게는… 한 푼 가치 없다 못해… 당장 작별을 고해봐도 시원찮을 소모적인 기억들이긴… 하지만!

그래도 그와 동시에! 또 그럼에도 불구하고, 그 시절은… 제게… 남은 마지막 자존심과도 같은 시절이긴… 하거든요. 그러니까… 건드리지… 마세요, 아시겠죠?

아… 잠시… 흥분했나 봅니다. 미안합니다. 다시… 평정을 되찾
고….

음… 어디서부터 시작…해야 할까요?

아… 물론… 알고 있긴 합니다. 어디서부터 시작하는 편이… 제
일… 나을 것인지를….

뭐… 학교마다! 또 동네마다 다를 수도 있을 것 같아서… 조심
스럽게 말씀드려 봐야겠지만, 제 모교… 만미초등학교는… 말이
죠? '영재반'인가 뭔가 하던 곳을… 품어뒀던 학교…였답니다? 10
살 이상의 학생들… 중에서도… '영재'였던 이들만이 들어설 수 있
었던… 곳을! 또 개중에서도… '지원' 혹은 '신청'이라 부를만한 과
정을 밟아뒀고, 또 그 이후에 이행되었던 일종의 선별 과정에서 '용
케도'… '탈락'이라는 결과를 받아 챙기지는 않았었던 자들만이…
들어설 수 있었던… 곳을… 운영했던 학교였었더랬죠. 풀어보자면,
선생님의 권유로 비롯된 지원… 혹은 신청이었든…간에! 아니면 그
런 거 없이… 아이이자 당사자였던 자의… 자기과신이자… 자만?
또 어쩌면, 그 당사자의 부모… 아니 '학부모'의 과신이면서도, 한편
으로는, 자신의 피붙이를 향해 '응당' 품어줘야 했던… 신뢰? 하여
튼 그따위 추상적인 것으로 비롯된 지원… 혹은 신청이었든… 간
에! 그를 선행해 뒀고, 또 음… 그를 선행해 둔 자들에 한해서 이행
되었던 선별 과정인가 뭔가에서… '합격'을 얻어냈던 자들만이 들어
설 수 있었던 곳을… 말이죠. 보다 정확히는, 그런 이들에게만… 품
을 내어줬던 곳을… 운영했던… 학교…였었더랬죠.

26

음… 나름… 합리적인 운영이었다고 생각하는 편이긴 하다만….

애석하게도, 그러한 조건은… 말이죠? 뭐 아직… 공식적으로 서열을 나누고, 개개인에게… '석차'랄 것을 부여하지 않았었던 초등학생이었던 덕분에, 공식적인 기록이야 없긴 했다지만, 언제고… 동창생들… 또 급우들 중에서 으뜸으로 통했었던… 3학년 2반 4번… 김학필…군이! 영재반에 늦게 들어서게 하는… 나쁘다면 나쁜 결과를… 초래했던 악조건…이었기는 했었더랬죠. 약간 다른 표현으로는, 그… 김학필…군은! 앞서 언급했듯… 그렇게… 영재반 정도야 무혈입성을 해낼 수 있을 만큼… 괜찮은 역량을 품어뒀던 학생이었다지만, 애석하게도, 그 역량으로도 어찌해 볼 도리가 없었던 '무관심한 아버지'라는 치명적인 하자까지도 같이 품고 있었던 '아이'였던 덕분에, 무려… 한 학기가량의 시간을… 영재반의 존재조차도 모른 채로… 태워내 버리고야 말았었더랬죠. 여담이라면 여담이겠습니다만, 그의 아버지는… 김학필 군의 성적에는 '유달리' 관심이 많으셨기야 했다지만, 뭐… 그에 너무 많은 관심과 시간을 쏟아버렸던 탓이었는지… 애석하게도, '학교생활'로 대변되는… 그 성적 이외의 것들에게는… 그 조금의 관심도 주지 않았었던… 작자였거든요. 예, 그러니까 뭐… 취사(取捨)라는 것을 충실히 이행해 냈던 작자…였었더라는 거죠. 그 취사로 인해… 김학필 군이… '제때' 영재반에 들어서지… 못하게 됐었던 거…고요. 물론 뭐… 사실… 이 성적으로 생각해 봤을 때, 영재반에서 받아낼 수 있었던 수업… 혹은 가르침은… 결국… 학과 공부에 '어느 정도' 도움이 되는 것이기'는' 하더라도… 직접적으로 영향을 끼치는 것은 아녔으니만큼, 그 한 학기의 공백이… 커봤자… 얼마나 크겠느냐마는!

또 애초에… 그는… 이미… 그곳에 들어서기 전부터도… 으뜸의 자리를 꿰차뒀었던 학생이었던 만큼, 그 한 학기의 공백이… 그에게… 무슨 의미가 있겠느냐마는! 어쨌든 간에… 그가… 한 학기가량의 시간을 날려 먹어버렸었던 것은… 사실…이긴 합니다. 달리 말하면, 그의 아버지가… 그런 부작용을 초래할 만큼의 무관심을… 행했었던 사람이었던 것도… 사실…이긴 하고 말이죠.

아… 아니죠. 이 이야기를 먼저… 드렸어야 했네?

그… 돌아보면… 말이죠? 못해도 꼭… 한두 명쯤은 있지… 않았었나요? 서로의 집이 가깝다거나… 서로의 부모님들이… '지인' 혹은 그와 비슷한 관계를 맺었었다는… 뭐… 자신과는 조금도 연관되지 않았었던 이유들만으로… 어려서부터 알고 지내게 되었던… 친구가! 아니… '사람'이… 꼭… 한두 명쯤은… 있지… 않았었나요? 아 물론… 그 당시에는 몰랐지만! 예, 그냥… '어쩌다 보니' 친구로 자리해 있었던 사람이었지만, 훗날 알고 보니… 그런 이유들로 인해 '어려서부터' 알고 지냈었던 사람이었던 부류 역시… 포함이고요. 어쨌든 간에… 아무래도 그런 경위로 알게 된 사이였던 만큼, 아무리 많은 시간을 함께 태워내 봐도… 일정 수준 이상으로는 친해질 수가 없겠어서… '친구'라 불러보기에는 뭣했었던 존재가… 못해도… 한두 명쯤은 있지 않았었냐는… 거죠.

뭐… 여러분들에게는 없으셨다면, 할 말 없겠지만, 제게는 분명… 있었었기는 했어요. 그런 사람이… 말이죠. 앞서 언급했던… 그런… 어른들의 사정이자 이유들로 인해… 알고 지내게 되었던 것이었는지! 아니면 음… 저희들만의 이유였지만, 그것이… 원체고 별 거 아닌 이유였던 덕분에, 그를… 잊어내 버렸던 것이었는지는 모르겠지만, 어쨌든 간에… 정신을 차려보니 '이미' 관계를 맺어둔 존재였던 사람이… 하나… 있었었더라는 이야기죠. 아니 그냥… 언제고 제 옆에 자리하고 있었던 사람이 한 명… 있었었더라는 이야기죠. 예, 초등학교에 오기 전부터… '아는 사이'의 관계를 유지하고 있었던 작자가… 하나! 또 운명의 장난처럼… 초등학교 2학년, 또 3학년 때에도… 같은 반이었던 것도 모자라… 그 영재반인가 뭔가에서마저도… '함께' 얼마의 시간을 태워냈었던… 작자가… 하나! 하지만 늘… 저보다는, 근소 열위… 혹은 절대 열위의 성적을 기록해 냈었던 머저리… 혹은… 범재(凡才)에 해당됐었던… 작자가… 하나….

또 뭐… 차차 말씀드리겠지만, 저희 아버지의 학원에서… 정체불명의 여강사가 주관하던… 수업? 아니 어쩌면, 놀이 시간마저도… 함께 태워냈었던… 작자! 아니 어쩌면, 동반자… 아니 어쩌면 동행자였던 작자가… 하나… 있었었다는… 뭐….

아… 뭡니까? 방금 제게… 그 '여강사'라는 사람이… 진짜… '정체불명'이었던 것이 맞냐고… 물으신 겁니까? 뭐… 좋습니다. 제 토크쇼는… 꽤… 프리한 편이긴 하니까! 질문… 마구마구 던져주셔도… 되기는… 합니다. 일방적으로 제 이야기만 뱉어내다가… 끝맺을 생각 같은 건… 없기는… 하거든요. 예, 없긴 하니까… 질문…
던져주셔도 되긴 하지만….

그래도… 지금은 좀… 곤란합니다. 나중에 한번… 질문 시간
을 따로 다 챙겨드릴 테니까… 그때… 제대로, 또 정식으로… 질문
해… 주시죠?

아 그리고… 여담이지만, 방금 말은… 실언이었습니다. 사실 실
언이었다기보다는… 지금 당장 할 이야기는 아니었던… 그냥 뭐…
그런 이야기였으니까… 그냥… 잊어주시고….

아… 일단은 다시… 평정을… 되찾고….

다시… 다시 돌아가서! 그 작자의 이름은… '문혁대'…였었더랬죠.

문학대라는 남자

중요한 이야기를 하나··· 해보겠습니다. 삼각형의 세 각의 합은 180°이며, 180°···여야만 하죠. 그것이 삼각형이며, 반대로 삼각형이라면··· 그래야만··· 하죠. 이에 이견이 있으신 분··· 계십니까? 없죠? 없으시죠? 없어야···겠죠? 음··· 계시든··· 안 계시든··· 별 상관없긴 합니다. 가장 중요한 것은··· 그것은··· 불변의 진리이자··· 뭐··· 저로서는 알 길이 없기는 하다지만, 높으신 분들의 생각으로는, 그것은··· 초등학교 3학년이 되면 알아야 하고, 또 그때쯤이면··· 충분히 이해할 수 있을 사실에 해당되는 진리였다는 것···입니다. 예, 그러니까 그네들이··· 초등학교 3학년 교과서에 넣어봐도 될만한 내용이라 판단했고, 또 실제로 그에··· 쑤셔 넣어버렸던 진리···였다는

다시는 치즈를 못 먹어도 돼!

것…입니다.

뭐… 제 입장이 뭐가 중요하겠느냐마는, 그네들의 그 판단? 또 어쩌면 그 선택이… 사실… 맞았다고 생각하는 편이긴… 해요. 실제로… 10살이자… 3학년이 됨과 거의 동시에… 교과서에 박혀 있었던 그 진리와 눈을 맞춰냈던… 그 당시의 저는… 그 조금의 어려움도 없이… 그 진리를… 바로 습득해 낼 수 있었기'는' 했었으니까… 말이죠. 아 물론… 그때는… 제가… 영재였던 시기이기는 했으니만큼, 그 당시의 제 지적 수준을 기준으로 삼아서는 안 되겠지만….

아 물론… 그것이 맞았기는 했다는… 방금 그 말이… 그네들의 그 판단에게! 혹은 그로써 빚어졌던 교과서에게… 그 조금의 불만도 품지 않았었다는 의미이지는… 않습니다? 당연한 이야기겠지만, 그건 완전… 별개…입니다?

음… 그까짓 교육과정인가 뭔가에게… 대체… 뭔 불만을 품고 있었냐고… 물으신다면! 보다 정확히는, 그에게… 불만을 품어볼 명분 같은 게… 정녕… 있기는 했었냐고… 물으신다면!

뭐… 사실… 특별한 건, 또 거창한 건… 아니었고….

그냥… '배치'에 대한 불만이 살짝… 있었었기는 했어요. 쉽게 말하면, 시기상의 불만 같은 게… 있었었더라는 이야기죠. 예, 다른 건 없었고, 그냥… 그가… 각도기의 사용법에 대한 과정… 바로 다음 과정으로 배치되어 있었던 것에 대한… 불만? 보다 정확히는, 그 높으신 분들이… 그… 엇비슷한 것들을 가르쳐 주던 두 과정들을… 혼동하기 좋게… 연달아 배치해 뒀었던 것에 대한 불만… 같은 거… 말이죠.

뭐… 다른 사람이라면 몰라도… 그네들이… 그 배치인가 뭔가를 몹시도 무심히 이행해 냈다는 이유 하나만으로… 홍역 아닌 홍역을 치러버렸었던 저라면! 그에… 불만을 품어봐도 되는 것… 아니겠나요? 예, 그 '사건'의 피해자였던… 저라면….

음… 글쎄요? 솔직히 잘 기억나지는 않지만, 일단 그거 하나만큼은… 확실해요. 그 '사건'은… 사실 '사건'이 아니라… 중간고사나 기말고사같이… '나름대로' 의미가 있는 시험이지는 않았었던… 웬… '쪽지시험' 비스름했던 뭔가를 치렀었던 때… 일어난 '사고'였다는 것만큼은… 확실히 기억하고 있는 편이긴… 해요. 영재반 말고… 3학년 2반에서! 그런… 100점을 받으나… 0점을 받으나… 아무 의미가 없었던 뭔가를 치렀었던 때….

보다 정확히는, 그를 끝마쳐 내고서 닿은… 풀이 시간인가 뭔가의 시간에 발생한 사고였다는 것만큼은… 말이죠.

음… 천천히… 풀어나가 보겠습니다.

글쎄요? 어떤 표현을 써보는 것이… 맞을까요? 그 시험이… 가벼운 시험이었던 탓? 보다 정확히는, 그 시험이 애초부터 가벼운 시험이었던 만큼, 그 시험지에 들어차 있었던 문제들이… 어렵고, 또 유의미한 문제들이었을 리가… 만무했던… 탓? 아니면 그냥… 앞서도 지겹게도 언급했듯… 그 당시의 제가… 영재였던… 탓? 뭐… 정답이 무엇이었든 간에… 그 당시의 저는… 그네들을… 몹시도 쉽게 풀어재껴 내고서, 피 한 방울 흘리지 않은 채로… 그 풀이 시간에

다시는 치즈를 못 먹어도 돼!

닿을 수… 있었답니다? 보다 정확히는, 앞서 언급했던 이유들 덕분에, '굳이' 가져봐야 했는지도 모르겠어 했었던… 풀이 시간에… 말이죠.

3번 문제…였던가요? 아니 어쩌면… 4번 문제였었을 수도… 있어요. 아니아니… 그냥… 쉬워빠졌었던 문제였던 만큼, 1번 내지… 2번… 문제였었을 수도… 있어요. 아 물론… 그 앞에 붙은 숫자나 번호 같은 건… 조금도 중요하지 않으니까….

그냥 대충… 저희 둘 모두의! 아니아니… 저희'들' 모두의 편의를 위해… 2번 문제였었던 걸로… 합시다. 그렇게 하고… 이야기를… 이어나가 볼게요.

그럼 뭐… 이렇게… 가야겠죠?

1번 문제의 풀이가 끝난 직후… 3학년 2반의 담임이었던… 우영빈! 그 당시의 그가… 저희네들을 청자이자… 예비 화자로 삼고서 뱉어냈던 듯했던 질문이자 구절은… 다음과 같았었으리라고 말씀…드려야겠네요? 아니 그랬었다고… 쳐야겠네요?

"이 2번 문제… 어떻게 풀면 되겠노?"

저희 둘… 아… 자꾸 왜 이러지?

저희들의 합의를 통해… 2번 문제가 됐었던 그 문제는… 말이죠? 두 각의 크기가 제공되어 있었던 삼각형! 예, 그 손이 많이 가는 친구가 품고 있었던… 나머지 미지의 한 각의 크기를 찾아내야 하는 문제…였었답니다? 어때요? 진짜… 쉬워빠진 문제…였죠? 한쪽 눈을 감고도 풀어재껴 낼 수 있을 만큼… 쉬워빠진 문제…였죠?

그 당시의 제… 생각도! 보다 정확히는, 그 풀이 시간에 닿기 전은 물론이거니와… 그 문제와 처음 눈을 맞춰냈었던 그 당시의 제 생각도… 그랬었어요. 각의 크기를 구하는 방법을… 무려… 두 개나 알고 있던 상황이었으니만큼, 그럴 수밖에 없었겠지만… 어쨌든… 그랬었고, 또 그랬었을 수밖에… 없었어요. 아 물론… 그 두 개의 방법을 다 알고 있었던 사람이… 저 하나뿐이었냐고 물으신다면… 그렇지야 않았겠지만! 예, 수준 미달의 몇몇을 제외하고는, 대부분이 그랬겠다고… 답하긴 해야겠습니다만… 어쨌든! 예, 어쨌든… 말이죠.

뭐… 각설하고요? 그 질문인가 뭔가 하던 것은… 사실… 오직 저만을 청자이자… 예비 화자로 특정하고서 던져냈던 질문이지는 않았었던 만큼, '굳이' 제가 꼭… 그에 답변을 뱉어내야 했던 것은 아녔었다지만, 그와 동시에… 제가 답변을 뱉어내 봐도 안 될 것은 없었던 것이었기도 했었던… 만큼! 그 당시의 저는… 그에… 다음과 같은 답변을… 뱉어내 버리고야 말았었더랬죠.

아… 여담이라면 여담이겠지만, 사실 따지고 보면, 제가 뱉어냈었던 것은 아니었고, 그것은… 제 속에 들어차 있었던… 자신감인가 뭔가가… 뱉어냈었던 것…이었긴 했죠. 어쨌든 간에… 그의 요구를… 제가 받아들였었던 것 자체는 사실이긴 했으니… 뭐… 결국은 다 제가… 자처한 일이었긴 했겠다지만….

"각도기로 재요."

뭐… 부러 언급해서 뭐하겠느냐마는… 말이죠? 그것은… 진실…이었긴 했어요. 아니 애초에 거짓말을 할 이유가, 또 필요가… 없었던 상황이었기는… 했잖아요?

예, 실제로 저는… 그렇게… 했어요. 그 문제와 눈을 맞춰냄으로써, 그가 앓고 있었던 결핍이 무엇이었는지를 확인해 냄과 동시에… 저는… 책상 서랍에다가 터를 잡고서, 깊은 잠을 청하고 있었던… 각도기를 깨워냈었거든요. 아니아니… 그에게 그를… 들이밀기까지… 했었거든요. 예, 당장 직전 주에… 각도기의 사용법을 배워냈었던 어린아이라면… 이행해 마땅했던 행위를… 이행해 냈었다는… 이야기? 아니 어쩌면, 이행해 내기'는' 했었다는… 이야기죠. 아 물론 그 당시의 저는… 비록… 그보다 더 최근에… 삼각형의 세 각의 합은 180°이며, 그래야만 삼각형이라는 것을 배워냈었던 어린아이였기도 했지만! 예, 그 어린아이로서의 소임을 다할 수도 있는 상황이었긴 했겠지만, 뭐… 생각이… 잘… 안 났었어요. 아니… 기억은 잘 안 나지만, 그 생각이… 잘 안 났었던 것 같아요.

뭐… 그냥… 그런 겁니다. 그건… 기행도, 비행도, 또 비위행위역시도… 아니었었다는… 겁니다.

음… 그때는… 몰랐었는데… 말이죠? 그런 건… 미리미리, 또 제때제때 밝혀둬야 하는 것들…이었더라고요? 조금 다른 표현으로는, 그런 오해는… 미리미리… 불식시켜 두거나! 아니면 처음부터… 피어오르지 않게 해야 했던 것…이었더라고요?

아무래도… 말이죠? 그 당시의… 저는! 그런 거 없이… 그저… 앞서 언급해 뒀던… 그… 짧다면 짧았던 답변만을 뱉어냈던 것에 대한… 대가로! 아니 사실 답변의 길이보다는, 그 당시의 제가… 이행해 뒀던 그 행위가… 앞서 나열해 뒀던… 음… 비위행위를 비롯한 그네들이 아니었다는 것에 대한 내용이 누락되어 있었던 답변만을 뱉어냈던 것에 대한… 대가로! 우영빈… 그 작자에게… 다음과 같은 답변을 받아 챙겨버리고야… 말았었으니까요. 맞아요, 그런… 오해를 불식시켜 내지 않았던 것에 대한 대가를… 받았었던 입장이니까… 방금 같은… 후회 비스름한 생각을 해볼 수밖에 없는… 입장….

"누가 이걸 각도기로 재서 푸노? 장난하나?"

그 답변은… 비아냥의 구절…이었을까요? 아니면 뭐… 다그침의 구절…이었을까요? 아니면 역정의 언사…였을까요? 뭐… 잘은 모르겠지만, 단 하나 확실한 것은… 그 구절은… 가혹한 구절…이었기는 했다는 겁니다. 다른 건 몰라도… 당연히 밟아야 한다고 생각했던 계단을 '착실히' 밟고 올라섰던 것 '자체는' 사실이었던 어린아이에게 뱉어지기에는… 가혹한 구절…이었었다는 거죠.

그 구절이… 그런 구절이었으니만큼, 뭐… 당연한 이야기겠지만, 그 어린아이는… 그를 고막 너머로 넘겨냄과 동시에… 풀이… 죽어버렸었더랬죠? 아니 어쩌면, 그런 느낌보다는, 그냥… 그는… 어안이 벙벙해지는 변화를… 앓았었던 것 같아요. 자신에게 왜 이런 구절이 날아들었는지를! 또 왜 자신이 이런… 이해되지 않는 상황에 닿게 된 것인지를 궁금해하고, 또 무의미한 복기를 이행하는… 불쾌한 상황에 닿아버렸었던 것 같더라는 이야기죠. 아니면 뭐… 스

다시는 치즈를 못 먹어도 돼!

스로 그 속으로 들어가 버렸던 것이었을 수도… 있겠고….

뭐… 됐고요. 근데… 있잖습니까? 사실 놀랍게도… 그는! 아니 아니… 다시 자의식을 되찾고, 그 당시의… 저는! 그 복기인가… 사색인가 뭔가 하던 것을… 더… 이어갈 수 없었었어요. 보다 정확히는, 그럴 여유가 없었고, 또 상황이… 그를 허락해 주지를 않았었거든요.

방금 그 말이… 무슨 말이었냐고 물으신다면….

음… 간단합니다. 애석했게도! 또 그 당시의 저로서는, 꿈에도 상상하지 못했었게도! 그 반문은… 한낱 반문이기만 했던 게 아녔었던 것… 아녔었겠습니까? 예, 그것은 무려… 서론이자… '기폭제'였기까지… 했었더랬죠. 교실을 채워뒀던 절대다수 이들의 입에서… '비웃음'… 혹은 비웃음'들'이 터져 나오게끔 했던… 기폭제! 예, 듣기에도 거북하고, 또 당사자이자… 희생양이었던 제 얼굴을 붉게도 상기시켜 냈던… 비웃음이라는 것의 기폭제… 말이죠.

정리하자면… 그렇습니다. 3학년 2반의… 모든 이들이! 아니 웃음소리의 크기로 미루어봤을 때, 못해도… 절대다수는 된듯했던 이들이… 우영빈 그 작자의 답변이 매듭지어짐과… 동시에! 그의 답변의 주인공으로 자리매김해 뒀었던… 그… 신원미상의 저능한 급우를 향한… 비웃음을 뱉어내기 시작했다는 거예요. 물론 개중에서… 저와… 그리 멀지 않은 자리에 앉아 있음으로써, 앞선 그 답변을 뱉어냈던 이가 누구인지를 잘 알고 있었던 자들은… 그 구절의 주인공을… '신원미상'으로 남겨두지 않고서, 오직 그만을 위한 비웃음을 뱉어낼 수 있었겠지만요. 뭐… 다른 건 다 필요 없고, 그냥 그 당시의 교실이… 들불처럼 번져 오르던 비웃음의 화마에게… 지배당해 버리고야 말았다는 것은… 자명한 사실입니다. 예, 그 비웃음이 어떤 비웃음이었건 간에… 말이죠.

음… 앞서… 간략하게 언급했었죠? 그 당시의 제가… 얼굴을 붉혀냈었다는… 것을요? 뭐… 당연한 이야기겠지만, 그 상황은… 초등학생 3학년이었던 그 당시의 저를! 또 앞서 언급했듯… 그 어떠한 비행도 저지르지 않았었던… 순수하다 못해 순백 그 자체였기까지 했던 어린아이였던 저를… 무거운 당혹감에 빠뜨려 내기에 부족함이 없었던 상황이었었어요.

한데… 있잖습니까? 분명 그랬었긴 했지만… 말이죠? 다행스럽다면 다행스러웠게도, 그 상황은… 사실… 조금만 생각해 보면, 덮어놓고 부끄러워해야 할 필요는 없는… 상황이었을 가능성도… 약간이나마 있었던 상황이었기도… 했죠. 다른 표현으로는, 이러나저러나 '이미' 영재였기'는' 했었던 그 당시의 제가 주인공이었었던 만큼, 그렇게 해석될 여지가 약간이나마 있었기는 했던 상황…이었기는 했었더라는 거죠.

어떻게… 설명해 봐야 할까요? 아니 어떻게… 주장해 봐야 할까요?

이렇게 하면… 간단하겠습니다. 그 비웃음은… 말이죠? 사실… 누군가의 '무지'를 대상으로 삼은 비웃음…이었잖습니까? 보다 정확히는, 그 대상의 사람이… 무지해야만… 비웃음으로 '성립'될 수

다시는 치즈를 못 먹어도 돼!

있는 유의 웃음…이었잖습니까?

그래서… 그랬던 겁니다. 보다 정확히는, 그런 웃음이었어서… 그런 웃음으로 빚어졌던 그 상황을… 그렇게… 해석했던 겁니다. 아니 다른 사람이면 몰라도… 저는 그렇게 해석할 수… 있었던 겁니다. 예, '어쩌면' 덮어놓고 부끄러워해야 할 상황이 아닐 수도 있겠다는 해석을… 꽃피워 냈다는 이야기입니다, 간단하죠?

맞아요. 저는… 무지한 사람이… 아니었잖습니까? 보다 정확히는, 다른 건 몰라도… '최소한' 비웃음을 받아낼 만큼 무지이지는… 않았잖습니까? 또 그것은… 그 비웃음들을 뱉어냈던 당사자들인 동시에… 그 교실을 채우고 있었던 절대다수의 이들 역시… 잘 알고 있었던 사실이었고… 말이죠. 아니… 잘 알고 있었을, 혹은 몰라서는 안 되었고, 또 모르기가 힘들었을 사실이었고… 말이죠.

그렇게 생각해 봤더니… 말이죠? 결국 그 웃음은… 단 한 종류의 웃음일 수밖에 없겠던 것… 아니었겠나요? 아니 그런 생각이 들던 것… 아니었겠나요?

어떻게 명명해 봐야 할까요? '답례'의 웃음…이라고 해보면… 될까요? 자기네들을 웃겨주기 위해… 저와 만담을 이어가 주셨던 우영빈 그 작자가 행해줬던 노력을 향한… 답례의… 웃음! 또 어쩌면, 그 만담을 위해… '스스로'… 비난당하는 자리에다가 발을 들여준… 예, 망가져 '준' 저 자신의 희생을 향한… 감사의 웃음! 그런 웃음이었던 것… 같던 겁니다. 보다 정확한 표현으로는, 그런 웃음이었을 수도 있겠다는 생각이… 들었다는 이야기입니다. 아니 솔직히 거기에는… 제 희망사항인가 뭔가가 너무 반영되어 있긴 하니까… 그렇게 얘기하기에는 좀 그렇겠고! 그냥… 이러나저러나… 비웃음이 될 명분이 없기는 했었던 웃음이었다고만….

음… 각설하고요. 그렇게… 말이죠? 그 당시의… 저는! 그런… 합리적이다 못해 합당하기까지 하다고 여겨졌었던 의심이… 저를 찾아와 줬던 덕분에, 안심 아닌 안심을 품어볼 수 있었고, 또 안정 아닌 안정을 되찾을 수 있었지만!

애석하게도, 그에 끝까지 몸을 담아낼 수 있었던 것은… 아녔었어요. 보다 정확히는, 그로부터 찰나의 시간이 흐른 뒤에 피어올랐었던 전혀 새로운 감정이… 그 '안심' 따위의 감정에게 퇴거명령을 내려버리고서, 그 자리를 꿰차버렸던 덕분에, 그와… 의도치 않았던 생이별을… 이행해 낼 수밖에 없었더랬죠.

그 전혀 새로운 감정의 이름은… 일단은… '분노'였고, 그 감정을 앓게 되었던 이유는….

뭐… 간단한 이야기겠습니다만, 결국 다… 눈에 담아내 버렸기 때문…입니다. 우영빈 그 작자가… "조용, 조용!" 따위의… 음… 풀이를 재개하겠다는 의사가 담겨 있었던 구절을 뱉어냄으로써, 풀이가 재개되었던 그 순간까지도! 아직… 몇몇의 얼굴에는… 여전히 남아 있었던 옅은 미소들을! 다른 표현으로는, 음… 미소의 흔적 혹은 잔상들을… 다 눈에 담아내 버렸기 때문…입니다. 아무리 비웃음이 아니긴 했었더라도… 그리… 곱지는 않았고, 또 반갑지는 않았었던 미소의 흔적… 또 잔상들을… 말이죠.

다시는 치즈를 못 먹어도 돼!

아니 사실… 솔직하게 말씀드려 보자면….

다른 사람이라면… 몰라도! 아니… 다른 사람이라면 그렇다 쳐도… '절대' 미소가 남아 있어서는 안 됐었던 자의… 얼굴에! 아니… 애초에 미소가 피어올랐어도 안 됐었던 자의 얼굴에… 그것이 남아 있었던 광경을… 눈에 담아내 버렸기 때문…이었죠. 그에게는 미안한 이야기…겠지만! 아니아니… 솔직히 미안하지는 않고….

풀어보자면… 그렇습니다. 뭐… 그가 기민한 사람이 아니었던 덕분이었는지! 아니면 그냥… 그때는 이미… 흔적마저도 깨끗이 다 지워낼 수 있었을 만큼 옅고 가벼운 미소만을 지었었던 타 급우들과는 달리… 모종의 이유로… 그네들보다… 훨씬 더 무겁고, 진한 미소를 꽃피워 냈던 만큼… 그때까지도 미처… 그를 다 지워내지 못했던 덕분이었는지는… 모르겠지만, 어쨌든 간에… 문혁대… 그 작자의 얼굴에… 미소인지 미소의 흔적인지 뭔가가 남아 있었던 광경을… 눈에 담아내 버렸다는… 이야기입니다. 보다 정확히는, 그로써… 그가… 비웃음인지'는' 알 수 없었지만, 어쨌든 간에… 이러나저러나… 웃음이기는 했었던 것을 꽃피워 냈다는 것을! 다른 표현으로는, 그 불특정 다수에… 절대 포함되어 있어서는 안 되었던 그가 포함되어 있다는 것을… 알게 되어서… 그런 감정을… 앓게 되었었더라는… 이야기입니다.

그의 생각이야 어땠을지 모르겠지만… 말이죠? 최소한 그것은… 제게 만큼은 용납되지 않았던 일…이었어요. 예, 다른 사람의 웃음이야… 웃어넘길 수 있는 웃음이었을지 몰라도… 그의 웃음은… 그럴 수 없는 존재…였어요. 아무래도 그는… 저와 가장 오랜 시간 동안 관계를 유지해 왔던 사람…이었잖습니까? 예, 그는… 이러나저러나… 앞서 언급했듯… 여타 급우들과는 비교를 불허할 만큼 많은 시간들을 '함께' 태워냄으로써, '최소한'… 다른 건 몰라도… 제가 자신보다'는' 나은 실력자라는 것을… 그 누구보다도 잘 알고 있었던 사람…이었긴… 했잖습니까?

그랬던 그가 꽃피워 냈던 그… 미소만은! 보다 자세히는, 그가… 그 곱지 못한 상황에… '기꺼이', 또 음… 그 흔적마저도 제때 지워낼 수 없었을 만큼 '적극적으로' 동조해 냈다는 것을 증명해 주던… 그 웃음의 흔적은! '곱게' 받아들여 줄 수 있는 것이… 아녔었어요. 용납해 줄 수 있는 것이… 아녔었다는 거죠. 아니 어디… 그뿐이기만 했겠습니까? 제게… 끝 모를 배신감을, 또 분노를… 안겨다 주기에… 부족함이 없었던 존재…였기까지 했죠.

음… 어쨌든요. 이러나저러나… 그가 낳았었던… '분노'라는 감정은… 말이죠? 생각보다는, 오랫동안 제 가슴속 깊은 곳에… 남아 있어 줬어요. 아니 정확히는, 그냥… 단순히 남아 있어 주기만 했던 게 아니라….

몸집을 부풀려 내고, 또 그마저도 모자라… 끝내는… '보상 심리'라는… 그와는 전혀 다른 감정으로의 변태를 이뤄내기까지… 했었더랬죠.

말하자면… 간단합니다. 모든 문제의 풀이가 마무리된 직후이자… 음… 제가… '착오' 혹은 '혼동'이라 불릴만한 경위로다가… 틀려버렸던 그 한 문제를 제외한… 그 모든 문제들을 맞혀냈다는… 당연하기 짝이 없었고, 또 그 조금의 의심마저도 풀어본 적이 없었던 그 사실이… '그때까지만 해도' 어디까지나… 피어오른 상태이기'만' 했었던 그 분노라는 친구를 자극했고, 또 그것이… 그의 몸집을 부풀려 내는… 결과를! 또 끝으로 그를… 보상 심리로인가 뭔가 하던 것으로… 변태시켜 내기까지 하는 결과를… 초래했었던 것…이었더랬죠.

그는… 제게… 그런 속삭임 비스름한 것들을… 건네주더라고요? 겨우 그까짓… '기초' 혹은 '기본'에 해당되는 문제 하나를 틀려냈던 게… 정녕… 비웃음을 받을만한 사유가 될 수 있겠냐고… 묻더라고요. 그보다 훨씬 더 어려운 다른 문제들을 모두 맞혀냈음에도 불구하고, 겨우 그까짓 문제 하나를 틀려버렸던 게… 말이죠. 더욱이 '아예' 몰라서 틀렸었던 것도 아녔었고, 실수로….

또 더해… 그게 '응당' 이행되어야만 하는 일이었더라면! 예, 그러니까… 그때가… 누군가가 정녕 비웃음을 받아야만 하는 상황이었었더라면! 그런 실수를 저질렀던 자가 아니라… 가장 낮은 점수를 받아 챙겨냈던 자가… 그를… 받아야 하는 것 아니겠냐는 물음까지도… 건네…주더라고요. '최소한' 제가 아니라… 오답을 기록한 문제의 난이도를 떠나… 가장 낮은 점수를… 받아 챙겨냈던 자가… 그 자리에….

아… 뭡니까? 방금… 제게… 혹시 제가… 타인이 곤경에 처하는 것을 바라는… 썩어 문드러진 인성의 소유자인 것이냐고… 물으

신… 겁니까? 그럴… 리가요. 절대… 아니죠. 제가 그런 사람이…겠
습니까? 아니 애초에… 아까도 말씀드렸다시피… 질문 시간은… 나
중에… 예, 나중에 다 따로 챙겨드릴 테니까! 조금만… 예, 조금만
더 기다려 주세요. 일단은… 일단은 제 이야기에 더… 집중해 주세
요. 양해… 부탁드리겠습니다, 진짜로.

아… 어디까지… 했죠? 아… 분노가 덩치를 부풀려 낸 끝에…
보상 심리로….

음… 좋습니다. 다시 가보죠.

맞아요. 그는… 그리 멀지 않았던 시기에… 보상 심리로의 변태
를… 이뤄냈어요. 아니 어쩌면, 그전에… '기대' 혹은… '집착' 비스
름한 감정으로의 변태도… 이뤄냈었고 말이죠. 그러니까 그 분노라
는 감정은… 도합… 두 번의 탈바꿈을 이행해 냈었더라는… 이야
기…입니다. 예, 그런 이야기를… 드리고 있는 겁니다.

순서대로 하나씩… 이야기해… 보겠습니다.

그 분노라는 감정은… 말이죠? '우선은'… 학과 수업이 모두 마
무리됨과 동시에 시작될! 혹은… 마무리되어 줘야만 시작되어…
'줄' 영재반 시간을 향한 기대와… 집착 비스름한 것으로의 '1차' 변
태를… 이뤄냈었어요. 보다 정확히는, 몹시도 합당했고, 또 피할 수
도 없었던 변태를… 말이죠.

이런 표현 좀 이상할 수도 있겠지만, 그곳은 사실… 제… 독무
대였기는 했었거든요. 그도 그럴 것이… 저는… 영재반에서 치러냈
던 각종… 쪽지시험들? 보다 정확히는, 앞서도 간략하게 언급해 뒀

듯… '진도'랄 것이 없었던 덕분에, 매일 매 수업마다 이행되었고, 또 이행되었을 수밖에 없었던… 쪽지시험들? 그에서… 최고점을 기록해 냈던 사람…이었거든요. 물론 언제나 100점을 기록해 냈던 것은 아녔었긴 했지만, 그래도… 1등의 자리만큼은… 놓친 적이 없었던 사람…이었거든요. 또 음 그로써… 모든 칭찬을 싹쓸이해 냈던 사람…이었기도 했고… 말이죠. 음… 어쨌든 간에… 저는… 영재반에서의 시간들을 그렇게 보내왔었던 사람…이었으니까! 그 영재반인가 뭔가 하던 곳을… 제 독무대라 여겨봐도 되는 사람이었지… 않았겠나요? 예, 그곳을 향한 기대와 집착을 품어봐도 되는 사람… 아녔었겠냐는 이야기죠.

물론… 오해하지 마세요. 평소에도… 그를 향한 기대와 집착을 품고 있었던 것은… 아녔었긴… 했어요. 단지 그날이… 그런… 홍역 아닌 홍역을 치렀었던 날이었던 덕분에, 그런… 무겁고 진한 감정을 앓았었던 것이었을… 뿐! 예, 다른 날이면 몰라도… 그때의 제게는… 그곳에서 필시 얻게 될… 칭찬이 필요했던 것이었을… 뿐!

보다 자세히는, 음… 누구든 간에… 10살이 되기만 한다면 몸을 담아볼 수 있는 곳이었던 3학년 2반에서… 또 그 시간을 어떻게 태워댔었는가와는 무관하게… 그를… 큰 변고 없이 태워내기만 했었더라면, 너끈히 풀 수 있을 만한 기초적인 문제들만이 들어차 있었던 시험을 치르는 과정에서… 앞서 지겹게도 언급했듯… '실수'를 저지름으로써 사게 되었던 비웃음들 따위는… 우습지도 않게 지워내 볼 수 있을 만큼의 수준 높은 칭찬들이… 필요했어서… 그랬었던 것이었을… 뿐! 예, 그것이… 보상 심리로의 '2차' 변태를 이뤄냈어서… 그랬었던 것이었을… 뿐! 평소에는… 예, 평소에는… 정말… 추호도 그런 감정을 품어뒀지 않았었어요. 이건… 진짜입니다. 아 물론 평소에도… 영재반에서의 시간들을 재밌게 여겨왔었던 것 자체야 맞지만, 기대 수준의 감정까지는….

음… 그런 이야기는… 이쯤에서….

뭐… 저는… 있잖습니까? 보다 자세히는, 앞서 언급했던 절차들을 통해… '보상 심리'를 품어둔 채로… 영재반에 들어섰고, 또… 여느 때처럼 그리 어렵지는 않았었던 시험지를 건네받았었던… 그 당시의 저는… 있잖습니까? 그와 암약을 맺어뒀던… 덕분에! 보다 정확히는, 자의이지는 않았었지만, 어쨌든 간에… 저를… 보상인가 뭔가를 얻게 하기 위해… 보다 빠르게, 또 더욱 적극적으로 움직이게 만들어 내는… 그런대로 긍정적인 구석이 있기는 했던 감정이었던… 그와 암약을 맺음으로써, 그의 힘을 일정 부분 빌려뒀던 상황이었던… 덕분에! 그 시험지를 건네받고서부터… 5분 정도의 시간도 채 태워내지 않고서… 그를… 빠르게 다 풀어내 버릴 수… 있었답니다? 물론 뭐… 그의 힘을 빌려두지 않았었던 예전이라고 해서… 그 시험지들을 다 풀어재끼는 데에… 10분 이상의 시간을 소요했던 적은 없었긴 했었던 만큼, 꼭 그의 존재가… 유의미하고, 또 주효했다고 말하기는 어려울 수도 있겠다지만….

또 뭐… 그것은 사실… 애석하게도, 그 당시의 저로서는 알 길이 없었던 이유… 때문에 발생한… 그 나름의 '현상'이었지만, 어쨌든

다시는 치즈를 못 먹어도 돼!

간에… 그 당시의… 제가… 다른 건 몰라도 '평소보다는' 빠르게… 그네들을 다… 풀어재껴 냈었던 것 자체는… 사실이긴… 합니다.

음… 어쨌든요. 그렇게… 그네들을 모두 풀어재껴 넘으로써, 이제… 보상을 받아 챙기는 것만을 남겨두게 됐었던… 그 당시의… 저는! 당연한 이야기겠지만, 그… 보상이 주어지는 시간이었던 풀이 시간에 닿기까지의… 의미 없는 시간들을… 조금이라도 더 빠르게 태워내기 위해… 창밖에다가… 시선을 꽂아둬 버리는 선택지를 택해버리고야… 말았답니다? 아 물론… 그까짓 행위를 하는 것 따위로는… 시간을 빠르게 태워낼 수 없다는 것을 잘 알고 있었던 만큼, 꼭… 그래서 그랬었다기보다는, 그냥… 그네들에게… '검산' 따위를 이행해 주기 위해… 불필요한 시간을 태울 수는 없겠다고 생각했어서… 그랬었던 것…이었죠. 그건 사치에 지나지 않는다고 생각했어서… 차마 그러지 못했고, 또 그랬다 보니… 어느덧 제게 남아 있었던 것은… 창밖에다가 시선을 꽂아두는 것뿐이게 되었어서… 그랬었던 것…이었겠지만! 예, 그게 맞는 표현이겠지만… 어쨌든 간에… 뭐….

그렇게… 있잖습니까? 10여 분가량을 태웠었던 때쯤…이었을까요? 저는 그 억겁의 기다림 끝에… 영재반 선생 나리가 뱉어내 줬던… 다음과 같은 구절이자… 지난하다기보다는, 지루했던 그 시간의… 폐회사가 되어줄 만했던… 다음과 같은 구절을… 고막 너머로 넘겨낼 수… 있었답니다? 물론 정확한 표현으로는, 그가… '마침내' 그를 뱉어내 줬었다고… 해야겠죠. 예, 고맙다면 고마웠게도… 말이죠.

"다 풀었나?"

그 구절이자… 질문은… 말이죠? 그에 모두가 긍정적인 답변을 뱉어내 주기만 한다면, 앞서 언급했듯… 그 억겁의 시간의 폐회사가 되어줄 수 있었을… 썩 괜찮은 질문이었긴… 했지만! 예, 그런… 될성부른 구절이었긴 했지만!

애석하게도, 그는… 그로의 변태를 이뤄내지… 못했었더랬죠. 예, 문제가 애초에 원체고 쉬웠던 만큼, 당연히 일어나줘야 했던… 그런 일이… '놀랍게도' 이행되어 주지 못했었더라는… 이야기입니다. 물론 뭐… 제게만큼은, 다 수준 미달의 사람들에 지나지 않았었던 것이야 맞긴 하지만, 그래도… '이러나저러나' 혹은… '꼴에 영재반이기'는' 했었던 만큼, 그러지 않기가 어려웠던 사람들이! 아니아니… 그러지 않기가 어려웠을 것이라 여겨졌었던 사람들이… 그를 다… 풀어재껴 내지 못했었다는… 헛웃음이 쳐질 만큼 놀라운 일이… 일어나 버리고야 말았었다는… 겁니다.

아 사실… 그에 해당되는 사람은… 그리 많지는 않았고, 딱… 한 명뿐이었긴… 했죠. 물론 그에… 침묵을 택해버렸던 자들의 상황이야 어땠을지 모르겠지만, 어쨌든 간에… 한 명… 있었기는 했었다는 이야기입니다. 제 뒤편 어딘가에… 예, 제 뒷자리 어딘가에 앉아 있었던 신원미상의 누군가이자… 다음과 같은 답변을 뱉어냈던 사람이… 말이죠. 첨언하자면, 그런… 그 당시의 제가… 고막 너머로 넘겨냄과 동시에… 신경질적으로 고개를 뒤로 돌려버리는 선

택을 하게끔 만들었을 만큼⋯ 흉측하기 짝이 없었던 답변을 뱉어
냈던 사람이⋯ 말이죠. 예, 그따위 망발을 뱉어냈던 자의 얼굴을
눈에 담아내기 위한! 또 음⋯ 그 끔찍한 시간을 끝도 없이 연장시
켜 버렸던 것에 대한 징벌로다가⋯ 그에게⋯ 곱지 않은 눈빛까지도
쏴줘 보기⋯ 위한 선택을 하게끔 만들었던⋯ 사람이⋯ 말이죠.

"저⋯ 아직요."

아⋯ 사실⋯ 방금 같은 첨언은⋯ 굳이 덧댈 이유가 없었다고 생
각되는 게⋯.

놀랍다면⋯ 놀라웠게도! 또 다행스럽다면⋯ 다행스러웠게도! 실
제로 그런 일은⋯ 일어나지⋯ 않아 '줬'거든요. 보다 정확한 표현으
로는, 그 당시의 저는⋯ 그런⋯ 그리 곱지 않은 행위를 이행해 내지
않을 수⋯ 있었거든요. 오히려⋯ 그와는⋯ 반대로! 저는⋯ 비록 옅
기야 했다지만, 어쨌든 간에⋯ 미소이기'는' 했던 것으로다가⋯ 얼
굴을⋯ 채워낼 수 있었거든요.

아⋯ 방금 그 말이⋯ 무슨 말이었는고⋯ 하면!

음⋯ 간단한 이야기, 또 그 당시의 저로서는 알 길이 없었던 이
야기겠지만, 그 행위는⋯ '사실'⋯ 제게⋯ '미소'라는 부산물을 낳을
만한 광경을 눈에 담을 수 있게 해줬던 행위였던 것⋯ 아니었겠습
니까? 보다 자세히 묘사해 보자면, 이러나저러나 눈에 담아내기만
한다면, 미소를 꽃피워 내지 않기 어려웠을 만큼⋯ 썩 괜찮았던 광
경을⋯ 말이죠.

풀어보자면, 그 광경은⋯ 문혁대⋯ 그 작자가⋯ 손을 들고 있었

던… 광경! 보다 정확한 표현으로는, 제가 담아냈던 것과 같은 광경을 담아냈었을… 그… 영재반 선생 나리가… 뱉어냈던 답변이 다음과 같았었던 것으로 미루어 봤을 때, 아무래도 그보다는… 그가… 조금 전에 들어뒀던 손을… '아직' 내려두지 않아 뒀었던 광경이라 해석하는 게 맞을 것 같았던 광경…이었죠.

"아… 글나? 뭐… 다 풀면… 말해라."

물론 그런 건… 있죠. 사실 그 당시의 제 눈에 담겼었던 광경이… 어떤 광경이었는가 따위와는 완전 무관하게도! 일단 그 상황은… 이러나저러나… 문혁대 그 작자가 그따위 답변을 뱉어냄으로써, 그 당시의 제가 태워야 했던 억겁의 기다림이… 무려 '공식적으로'까지 무한정 늘어나 버리고, 또 음… 보상을 받는 것이… 무기한 연기… 또 끝도 없이 유예되어 버렸던… 음… 미소를 꽃피워 내 보려야 볼 수가 없었던 상황이었었던 건… 맞죠. 예, 그런… 미소를 꽃피워 낼 만한 상황이었기는커녕… 고운 구석이 없었던 상황이었던 게… 맞죠.

하지만… 말이죠? 앞서 언급했듯… 그 당시의 저는… 미소를 꽃피워 내 버리고야… 말았었어요.

솔직히 얘기해 보자면, 살짝… 통쾌하기'는'… 했었거든요. 고소하다는 생각도 살짝… 들었었고요. 다들… 기억하고… 계시죠? 그날은… 그의 비웃음을 받아 챙겨냈던 날이었다는… 것을! 보다 정확히는, 제가 '먼저' 시비 비스름한 것을 걸지 않았던 상황에서… 문혁대 그 작자가 '스스로', 또 '자의로' 꽃피워 냈던 비웃음을 받아

다시는 치즈를 못 먹어도 돼!

챙겨냈던 날이었다는 것을… 말이죠. 아 물론… 그는 주동자가 아닌 동조자의 입장이었긴 했지만, 어쨌든 간에… 그랬었던 날이었고, 또 그는… 그런 사람이었었다는 것을… 말이죠. 어쨌든 간에… 이러나저러나 그 당시의 저는… '응수'의 의미로다가 그런 행위를 취해도 되는 사람이었고….

반대로 그 당시의 그는… 그런 처사를 당해 마땅한 사람이었다는 것… 역시도… 잘… 알고 계시죠? 이견은… 없으시죠?

음… 어쨌든요. 언제…였을까요? 이러나저러나… 그 답변이… 파편들마저도 증발되고도 남았을 만큼… 긴 시간이었던… 그 3분여의 시간이 다 흐른… 뒤이자! 그와 결이 같은 표현으로는, 제가… 그 억겁의 기다림 속에서… 잠자코… 3분여의 시간을 태워낸… 직후…였었지 싶어요. 반드시 꼭 흘러나와야만 하고, 또 언젠가는 꼭… 흘러나올 것이라는 게 기정사실화되어 있었던 답변이었긴 했지만, 그것이 흘러나올 시기는 오직 문혁대… 그 작자만이 알고 있었던! 보다 정확히는, 그 작자만이 뱉을 수 있었고, 또 뱉어야 하는 답변이었던… 다음과 같은 구절이자… 답변이… 흘러나왔었던 때가… 말이죠.

"저… 다 풀었…어요."

앞서 언급했듯… 조금 전의 그 구절이자… 긴 시간 동안 유예되어 있었던 답변이! 사실 뱉어져 나오는 것이 기정사실화되어 있었던 답변이었었던 것처럼… 그 대화의 참여자이자… 그 답변을 받아챙겨냈던 영재반 선생 나리의 다음과 같은 답변 역시도… 뱉어져 나올 것이… 기정사실화되어 있었던 답변…이었긴 했겠죠. 예, 뭐…
당연한 수순이었겠다는 이야기입니다. 그 억겁의 기다림의 폐회사
이자… 풀이 시간의 개회사의 역할을 안겨다 줘봐도 될듯했던… 답
변이… 뱉어져 나왔던 것은….

"그르냐? 그럼… 시작하자, 어."

아… 이쯤에서는… 밝혀야겠죠? 아니 그보다는, 미리 언급드려
봐 놔야…겠죠?

사실… 뭐… 그렇게까지 대단하고, 또 독특한 방식이라고 생각
하지는 않지만, 영재반에서의 풀이 시간은… 말이죠? '최소한'… 3
학년 2반에서 진행되었던 것과… 또 훗날… 중학교와 고등학교에
몸담아 냄으로써, 닿게 됐었던 다른 풀이 시간들과는… '살짝은' 다
른 방식으로 진행되었던 시간…이었답니다? 늘… 1번 문제, 또 2번
문제의 풀이를 시작하기에 앞서… 그 문제를 맞혀낸 사람이 있는
지를 묻고서, 그에… 긍정의 언사를 뱉어내는 사람이 있다면, 그에
게… 짤막하게나마라도 칭찬의 언사를 한번 건네주고서는, 그 문제
의 풀이를 시작하는 방식으로… 진행되었던 시간…이었었더랬죠.
아 물론 그 시간이 그렇게 진행됐었다는 표현보다는, 그 선생 나리
가… 그를 택했었다고 말씀드리는 게… 맞기야 하겠지만….

아… 어쨌든 간에… 물론 뭐… 당연한 이야기겠지만, 저도 영
재이기는 해도… 사람이기는 해서… 영재반에서 태워냈던 그 모든
시간들을… 그 조금의 누락도 없이 다 기억하지는 못하지만, 그것
은… 최소한 '그때까지는' 단 하루의, 또 단 한 번의 예외도 없이…

다시는 치즈를 못 먹어도 돼!

철저하게 지켜졌었다는 것 정도는… 기억하고… 있는 편이긴 해요. 예, 그 영재반 선생 나리가… 마치 그를… 철칙으로 삼아두기라도 한 것처럼….

뭐… 됐고! 됐고… 말이죠? 그런 상황이었으니만큼, 그 당시의 저는… 아마… 기다리고 있었던 것 같아요. 아니 사실 기다렸다기 보다는, 기대하고, 또 나름의 준비를 해두고 있었던 것… 같아요. 그 선생 나리가… 1번의 답은… 2번이라는! 또 다른 표현으로는, 뭐… 새삼스러울 것도 없는 이야기겠지만, 제가 그를… '이변 없이' 맞혀냈다는 것을 확정해 주던 언사를 뱉어냈던 그 당시… '여느 때 처럼' 손을 번쩍 들 준비를 하고 있었던 것 같고, 또 그와 동시에 날아들 칭찬을 향한 기대를 품고 있었던 것… 같아요. 예, 그러니까 당연히 펼쳐질! 보다 정확히는, 펼쳐져 줄 것이라 믿어 의심치 않았 었던… 그런… 비정한 색출 과정에 발을 맞출 준비를 '미리' 해뒀었 다고 표현하면 될 것… 같아요.

하지만… 말이죠? 놀라웠게도! 아니 그보다는, 영문을 모르겠 었게도… 일어날 것이 분명했었던 그 일이… 일어나 주지를 않던 것… 아녔었겠습니까? 그날의 그 선생 나리는… 그를 맞혀낸 사 람이 있는지 따위에는… 그 조금의 관심도 없다는… 듯! 아니 어 쩌면, 애초부터… 그에 관심을 품어본 적이 없었던 사람이었다는 듯 자연스럽게… 저희네들에게 그 어떠한 질문도 건네지 않아 가 면서… 1번부터 4번까지의 풀이를 무미건조하게 진행시켜 버리던 것… 아녔었겠습니까? 마치… 귀찮아 죽겠던 일을… 해치워 내듯…

말이죠.

당연하다면 당연한 이야기겠지만, 그 당시의 저는… 1번부터 4번까지의 문제들을… 모두 맞혀냈던 상황…이었었어요. 다른 표현으로는, 평소만 같았었어도… '이미' 네 번의 칭찬을 받아 챙겨 뒀어야 했던 상황…이었었더라는 거죠. 더해 그로써… 암약을 맺어냈던 그에게… 그가… 자신의 힘을 빌리는 것에 대한 대가로 요구했던 '보상'이자… '칭찬'이라는 것들을 건네줌으로써, 미납된 몫들을 다 갚아내고도 남았을 상황…이었었더라는 거죠. 앞서 언급했듯… 평소만 같았었어도… 말이죠.

물론… 말이죠? 그 당시의 제가 당면했던 그 상황은… 그렇게… 이해가 되지 않다 못해… 암울하기까지 했던 상황이었던 것은 맞지만, 그래도… 있잖습니까? 저는… 다행스럽다면 다행스러웠게도, 비탄의 눈물을 쏟아내지는… 않았었어요. 보다 정확히는, 않을 수 있었고, 또 않아도… 됐었기'는' 했어요. 칭찬을 받아 챙기지 못했었던 것은… 아쉽다면 아쉬운 일이었긴 했다지만, 그렇다고 해서… 제가 그를 맞혀냈던 것이… 없었던 일이 되는 것은 아니었던 만큼! 예, 미소를 꽃피워 내기는 어렵더라도… 또 언제고 당연한 일이었긴 했었더라도… 저 자신을 약간이나마라도 만족시킬 수'는' 있었던 사실 자체가… 사라지는 것은 아니었던 만큼!

또 뭐… 다행스럽다면 다행스러웠게도, 그가… 5번 문제의 풀이를 시작하기에 앞서… 다음과 같은… 음… 제가 그토록, 또 간절히 바라왔던 유의 구절을… 뱉어내 주기'는'… 했었으니까… 말이죠.

다시는 치즈를 못 먹어도 돼!

보다 정확히는, 그렇게 해석될 여지가 있었던… 뭐….

"오늘 뭐… 다들… 전체적으로 쉬웠제? 아니아니… 저기 보자. 1번부터 4번까지는… 다… 쉬웠제? 다 한 번씩 풀어봤던 유형들… 아니더나? 아니었다고? 그럼… 공부 좀 더 해야겠는데?

아… 방금 건 농담이고! 그… 쌤이… 있다이가? 사실… 5번 문제를 좀… 신경을 많이 썼다. 어… 그래가지고… 나머지 문제들을 그렇게 냈던 거…였는데! 뭐… 어떻게들… 느꼈노? 좀 그런 것들… 같더나? 아… 물론… 물론 중요하긴 하지. 1번부터 4번까지도 다… 중요하긴… 한데….

뭐… 쌤 생각은… 그렇다. 이 5번… 문제! 이 문제를 맞혔다면은, 저기… 중학교나… 고등학교에 가서도… 그… 뭐라 하면 좋겠노? 심화 문제? 그런 쪽에서… 좀… 재미를 볼 수 있을 거라… 생각한다. 물론 뭐… 그렇다고… 이걸 맞히면 무조건 천재고, 또 무조건 심화 문제를 다 맞힐 수 있고, 그런 건 절대 아니니까… 이상한 생각 같은 건… 하지 말고! 뭐… 대충… 무슨 이야기를 하는 건지… 알겠제?

하여튼 간에… 5번 문제는 그런 문제였고, 음… 정답은 3번인데! 혹시 이거… 맞힌 사람… 있나? 아 니네들을 무시하는 건 아닌데… 쌤 생각에는… 솔직히… 한 명도 없을 거 같기는… 하거든. 있기가 좀… 어려울 문제긴… 하거든.

일단 맞힌 사람 있으면… 어디… 손부터 한번 들어봐라. 있는지 함… 보자."

장황했어요. 1번부터 4번까지의 풀이들을… 그따위로 해치우듯

날려 먹었던 것에 대한 책임을 통감하기라도 하듯… 그는… 장황하디장황했던 서론을… 뱉어냈어요. 나쁜 표현을 써보자면, 그 5번 문제가… 대체 어떤, 또 무슨 문제길래… 저렇게까지 유난을 떨어대는가 싶을 정도로… 장황했던 서론을… 뱉어냈어요.

물론 뭐… 당연한 이야기겠습니다만, 그 당시의 저는… 그 의구심? 아니 어쩌면, 호기심에 가까웠던 감정을… 최상단에 뒀었던 것은… 아녔었어요. 그가 저희네들 중… 1번부터 4번까지의 문제들을 맞혀낸 사람이 있는지를 궁금해하지 않았었던 것처럼… 저 역시도… 그 5번 문제가… 어떤 문제인지를… 그리… 궁금해하지 않고 있었거든요.

보다 정확한 표현으로는, 그 구절을 고막 너머로 넘겨냄과 동시에… '안도감'? 또 어쩌면 '기대감' 따위의 감정 따위가 피어올라 버렸던 덕분에, 그따위 감정들을 앓을 여유가 없었던….

풀어보자면… 그런 겁니다. 비록… 그 선생 나리가… 예전과 다른 방식으로 그 시간을 태워냈다는… 뭐… '타의'에 입각한 이유 하나만으로… 부당하게도, 네 개의 칭찬을 받아 챙기지 못하는 대참사를 겪어버리고야 말았었지만, 그래도… 그 어떤 것도 품에 안지 못한 채… 영재반에서의 시간을 마무리 짓는 최악의 상황만큼은… 어찌어찌 면해냈다는 것에 대한… 안도감! 또 뭐… 5번 문제가… 그렇게나 장황했던 서론과 함께 풀이를 시작해야 했을 만큼 대단한 문제였다면, 그를 맞혀냈'을' 것이 분명했던 제가… 받아 챙기게 될 칭찬 역시… 결코… 그에 비례해 더욱 크고, 무거운 것일 것 아니겠냐는… 정황상 들어맞고, 또 품어볼 수밖에 없었던… 기대감! 예, 그런 감정들을….

보다 정확히는, 제가 그를 맞혀냈다는 것을 전제로 두지 않는다면, 꽃피워 낼 수조차 없었던… 그런 감정들을… 최상단에 둔 상황이었더랬죠. 아니 그네들만으로… 가슴속을… 채워뒀던 상황…이었더랬죠.

음… 각설하고요. 어쨌든 그랬었다는… 겁니다. 예, 그 당시의 저는… 그런 상태로… 고개를… 아래에다가 처박아 버리고야 말았던 겁…니다. 예, 제 시선을… 조금 전의 제가 직접 풀어냈었던 그 시험지이자! 제게… 단 하나의 광경'만'을 제공해 줄 것이라 믿어 의심치 않았었던 시험지에게… 꽂아버렸다는… 겁니다. 그 상황에… 나름대로 충실히 임해보겠다는… 미명하에! 또 애석하게도, 그것 외에는… 달리… 이행할 수 있는 게 없다는 자명하디자명했던 사실 아래… 말이죠.

한데… 예, 한데… 있잖습니까? 뭔가가 좀 이상하던 것… 아녔겠습니까? 애석하게도! 또 뭐… 이유를 알 수 없었게도… 그 당시의 저를 기다리고 있었던 것은… 제가 바라왔었던… 광경? 아니 어쩌면, 당연히 펼쳐져 줄 것이라 의심치 않았었던 광경이 아니었던 것… 아녔겠습니까?

맞아요. 그 당시의 제가 눈에 담아낼 수 있었던 것은… 바로… 헛웃음도 채 나오지 않았었게도… 2번 보기에 체크 표시를 박아뒀던 시험지였던… 것! 예, 그것도 무려… 몹시도 선명하게 박혀 있던 시험지였던… 것! 다른 표현으로는, 조금 전의 제가… 언제나… 늘 제 가슴 한편에 터를 잡아뒀었던 '자신감'이라는 이름의 감정이자… 평생의 동반자의 힘을 빌려… '언제나처럼' 굵고, 또 선명하게 박아뒀던 표시가… 2번 보기에 박혀 있던 시험지였던… 것… 아녔었겠습니까?

그와는 또 다른 표현…으로는, 뭐… 그 당시의 제가… 혹은 제 두뇌가… 오답을 빚어내고야 말았다는 것을 증명해 주던 시험지였던 것… 아녔었겠습니까?

당황…스러웠어요. 헛웃음도 나오지… 않았었고요. 아니 그냥… 말 한마디도 채 입 밖으로 뱉어낼 수가… 없었어요. 아 물론… 말을 뱉어내야 하는 상황이지는 않았었던 만큼, 말을 뱉어낼 시도조차 안 해봤었던 건 맞지만, 아마… 시도를 해봤어도… 실패하지 않았을까… 싶어요. 그 정도의 당혹감을 앓았었으니까….

음… 글쎄요? 그 당시의 제가… 이행해 내야 했던 것은… 무엇…이었을까요? '사치'에 지나지 않을 것이라 생각해… 미뤄두다 못해… 아예 이행하지 않기로까지 합의했었던 그 검산을… 비록… 한참 늦었기는 했지만, 다시 이행해 내는 것…이었을까요? 아니면… 그따위 오답을 빚어냈던 조금 전의… 무능해 빠졌었던 저 자신을 향한 원망과… 자책을… 품는 것…이었을까요?

아니면 뭐… 그때'라도' 어쩌면… 제가… 사실은… 영재 혹은 천재가 아니었을 수도 있고, 또 아닐 수도 있겠다는 소모적인 의심을 품어보는 것…이었을까요? 예, 그런… 10살짜리가 품어보기에는 좀

다시는 치즈를 못 먹어도 돼!

이르다면 일렀었던 의심을 품어보는 것…이었을까요? 그런 유의 자아 성찰을 이행해 보는 것…이었을까요?

만약… 그랬었더라면! 예, 그러니까 앞선 표현대로… 그때'라도'… 그랬었더라면!

뭐… 됐어요. 17년이나 더 된 일을… 지금 이 시점에서 다시… 생각해 봤자….

아… 사실… 그… 앞서 언급했던 그런 감정들이 저를 찾아와 줬던 덕분에, 그 어떠한 것도 이행하지 못했었던 것 자체도… 맞기는 하는데… 예, 그것도 그건데….

애초에… 그 당시의 제게는… 뭔가를 자의로 이행해 낼 수 있을 만큼의 시간적인 여유가 없었었던 것도… 맞긴 해요. 예, 그랬으니까… 뭐… 그 당시의 제가 그 어떤 것도 이행하지 않았고, 지금 이 시점에서… 그 당시의 제가… 무엇을 이행했어야 했는가를 고심하는 것 자체가… 사실… 무의미한 행위인 것 같기는… 해요. 고심한다고 뭐….

말하자면… 그런 것이었습니다. 상황이 여의치 않았었던 것…이었습니다. 아무래도 그 당시의 저는… 다른 거 없이… 그저… 누군가의 입에서 뱉어져 나왔던 다음과 같은 구절을… 고막 너머로 넘겨내야 하는 상황이었어서… 그랬던… 겁니다. 굳이 뭐… 첨언인가 뭔가를 해보자면, 보통 구절도 아니고… 제 귀를 의심하게 만들었을 만큼 대단했던 구절이었던 동시에….

고막 너머로 넘겨냄과 동시에… 어디까지나 '무의식적으로' 고개를 뒤로 돌리게 만들었던 구절이었기도 했던… 그를… 예, 고막 너머로 넘겨버려야 하는 상황이었어서… 그랬던 겁니다. 예, 그래서… 뭔가를 할 수가 없었었다는… 이야기죠.

"이야… 혁대! 니… 우찌 된 기고? 니가 맞았나, 이거를?"

무슨 이야기가… 더… 필요하겠습니까만, 그렇게… 그 무의식인가 뭔가의 요구대로… 고개를 돌렸던 그 당시의 저를 기다리고 있었던 광경은… 어쩌면 당연하게도, 문혁대라는 닳고 닳은 구면의 작자가… 얼굴을 붉게도 물들여 낸 채로… 뒤통수 언저리를 긁어대는 광경…이었었더랬죠. 다른 표현으로는, 제 뺨을 후려갈겨 냄으로써… 제 얼굴을 붉혀냈던 그 문제가! 이해할 수 없었게도, 언제고 '최소한 저보다'는' 못해왔었던 그의 얼굴을… '민망함'과 '뿌듯함' 사이 어드메에 있을 감정을 앓는 경위로다가… 붉게 만들어 줌으로써, 피어올랐었던 광경…이었기도 했겠죠.

또 그와도 다른 표현으로는, 제가… 그 문제를 틀려버렸다는 사실을 알게 되었을 때 앓았었던 충격과… 비탄? 그네들의 합의 곱절은 더 되는 것 같았었던 수준의… 열패감을 안겨다 주던 광경…이었기도 했겠죠. 아니… 그런 광경이었다고 표현해… 봐도 되겠죠.

아 물론… 방금 같은 묘사만을 남기고… 모든 걸 마무리… 지어버리면… 안 되긴 하겠죠? 예, 그러면… 그 당시의 제가… 그가… 그를 틀려주기를 바랐었다는 오해가… 남을 수도… 있겠죠? 저… 그 정도로 못된 사람은 아니었습니다. 또 그 정도로 문혁대 그 작자를 싫어했던 사람이지도… 않았었는데… 그리되면… 좀….

다시는 치즈를 못 먹어도 돼!

방금… 방금 뭡니까? 혹시 제게… 제가… 그 정도로 못된 사람이 아닌 게 맞기는 한 거냐고… 물으신… 겁니까? 우선 뭐… 답변을 드려보자면, 절대… 아니긴 합니다. 절대 아니긴 한데….

뭐… 아까도 말씀드렸다시피… 그… 나중에… 다 드릴 겁니다. 질문 시간은… 나중에 다 챙겨드릴 테니까! 그때… 예, 그때 다시… 질문해 주세요. 그때는 최소한… 지금보다는 더 성실히 답변해 드릴 테니까… 그때… 그때 다시… 질문해 주세요, 아시겠죠?

아… 죄송해요. 잠시 소란이… 있었네요, 그죠? 다시… 돌아가 봅시다.

저는… 있잖습니까? 당연하다면 당연한 이야기겠지만, 빠르게… 그… 시선을 꽂아서는 안 되는 광경에게서… 시선을… 회수해 왔답니다? 예, 그러니까 냅다 고개를 돌려… 칠판에다가… 다시 제 시선을 꽂아냈더라는… 이야기죠. 앞서 언급했듯… 그 광경은… 눈을 맞춰낼 수 없었던 광경이었어서….

또 한편으로는, 궁금했어서… 그래버리고야… 말았었더랬죠. 너무도 쉽게 풀어졌고, 또 그랬으니만큼, 쉬운 문제라 여겼었지만, 그로부터 약간의 시간이 흐른 뒤에 알게 된 바로는… 애석하게도, 실상은 그렇지 않았었던 그 문제가… 대체… 어떤 문제였는지에 대한 궁금증이… 피어올라서… 그래버렸었던 것…이었더랬죠. 말 그대로 한번… 들어나 보자는 의미로다가….

물론… '궁금했어서' 따위의 표현을 썼기는 했습니다만, 그 당시의 제가… 그 문제에 대해 그 어떠한 것도 알지 못하고 있었어서…

그런 표현을 썼던 것은… 아녜요. 풀어보자면, 그 당시의 저는… 어느 정도의 짐작만큼은 '확실히' 품어두고 있었던 상황…이었기는 했었거든요. 그 문제가… 사실… 그리 대단한 문제이지는 않을 것이라는… 짐작!

보다 정확한 표현으로는, 그 문제는… 그저… 정답으로 향하는 여로에 간악한 함정을 숨겨둔 문제이기'만' 할 뿐… 그 이상의 문제이지는… 않을 것이라는 짐작… 정도는….

당연하다면 당연한 이야기겠습니다만, 함정은 있고, 또 있을 수밖에 없었던 것을 넘어… 있어야만… 했어요. 저 자신을 위한 변명이 아니라… 모두의 이해를 위해서라도… 그래야만… 했어요. 그것이 없었다면… 설명이 되지… 않았었어요. 말장난에 지나지 않을 만큼 유치찬란하고, 또 질 나쁘기까지 한 함정이 숨겨져 있었지만, 애석하게도, 제가 그를 알아차리지 못했었던 덕분에, 보기 좋게… 그에 걸려버림으로써, 그를… 틀려버렸던 경우 외에는! 또 반대로… 문혁대 그 작자는… 말 그대로 '용케도' 그에 걸리지 않음으로써, 그를… 맞혀냈던 경우… 외에는! 설명이 되지… 않았었어요. 제가 잘난 사람이라고… 생각해서? 또 문혁대 그 작자가… 못난 사람이라고… 생각…해서? 그런 건… 아니었고, 그냥….

뭐… 됐고… 말이죠?

어쨌든요. 결론만 말씀드려 보자면… 말이죠? 제 예상은… 틀리지… 않았었더라고요? 보다 정확히는, 틀리지 않았었기'는'… 했었더라고요? 예, 그 문제는… 그렇게… 거창하고도 장황했던 서론을

　　　　　　　　다시는 치즈를 못 먹어도 돼!

끌어안아 볼 수 있을 만큼 대단한 문제이지… 않았었더라고요? 풀이를 해내는 데에… 10분은커녕… 5분도 투자하지 않아도 됐었을 만큼… 쉬워빠졌었던 문제…였더라고요? 아니… 그렇게 묘사하고 끝낼 게 아니라… 그중에서 3분가량을… 앞서 제가 존재하고 있을 것이라 짐작해 두기'는' 했었던 함정과… 그에 걸리지 않는 방법을 설명해 주는 데에 투자해도 됐었을 만큼… 쉬웠던 문제! 또 그랬으니만큼, 사실상 함정 외에는… 품어둔 게 없었던 문제…였기는… 했었더라는 거죠.

더해… 그뿐만 아니라….

그런 문제…였기도 했죠. 만약 그가… 함정을 품고 있지 않았었더라면, 2번을 답으로 두게 되었을 문제…였기도… 했죠. 아니 정확히는, 했더라고요? 예, 그러니까… 제가… 가뿐히도 맞혀낼 수 있었을 문제…였기는… 했더라고요? 그 문제가 쉬웠던 것이었는지! 아니면 뭐… 이젠 지겹지만, 그 당시의 제가… 불세출의 영재여서 그랬었던 것이었는지는 모르겠지만, 그 문제는… 확실히… 그런 문제였었기는… 했더라고요? 아 물론… 함정의 유무를 의심하지 않았다는 이유…만으로! 아니 어쩌면, 검산에 검산을 거듭하지 않았다는 이유…만으로… 그를 틀려버리기'는' 했었던… 제가! 예, 뭐… 이러나저러나… 그를 몰라서 틀려버렸던 다른 사람들이랑… '최소한' 그 당시에 한해서는… 같은 상황에 놓여 있었던… 그 당시의… 제가! 무슨 말을 더 할 수 있겠습니까마는….

음… 어쨌든요. 제가 어떤 감상을 앓았었건… 간에… 그렇게…

그 마지막 문제의 풀이까지도 모두 마무리되었던 만큼… 그 당시의 영재반 선생 나리가… 다음과 같은… 폐회사로 써봄 직했던 구절을 뱉어냈었던 것에는… 별… 문제를 제기하고 싶지는 않지만… 말이죠? 예, 별 불만은 없었기는 했지만… 말이죠?

"뭐… 오늘 수업은… 이까지고! 음… 우째 끝낼꼬? 그럼… 다들 혁대에게 일단 박수!"

그와는… 별개로! 그 구절에게는… 불만이… 이만저만이 아녔었긴… 했었더랬죠.

물론… 동의합니다. 보다 정확히는, 동의하는 편이었긴… 했어요. 또 왜 그가… 그따위 구절을 뱉었었는지에 대해서도… 아주… 잘 알고 있는 편이었기도… 했죠. 완전한 성인이기만 했던 게 아니라… 지성인이기까지 했던 선생이라는 작자가… 말 그대로… 저희네들의 발목을 분질러버릴 심산으로 파놨었던 함정을… 그가… 저와는 달리… 상처 하나 입지 않고서 보기 좋게 회피해 냈던 것은 사실이었고, 또 그건… 박수받을 만한 일이었기'는'… 하다고… 생각…했었더랬죠. 예, 그래서 그 구절에'는'… 동의하는 편이었긴… 했었다는 겁니다.

근데… 있잖습니까? 그렇다고 해서… 거기에까지 동의할 수 있었던 것은… 아녔었어요. 보다 정확히는, 앞서 언급했듯… 아예… 불만을 가질만한 수준… 이었기까지 했죠. 예, 이만저만이… 아녔었기까진… 했죠.

그거… 있잖습니까? 예, 다른 건 다 안 되고, 오직 그것만이! 풀어보자면, 다른 문제를 맞혀냈는지 따위는 아무 상관 없고, 오직 그 문제를 맞혀낸 것'만'이… 박수를, 또 칭찬을 받아 챙길만한 일인 것처럼 굴어대는 것…에게는… 동의해 줄 수 없었었어요. 예, 선생 나리가… 저따위 구절을 빚어내고, 또 간택하게까지 만들어 냈을… 그 생각에게까지는… 동의해 줄 수… 없었던 것이었더랬죠. 물론 선생 나리가… 그를 직접… 입으로 뱉으며 밝혀냈던 것은 아니었긴 했지만, 그래도… 그 당시의 그가 그런 생각을 품어뒀었을 것이라는 것은… 이미… 그의 폐회사가 그따위 구절로 이루어져 있었다는 것 하나만으로도 충분히… 증명해 낼 수 있지 않겠나요?

음… 어쨌든요. 사실 당연하다면 당연한 이야기겠지만, 제가… 그따위 폐회사를! 혹은 그따위 폐회사를 뱉어냈던 그의 사상을… 아니꼬워했었어 봤자… 그게 폐회사가 아니게 되는 것은 아니었던 만큼! 다른 표현으로는, 제게… 그 영재반에서의 시간을 지속시켜 낼 수 있을 만큼의 힘이 있지는 않았었던 만큼… 그 당시의 제가… 그런 상황에 '버려지게' 되는 것은… 사실… 당연한 수순이었을지도… 몰라요. 예, 그러니까… 자의이지야 않았었다지만, 어쨌든 간에… 이러나저러나… 칭찬을 받아 챙겨낼 수 있는 모든 기회들을 소진하고 말았었던 그 당시의 제가….

'보상 심리'라는 이름의 빚쟁이에게서 날아들었던 독촉장들에 파묻혀 버리는 상황에 버려지는 것은… 말이죠. '기대가 크면 실망도 크다!' 따위의 문구… 아니 어쩌면, 자명한 사실을 사훈으로 내건 채로 운영하는… 그 악덕 사채업자에게 져버린 빚이 낳았던…

독촉장들에… 말이죠. 예, 그의 힘을 빌려서… 일을 해나가다가…
일이 뜻대로 되지 않게 되었을 때! 필시 앓게 될 비관과 자책, 또
실망감들을! 그런 감정을 품지 않고서 실패를 경험했을 경우에 앓
게 될 것들보다… 곱절은 더 증폭시켜둔 채로 건네주는… 악덕 사
채업자에게 져버린 빚이 낳았던 독촉장들에… 말이죠.

또 그… 영재반에서의 시간이 매듭지어지고 나면, 더 이상 그
어떤 곳에도 몸을 담지 않고 하루를 마무리 지어내는 일상에… 혹
은 마무리 지어내야 하는 일상에 몸을 담았었던 그 당시의 제게
만큼은… 그날 하루 동안은… 무슨 수를 써도 변제해 낼 수 없었
던 빚이 낳은 독촉장들에… 말이죠.

물론… 다행스럽게도… 아니 어쩌면, 당연하게도… 저는… 그
삯들을 다 치러내기는… 했어요. 예, 그 독촉장 더미이자… 무덤
속에서… 제 육신을 끄집어내고서, 자유인의 신분을 되찾아 낼 수
는… 있었다는 거죠. 한 사흘가량의 시간 동안… 영재반에서! 또 3
학년 2반에서… 이변 없이… 또 특별할 것 없이… 새로운 칭찬들을
싹쓸이해 내는 것으로… 그를 다… 변제해 낼 수'는' 있었더라는…
거죠. 물론… 오해하지 마세요. 그네들을 싹쓸이해 내기 위해… 안
간힘을 써댔었던 것은… 아녔었답니다? 그냥 저는… 평소처럼 했
고, 또 '당연히' 받아야 하는 칭찬들을 받아 챙겨냈었던 것뿐이었
답니다? 물론 뭐… 빚을 지고 있었던 상황이었던 만큼, 마음이 완
전히 편한 상태였지는 않았다지만, 그렇다고 해서… 뭐… 그를 빨
리 변제해 내기 위해! 예, 새로운 칭찬을 받아 챙기기 위해 안간힘

다시는 치즈를 못 먹어도 돼!

을 써댔지는 않았었다는… 겁니다. 애초에 그러지 않아도 됐었던 게 더 컸겠지만….

됐고! 됐고… 말이죠? 이쯤에서… 하나… 여쭤보겠습니다. 그렇게… 모든 빚을 청산하고서, 자유인이 되었던 만큼! 그 당시의 저는… 그 사건… 혹은 사고에게서… 자유로워질 수 있었을까요? 예, 그 사고… 혹은 기억에게서… 해방될 수… 있었을까요?

그랬을 리가… 있었겠습니까? 보다 정확히는, 그럴 수가… 있었겠습니까? 절대 아니죠.

생각해 보면… 그래요. 애초에 그 사고는… 앞서 지겹게도 언급했듯… 제가 성급했다는 것을 증명해 줬던 사고였을 뿐, 제가 '무지'하다는 것을 증명해 줬던 사고였지는 않았을뿐더러! 그 사고를 겪은 이후로… 세기에도 벅찰 만큼 많은 칭찬들을 받아 챙겼었던 것은 맞고, 또 그로써… 저 자신이… 영재가 맞기는 하다는 믿음을 더욱 공고히 해낼 수 있었던 것 역시… 맞지만! 예, 거기까지도 다… 맞았던 만큼, 그 사고에게서… 자유로워질 수 있었던 상황이었긴 했지만… 말이죠? 애석하게도… 저는… 그러지 못했죠. 아니 상황이… 그래주지 않았죠.

예, 저는… 그 사고의 망령과 늘… 함께였었던 것 같아요. 물론 그 사고를 늘 기억 속에 품어두고 살아왔었던 것은 아니었지만! 예, 그를… 이런 토크쇼에 닿아야만 꺼낼 수 있을 만큼… 무의식 깊은 곳에 쑤셔 박아뒀었던 것은… 맞지만! 그 기억과는 별개로… 그가 낳아준 망령만큼은… 언제나 저와… 함께였었더라는 거죠. 보다 정확히는, 함께였었던 것 같았죠.

음… 어떻게 표현해야겠습니까?

그… 있잖습니까? 꼭 눈에… 밟히기는 하던 것… 아녔었겠습니까? 그 망령이 만들어 줬던 것들 같아 보이지는 않았고, 그냥… 음… 뭐라고 할까요? 그 칠칠맞은 망령이 곳곳에 흘려두고 갔던 흔적들이… 말이죠. 예, 그가 아직 제 곁에 남아 있다는 것을 알려주는 것만 같았었던 증거들이… 말이죠.

이를테면… 뭐… 앞서도 언급했듯… 아직… 석차랄 게 없었던 덕분에, 비공식적인 순위였기는 했다지만, 언제고 반에서 가장 높은 점수를 받아 챙겼었던 제 시험지에 박혀 있었던… 95… 혹은 90 따위의 숫자들이! 다른 표현으로는, 음… 물론 앞서 언급했듯 가장 높은 점수였기야 했다지만, 애석하게도, '100' 따위의… 완벽한 숫자이지는 않았었던 숫자들이자… 제 점수들이… 말이죠.

또 그뿐만 아니라… 공교롭게도, 제 점수를… 그런 완벽하지 않은 숫자로 만들어 냈던… 하나에서 둘 정도 됐었던… 문제들! 그네들의 면면도… 눈에 들어왔었고… 말이죠. 공교롭게도! 아니 어쩌면, 운명의 장난 같게도… 예외 없이… 늘 가장 어려운 문제가 아닌… 함정이 파여져 있는 부류의 문제들이었던 그네들의 면면 역시도… 말이죠. 앞서 언급했듯… 그날 이후의 저 역시도… 그날의 제가 앓았었던 것과 엇비슷한 문제들을 '여전히' 앓고 있다는 것을 증명해 주던! 예, 그를 해결해 내지 못한다면, 자신에게서 완전히 자유로워질 수 없을 것이라는… 불쾌한 속삭임을 건네주던… 정황증

다시는 치즈를 못 먹어도 돼!

거들이자… 망령의 흔적들이 늘 눈에 밟혔고, 또 '살짝'… 신경이 쓰였기는 했었더라는….

아… 사실… 맞긴 합니다. '살짝'… 예, 어디까지나 '살짝'…이었긴 했죠. 사실 뭐… 그럴 수밖에 없지… 않았겠습니까? 아무리 그래도… 앞서 언급했듯… 최고 득점자였던… 그 당시의 제게! 또 한편으로는, 난도가 꽤 있었던 문제들 역시도… 식은땀 두 방울이 채 떨어지기 전에는 풀어재껴 내고, 또 맞혀내기까지 했던 사람이었던… 그 당시의… 제게! 또 뭐… 직접 조사해 보지야 않았었다지만, 그 함정에 걸려 발목이 분질러져 버렸던 사람이… 당연히, 또 최소한… 저 하나이지만은 않았었을 만큼, '못난 다수'의 그림자에 몸을 잠시 의탁할 수 있는 사람이었던… 그 당시의… 제게! 그깟 것들을… '살짝' 이상의 수식어를 붙여야 할 만큼… 깊게 생각했어야 했을 이유가… 있었을까요? 아니… 있었겠나요? 말이 안 되는 이야기이지… 않겠나요, 그건?

음… 어쨌든요. 그런… 망령과의 불편하고, 또 불쾌했던 동행은… 그렇게… 꽤 오랜 시간 동안 이어졌지만, 다행스럽다면 다행스러웠게도… 그것은… 앞서 언급했던… 그런… 대충 보고 넘겨봐도 될만한 것들을… 제 시야에 밀어 넣어주는 것으로다가… 자신이 아직 제 곁에 남아 있다는 것을 알려주는 것 이상의 행위를… 이행하지는… 않아 줬었어요. 예, 그러니까 물밑에서 일을 벌였을 뿐… '최소한' 수면 위를 넘어… 제 삶의 주역으로까지 올라와… 제 삶을… 송두리째 뒤흔들려 들지는 않아 '줬'었더라는… 이야기죠. 그

만큼 대단한 무언가를 빚어내… 제 눈앞에 가져다주지는 않았었더라는… 이야기죠. '그때까지는'… 아니아니 '그전까지는'… 말이죠.

맞아요. 그래서… 그랬었던 것 같아요. 앞서 언급했듯… 그가… 최소한 '그때까지는' 그러지 않아 줬었어서… 그에… 비웃음… 혹은 코웃음을 뱉어내는 선택까지도… 이행해 낼 수 있었던 것… 같아요.

6학년 2학기…였을까요? 아니면 1학기의 끝자락이었던 여름… 쯤이었을까요? 그때쯤부터… 있잖습니까? 선생 나리들이… 저희에게… 전혀 새로우면서도, 또 조금도 공감할 수 없었던 구절들을 빚어다 건네주기 시작하던 것… 아니었겠습니까? 예, 그러니까 그… 앞서 언급했던 비웃음 혹은 코웃음을 뱉어내 줘 볼 수 있을 만했던… 구절들을! 아니… 그래 마땅했던 구절들을… 말이죠.

사실 뭐… 토씨 하나 틀리지 않고 기억해 내지는 못하고 있긴 하니까… 그냥… 대략적으로….

음… 간단합니다. 그 구절들은… 말하자면… 초등학교와 중학교 간의 차이에 대한 설명에다가… 충고… 혹은 조언을 덧대둔 구절들…이었죠. 아니 어쩌면, 조언을 빙자한 악담이자… 저주…였을지도 모르겠고요.

툭 까놓고 얘기해서… 그게… 저주고, 또 악담이 아니라면… 뭐였겠나요? 여러 초등학교에서 방출된… 여러 학생들이 모여드는 중학교에 가면, 지금 이곳에서 전교 1등을 차지하고 있는 사람은… 전교 3등 내지… 4등으로까지 밀려날 '수 있다'는… 말이! 또 음… 10등은, 30등으로, 20등은… 60등 혹은 그 이상으로까지 밀려날

다시는 치즈를 못 먹어도 돼!

'수 있다'는 말이… 정녕… 조언이었을까요? 아니… 조언이기'는' 했을까요? 악담이 아니었을 가능성이… 조금이라도 있는 구절…이었기는… 했을까요? 아 물론… 그러한 구절들은… 사실… 상황이 그러니만큼, 마음의 준비는 물론이거니와… 실제로 성적의 유지 혹은 향상에 조금이라도 도움이 될만한 실질적인 준비들을 미리미리 해두라는 취지로다가 빚어내고, 또 뱉어졌던 구절들이었던 만큼, 조언이 될 수 있는 구절들이기는 했지만! 예, 저도 그 정도는… 인정하는 편이긴 하지만! 아니… 인정해 '줄' 수 있는 편이긴 하지만… 말이죠? 아무래도 그 당시의 제 상황이… 그를… 악담이라 받아들일 수밖에 없었던 상황…이었어서….

예, 다른 사람들에게라면 몰라도… 저는… 아시다시피… 언제고… 1등만을 기록했던 사람이었던 만큼, 그를 곱게 받아들일 수가… 없었어서….

사실… 당연하다면 당연한 이야기이지… 않겠습니까만, 결국… 총합이 얼마나 늘어나든 간에! 또 그 분모를… 어떤 개체들이 이뤄내든 간에! 절대 변하지 않는 단 하나의 진리는… 있기 마련이었지… 않겠습니까? 바로… 결국… 누군가는 전교 1등을 거머쥐게 되리라는… 것! 예, 전교 1등을 거머쥐는 사람… 혹은 개체는… 있을 수밖에 없다는… 것! 예, 없을 수가 없다는 것… 말이죠. 당연한 이야기겠지만, 저희 중에서 누군가가… 그 자리를 차지해도 안 될 게 없고!

또 그렇다면, 그에 가장 가까웠던 사람은… 바로… 저였지 않았겠습니까? 그 당시의 저는… 그런 사람이었지… 않았겠습니까?

예, 그래서… 그랬던 겁니다. 그런 입장이었어서… 그를… 악담으로 취급하기로 했던 겁니다. 아니 그냥… 그랬던 저였기에… 그를… 악담으로 들을 수밖에 없었던… 겁니다. 그의 구절 속에서의 저는… 다른 초등학교의 1등, 또 그와는 또 다른 초등학교의 1등에게… 패배한 뒤… 별도 들지 않는 3등 자리로 들어가게 되는 사람…이었으니까요. 예, 그런 추락을 겪는 사람…이었으니까요.

사실 저는… 있잖습니까? 그에게… 묻고 싶었었어요. 그것은 사실… 그 역(逆)도 성립되는 이야기이지 않겠냐는… 사실에 입각한 질문을! 아니 어쩌면, 투정을… 던져보고 싶었었어요. 그만큼 그의 말에… 공감하지도, 또 동의하지도 못했었더라는… 거죠.

아 물론… 말이야 이렇게 했지만….

사실… 그때도… 어렴풋이'는' 알고 있었기는 했던 것 같아요. 만미동이… 그리 대단한 곳이지는 않다는 것… 정도는! 또 다른 표현으로는, 저희 만미초등학교와… 또 그곳이 속한 학군이… 좋게든, 나쁘게든… 그리 대단한 곳이지는 않다는 것 정도는… 어렴풋이… 알고 있었기는 했던 것… 같다는 거죠. 예, 그랬었던 만큼… 저희 학군, 또 저희 동네가 낳은 사람들이… 패배를 하는 쪽으로 들어가게 될 가능성이 더 높으리라는 것… 역시도… 어느 정도는… 짐작해 됐고, 또 그랬으니만큼… 그가… 조언의 방향성을… 그런 쪽으로 잡았었던 것 자체에는… 크게… 분개하지 않았었던 것이었을지도… 몰라요. 부정, 또 분개하기 힘들어서 그랬었던 것이었든 간에… 아니면 뭐… 약간 공감 아닌 공감을 했어서… 그랬었던 것이

다시는 치즈를 못 먹어도 돼!

었든 간에… 말이죠. 아 물론… 고등학교나 대학교로의 진학을 앞둔 상황이었더라면 몰라도… 그때는… 같은 동네의 다른 초등학교 학생들만으로 속을 채우게 되는 중학교로의 진학을 앞둔 상황이었던 만큼, '굳이' 그럴 필요야… 있었겠느냐마는! 예, 선생 그 작자가… 굳이… 그랬어야 했었겠느냐마는….

아 뭐… 말 나온 김에… 한번… 얘기해 보자면….

그… 만미동이 그리… 대단치 못한 동네라는 것? 사실 그를… 그리 대단한 경위를 통해 알게 되었었던 것은… 아녔었긴 했어요. 아니… 정정할게요. 어른이 된 지금 이 시점에서 돌아보면… 완전히 틀려먹었다고 볼 수'는' 없겠다지만, 그렇다고 해서… 완전히 들어맞지는 않는 경위로다가… 어렴풋이'라도' 알게 되었었던 것… 같아요.

아… 물론 그 전에… 그때의 저는… 핏덩이에 준하는 어린아이였다는 것을 감안하시고… 들어주셔야 합니다? 예, 그 모든 것들이… 그 핏덩이의 시선, 또 기준이라는 것을… 알아주셔야… 한다는 겁니다?

본론으로! 예, 사실 저는… 그때까지… 본 적이 없었거든요. 저희 동네가 뉴스에 나오는 꼴을… 말이죠. 또 뭐… 각종 예능 등에서도… 무대로 삼아지는 경우도 본 적이 없었었고… 말이죠. 끝으로… '정보의 바다'라 불리는 인터넷에도… 저희 동네에 관련된 정보들이… 그다지 많이 떠다니지… 않고 있다는 것 역시도… 잘 알고… 있었고 말이죠. 물론 뭐… 어른이 된 지금 이 시점에서는, 어떠한 동네가 뉴스에 나오는 것은… 꼭 좋은 일이 아니라는 것 정도는… 잘 알고 있긴 하지만! 또 뭐… 동네 및 학군의 수준이 좋다고 해서… 그곳이… 연예인들이 뛰어노는 예능의 무대로 간택되는 것은… 아니라는 것 역시도… 아주… 잘 알고 있긴 하지만, 어쨌든… 그 당시의 제게는… 그것은… 충격 아닌 충격이었긴 했었죠. 또 저희 동네를… '하찮은 동네'까지는 아니더라도… 최소한… 주연보다는 조연 혹은 단역에 가까운 동네라 취급하게 만드는 경위로 삼아볼 만했던 일…이었기도 했고 말이죠.

음… 어쨌든요. 그를 어렴풋이 짐작하게 되었던 경위이자… 뭐… 저희 동네에 관한 악담은… 이쯤 해두고! 다시… 그 조언을 빙자한 악담을 들었던… 그때로….

그… 물론… 있잖습니까? 오해는… 하시면 안 됩니다? 제가 그 악담인가 뭔가를 듣고서, 토라졌었던 것은… '절대'… 아녔었긴 했어요. 예, 그 당시의 저는… 다 덮어놓고, 그저… 달콤하기만 하고, 또 듣기 좋기만 한 말을 듣고 싶어 했었던 어린아이이지… 않았었어요. 그렇게 철이 없지는 않았었다고요. 물론 그 당시의 저는… 기껏해야 초등학교 6학년짜리였던 만큼, 그래도 됐었기야 했겠다지만, 어쨌든 간에… 그가 곱지 못해서 그를 악담이라 받아들이기로 했던 것도, 또 뭐… 그래서 그에게… 비웃음이나 코웃음을 뱉어내 줬던 것은… 절대… 아니었고….

그냥 딱… 그겁니다. 그냥 뭐… 눈에 보이지가 않는 이야기였어서… 그랬던 겁니다. 시간이 많이 남았다면 많이 남은 일에 대한 이야기라 생각해서… 그랬었던 것도… 맞고! 아니아니… 그렇게 '생각해서'라기보다는… 그렇게 '느껴져서' 그랬었던 것도… 맞고! 또음… 그것도 그거지만, 아무리 '그래봤자' 따위의 생각이 들었어서… 그랬었던 것도… 맞고!

끝으로… 뭐… 저뿐만이 그를… 진중하게 받아들이지 못했었던게… 아니었어서… 그랬었던 것도… 맞죠. 아니 그랬던 감이… 없지않아 있었긴 했겠죠.

말하자면… 그런 겁니다. 솔직히 그 당시의 저는… '군중심리'…그에 동화되어 버렸던 겁니다. 담임 선생이라는 작자가… 그런… 나름대로 무겁게 들을 구석이 있기'는' 했었던 말들을 뱉어냈던… 그당시의… 제 앞뒤 양옆을 채우고 있었던 자들이… 꽃피워 낸 군중심리…에게… 말이죠. 예, 그네들이 '직접' 꽃피워 냈던 것은 물론이거니와… 또 그에 동조해내는 것으로다가… 그 몸집을 부풀려 내기까지 해준 끝에… 어느덧… 교실 전역으로 퍼져버렸던 군중심리따위의 것에게… 동화되어 버렸다는… 이야기입니다. 예, 그래서 그랬었다는… 의미입니다. 중학교라는 곳에게… '새로운 곳'… 혹은새로운 곳이니만큼 '설레는 곳' 이외의 명칭을 안겨다 주지 못하고,또 안겨줘야 한다는 생각조차 하지 못했었던 머저리들이! 그 작자의 구절을… 허투루, 또 장난스럽게 듣고서… 그를… 웃어넘겨 버리고야 말았었던… 게… 주효했죠. 맞아요, 비웃음이었을지는 모르겠지만, 어쨌든… 그를 듣고서, 전염성이 강한 웃음꽃이란 걸 피워내 버리고야 말았었던… 게… 가장… 주효했었더라는 거죠. 아니아니 그가 낳은 군중심리에… 제가… 동화되어 버리고야 말았었다는… 이야기죠. 보다 정확히는, 그 군중심리가 결행해 냈던… 제 의식으로의 침투를… 제가 그만… 허용해… 버리고야 말았었던 것이었겠죠. 아니… 거부하지 않았던 것이었겠죠. 예, 그럴 수 있을 만큼의 깊고, 또 무거운 신념을 품지 않아 뒀었어서… 그랬었던 것이었을 수도… 있고….

또 한편으로는, 그것이 그냥 뭐… 쉬운 선택…이기도 했을 테니까….

아… 뭡니까? 혹시 방금 제게… 쉬운 선택을 하는 것을 좋아하시는 편이시냐고… 물으신… 겁니까? 예, 그런 걸 즐겨 하는 사람이냐는… 꼴같잖고, 또 가당찮은 질문을 건네주신… 겁니까? 아니지… 방금 그걸… '질문'이라고 받아들여도… 되기는… 하나? 방금 그건… 시비… 아닌가?

아… 죄송합니다. 다시… 평정을 되찾고….

물론… 있잖습니까? 애석하다면 애석한 이야기겠지만, 사실 그… 비웃음? 또 코웃음들은… 그리… 오래 지속되어 주지만은 않았었더랬죠. 보다 정확히는, 제가 그를… 그리… '더 이상' 이어갈 수 없는 상황에 닿게 되어서… 그를… 빠르게 거둬냈던 것이었겠지만, 어쨌든 간에… 그랬었긴… 했었더랬죠. 아 물론… 제 것에 한해서입니다. 그 군중심리를 꽃피워 내 줬던 다른 분들의 경우는… 잘 모르겠네요. 예, 그네들의 코웃음들은… 글쎄… 모르겠네요. 중학교에 가서도… 그따위 악담에 계속 코웃음을 뱉어낼 수 있을 만큼의 성적들을 기록해 냄으로써! 아니면 그냥… 성적에… 아예 달관해

버림으로써! 계속… 코웃음들을 뱉으면서 살아갔을 가능성… 없지는 않을 수도 있죠. 어쨌든 간에… 제 비웃음이자 코웃음은… 딱… 거기까지…였답니다?

뭐… 어떻게 표현해야 할지 모르겠습니다만….

저는… 알게 되었던 겁니다. 결국… 그의 말이 다 사실이라는 것을 알게 되어서… 더 이상… 코웃음을 뱉어낼 수가 없게 되어버렸던… 겁니다.

만미중학교 1학년 6반 7번… 김학필! 그는… 머저리였어요. 초등학교 3학년 때부터 해서… 4년가량의 시간 동안 영재반에 소속되어 있었던 사람이었다는… 그 누구도 쉬이 믿어낼 수 없는 말을 '자진해서' 떠벌리고 다니던… 머저리…였어요. 또 만미중학교에도… 영재반이 있다는 소식을 듣고서, 영재반에 발을 들이려고 했고, 또 실제로도 그에 성공해… 발을 들이게 되었던 사람이었던 만큼, '겉으로는', 또 '서류상으로는' 굉장히 괜찮아 보이던 사람이었긴 했지만, 애석하게도… 실상은 그렇지 않았었던… 머저리였어요. 모지리…였을 수도! 또 뭐… 빈 깡통이었을 수도… 있죠.

아니 제일 확실한 표현으로는, 영재 같은 구석이 있기는 했지만, 그렇다고 해서… 특출난 사람이라고 하기에는… 모자란 부분이 너무 많았었던… 딱 그런 부류의… 음….

아니 그냥… 그렇게 할 것도 없이….

자신의 주제를 모르는 사람…이었었더랬죠. 전교 8등 주제에… 3등 박종현, 또 6등 김범호와… 7등 고도균마저… 모종의… 혹은 불명의 이유로 자신의 몸뚱어리를 쑤셔 넣으려 하지 않았었던 영재반에… 꾸역꾸역… 자신의 몸뚱어리를 쑤셔 넣었었던 뻔뻔해 빠졌던… 사람! 예, 딱 그 정도의 사람… 혹은 그런 부류의 사람…이었었더랬죠. 영재 출신인 것 같기는 해도… 불세출의 영재… 같지는 않아 보였던… 딱… 그런 느낌, 또 부류! 사실 애초에 '영재'라면, 쌔고 쌔서는 안 되겠지만, 그런 표현을 잠시 써봐도 된다면, 어쨌든 간에… 쌔고 쌔는 수준의 영재… 딱 그런 느낌, 또… 부류…였었더랬죠.

그 당시의 저이자… 언제고 당사자였던 제게도… 제가 받아냈던… 성적은! 아니아니… 그런 영재답지 못한 성적을 받아 챙기지 못했었던 저는… 그렇게 해석됐었는데! 아니 이따금씩… 그렇게 해석하는 게 맞지 않겠냐는 생각이 들었었는데! 그네들에게는… 오죽…했겠습니까? 예, 제가 쌔고 쌘 수준의 영재가 아니라… '한때는' 불세출의 영재이기까지 했다는 자명한 사실을 그저 전해 듣기만 하고, 또 제가 품고 있었던… 일련의… 크고 작은 성공의 기억들을 아예 품어두지 못한 채로… 저와 눈을 맞췄었던 그네들에게는… 오죽…했겠냐는 거죠. 그런 그네들이 정녕… 제 성적 및 등수… 또 그를 받아 챙겨냈던 제게… 불신 혹은 의심 따위가 조금도 들어차 있지 않고, 오롯이 신뢰만으로 속을 채워둔 곱디고운 눈빛을… 제게… 쏴대 줄 수 있었겠냐는… 거죠.

그네들의 시선 속에서의… 저는… 어떤 사람이었을까요? 평소에… 교과서나 문제집에 고개를 처박아 둔 모습을 보여주지를 않던 범재들이자! 이번 시험에서 호성적을 거둬내기만 한다면, 평소에

원해왔던 것들을 사주겠다던 부모님의 말을 듣고서는, 그네들에다가 머리를 박아둔 채로… 겨우 며칠에서 몇 주만을 태워내는 것으로… 저와… 다섯 계단도 채 떨어져 있지 않던 곳에까지 도달해… 저와… '이따금씩' 일시적인 이웃 관계를 맺어대곤 했었던 그… 범재 중의 범재였던 그네들의 시선 속에서의 저는… 어떤 사람…이었을까요? 농담으로라도 영재라 취급해 보기 어려웠던 존재… 아녔을까요? 그네들이 쏴댔던 눈빛에… 그런 의미가… 담겨 있었지 않았을까요?

또 뭐… 앞서 딱 한 번 언급하고 말았었던… 박종현, 김범호, 고도균… 정도를 포함해… 언제나… 저보다 앞서 있었던 것은 물론이거니와… 대외적으로… 1등에서 5등 사이의 한 자리만큼은… '이변이 없다면' 늘 차지해 오는 쪽으로 인식되었었던 몇몇에게… 저는… 어떤 사람이었을까요? 보다 자세히는, 시험 당일… 일시적이기야 했지만서도… 치명적이기는 했던 병세가 자신을 찾아왔다는 경위로… 제 역량을 온전히 발휘해 내지 못함으로서, 예전 같았으면… 장난으로라도 기록해 볼 수 없었던 점수를 기록해 내고서… 그에 대한 죗값으로… 저와… 일시적인 이웃 관계를 '한 번씩' 맺'곤' 했었던! 보다 정확히는, 중학교 시절 동안 총 열두 번 치러졌었던 시험들 동안… 한두 번 정도는 이웃 관계를 맺곤 했었던… 그네들에게… 저는… 어떤 존재…였을까요? "아무리 내가 아파도… 쟤보단 낫겠지."… 따위의 혼잣말에 들어선 '쟤'에 해당되는 사람…이지 않았겠나요? 그네들이 쏴댔던 눈빛에… 그런 의미가….

음… 근데… 장황하게 이야기해 놓고… 이제 와서 이런 말씀을 드리면… 좀… 죄송하긴 한데….

사실… 그 당시의 저는… 있잖습니까? 그네들이 그따위 눈빛을 쏴댔었던 것에는… 그리… 큰 의미를 부여하지는… 않았었긴 했어요. 보다 정확히는, 그냥… 신경도 쓰지… 않았었고… 말이죠. 아니 정확히는, 몹시도 당연한 이유들이자… 자명한 사실들 덕분에, 그에… 신경을 쓰지 않을 수… 있었더랬죠.

당연하다면 당연한 이야기겠지만… 말이죠? 그네들에게서… 그런 눈빛을 받게 된다고 해서… 제가… 영재가 아니게 되는 것은… 또… 아니긴… 하잖습니까? 그것들은 솔직히 별개였기는… 했잖습니까? 맞아요. 그 당시의 제가… 그런 등수들을 기록했다고 해서… 제 이름 옆에서… 영재라는 직함이… 말끔히 사라져 버리는 것은! 또 사라져 버려야 하는 것은… 아니었긴… 했잖습니까? 또 저를 지탱해 왔던 기억들까지도… 제가 스스로 다 게워내고, 또 제 삶에서 들어내 버려야 하는 것이지도… 않지… 않겠습니까? 예, 그런… 이러나저러나… '외부적 요인'에 지나지 않았었던 타인의 시선 때문에… 제가… 제 근간을 '스스로' 뒤흔들어 내는 선택을 이행해야 할 필요는… 없지… 않겠습니까?

그리고 사실 또… 그뿐만… 아니라….

저는 다… 알고 있었기도… 했거든요. 그 초라해 빠졌던 성적들이… 결국… 다 제 실수로 빚어진 것들이라는 것을… 아주 잘… 알고… 있었기도 했었더라는 거죠. 애석하게도… 매 시험마다… 또

다시는 치즈를 못 먹어도 돼!

모든 과목마다… '번번이' 저질러 버리고야 말았었던… 한두 개의 '실수'들이 쌓이고 쌓여서… 그런 초라해 빠진 성적을 낳아버리고야 말았었다는 것을… 아주… 잘 알고 있었기도 했었더라는 거죠.

이상할 것도 없는 이야기이니만큼, 부러… 풀어 말해볼 필요야 없겠다지만, 결국… 풀이를 들어보니까… 다… 그랬긴 했더라고요? 예, 제가 틀렸던 문제들은… 다 제가… 그만… 급하게 풀다가 틀려버렸거나! 늘 사치에 지나지 않는다고 여겼었던 검산을 이행하지 않았다는… 코웃음도 쳐지지 않던 경위로 인해 틀려버렸던 문제들밖에… 없더라고요? 예, 제가 몰라서 틀렸던 문제 같은 건… 없었었더라는… 이야기죠.

그래서… 그에 나름대로 당당해할 수 있었던 것… 같아요. 보다 정확히는, 당당해…하는 것을… 넘어… 그 '눈빛'들을… 다… 못 본 척해 댈 수 있기까지 했었던 것… 같아요. 아니 그 정도까지는 아니었었더라도… 그에… 동요까지는 하지 않을 수 있었던 것… 같아요. 예, 애초에… 이러나저러나… 결국 외부적 요인이기'는' 하다는 그 최소한의 한계마저도 넘지'도' 못했었던 그 눈빛들이! 더 깊게 파고들어 보니… 웬걸… 결국은 제가 실수를 저질렀다는 이유 하나만으로 빚어졌던 것이었다는! 예, 그런 이른바 태생적인 결함을 앓고 있기까지 한 것들이라는 것을… 아주 잘 알고 있었던 덕분에, 그네들을… 진중하게, 또 무겁게 받아들이지… 않았었던 것 같아요. 아니… 그럴 수 있었던 것… 같아요.

또 더욱이… 그뿐만 아니라… 말이죠? 사실 따지고 보면, 그 작

자들이… 제게… 그따위 시선을 쏴댈 수 있었던 이유 역시도… 별
거… 아니었긴 했잖습니까? 결국… 그네들이… 제가 저질렀던 실수
를 저지르지 않은 존재들이었다는 것… 하나뿐이었지… 않았겠습
니까? 그네들이 뭐… 대단한 존재였어서… 그럴 수 있었던 것은…
아니었긴… 했잖습니까? 그저 그네들이… 저보다 조금 더 침착했
거나, 또 운이 좋았다는 이유 하나만으로… '용케도' 저와는 달리…
실수를 저지르지 않을 수 있었고, 또 그 덕분에, 그런 눈빛을 쏴댈
수 있었던 것…이었잖습니까?

그런 연유들로 빚어졌고, 또 그런 연유들로… 제게 날아들었던 그
눈빛들에… 그 당시의 제가… 위축되었어야 했을 이유 같은 게….

뭐… 됐습니다. 계속 이어가 봤자… 헛웃음만 나는 이야기네요,
그죠? 그러니까 그냥… 이쯤… 해두고….

음… 어쨌든요. 그… 만미중학교에서 태워냈던 제 3년에 대한 기
억은… 거기까지입니다. 그 3년은… 그런 시간이었었어요. 자세히
는, 그따위 무의미한 눈빛을 '지속적으로' 받아 챙겨가며 태워내야
했던… 시간이었던 동시에! 뭐… 이 토크쇼에서 꺼내볼 만한 중대
사건을 잃지는 않았었던 시간이었던 만큼… 무의미하다면 무의미
했던 시간…이었었더랬죠. 아니 '무의미'…보다는… '무미건조' 따위
의 표현이 더 나을 것 같기는 한데… 음… 어쨌든….

아… 잠깐만요. 큰일 날뻔했네요. 이걸… 빼먹을 뻔…했네요, 그죠?

그 3년을 그렇게 태워내고서! 혹은… 태워냄으로써 받을 수 있
었던… 뭐… 일종의… 최종 성적표? 또 그에 기재되어 있었던 숫

다시는 치즈를 못 먹어도 돼!

자이자… 그 3년 동안의 평균치… 혹은 종합치에 해당됐었던 수치는… 상위… 9%…였었다는 것을… 그만… 생략해 버릴 뻔…했네요. 아찔했습니다, 그죠?

아 말 나온 김에… 하나만… 여쭤봐도 될까요? 사실 뭐… 여쭤봐 봤자… 무슨 의미가 있겠느냐마는… 그래도….

음… 만약… 있잖습니까? 귀하의 금지옥엽 같은… 도련님, 또 공주님이… 어디 내세우기 부끄러운 학군에 속해 있었던… 역시 내세우기 부끄러운 중학교에서 받아 챙겨냈던… 상위 9%짜리 성적표를 귀하에게 제출해 준다면! 귀하께서는… 그네들에게… 어떤 구절을 건네주실… 겁니까? 보다 정확한 표현으로는, 그 성적표에게… 혹은 그를 빚어냈던 그네들에게… 어떤 평가이자… 답변을 건네주실… 겁니까?

아… 그냥… 이런 식으로 하지 말고, 바로… 예, 바로 한번 말씀드려… 보겠습니다. 저희 아버지가… 그 당시의 제게 건네줬던 평가이자… 답변을… 말이죠.

그를 건네받았었던… 그 당시의 아버지는… 말이죠? 제게… 저희 지역에서도 꽤 알아주던… 학교! 보다 자세히는, 저희 지역에서… 특목고를 제외하고 남은 인문계들 중에서… 학구열이… '그나마' 제일 높기로 유명했던… '산연고등학교'! 예, 그곳으로의 진학을… 명하셨더랬죠. 아니… '명(命)'이라는 표현을 쓰면 안 되겠고, 그곳으로 재학해 보는 것이 어떻겠냐는 권유를… 건네주셨더랬죠. 보다 자세히는? 아니 어쩌면 정확히는, 아무래도 그곳은… 넓디넓은 '지역' 단위에서는 같은 지역에 속해 있는 학교였긴 했지만, 그보다 훨씬 좁은 '학군' 단위에서는… 만미중학교와 같이 엮이지는 못할 만큼… 저희 동네에서는… 멀리 떨어져 있었던 학교였던… 만큼! 예, 그러니까… 지하철을 타고서… 꼬박 일곱 개의 정거장을 지나야만 닿을 수 있었을 만큼 먼… 학교였던 만큼… '분명히' 지루해 빠질 것이 분명했던 등하교 과정을… 큰맘 먹고 한번 버텨내고서, 그곳에 몸을 담아보는 게 어떻겠냐는 권유를… 건네…주셨었더랬죠. 예, 그곳은… 앞서 언급했듯… 면학 분위기가 괜찮다 못해 좋게 형성되어 있다고까지 정평 난 곳이었기는 했었던 만큼, 그 지루해 빠진 등하교를 버텨내기만 한다면, 그래도 얻는 게… 아예 없지만은 않지 않겠냐는… '얼핏 들으면' 괜찮게 들렸었던 권유를… 뱉어내 주셨었더라는 이야기죠. 종합해 보자면, 제게… 중학교로의 진학 과정과는 달리… 학군보다 넓은 범주인 '지역' 내에서 진학을 희망하는 고등학교를 선택… 혹은 그보다 한두 단계 아래인 지망 정도'는' 해볼 수 있었던… 그 당시의 현행 제도상의 이점을 십분 활용해 보자는 권유를… 뱉어내 주셨었더라는 이야기죠. 물론 뭐… 나중에 말씀드리겠지만, 그 당시의 아버지는… 원체고 바빴었던 덕분에, 제 진학에 관한 일종의… 상담 비스름한 것에… 그리 많은 시간을 할애해 주시지는 못하셨었고! 아니 그래주지… 않으셨었고! 예, 그랬었으니만큼, 그 권유랄 것도 사실… 흘러가듯 던졌던 한두 마디에 불과했었긴 했지만, 어쨌든 간에… 그런 말씀을 하셨기는 하셨었던것 자체는… 사실이기는… 합니다.

다시는 치즈를 못 먹어도 돼!

음… 각설하고요. 어쨌든요. 그 당시의 제게… 그 권유를… 부러 거절해야 할 이유 같은 건… 없었죠. 그래서… 그 당시의 저는… 그에… 그 어떠한 거부감도 앓지 않아 가며, 그를… 어쩌면 '흔쾌히'까지 받아들여 버리고야… 말았었더랬죠. 학구열이 괜찮은 학교에 가는 게… 웬만해서는… 나쁜 결과를 낳을 일이 적거나 없는 선택지가 될 것이라는… 믿음이자… 어쩌면 자명한 사실… 아래! 또 뭐… 어른의 말을 잘 듣는 것이… 착한 아이라는 자명하디자명했던 사실… 아래!

또 뭐… 비록… 중학교에서 3년여의 세월을 태워가며, 조금… 희미해진 구석이 없지 않아 있었기는 했지만, 그래도 이러나저러나… 저처럼… 못해도… 7년여의 세월을 영재로 태워내기'는' 했었던… 사람은… 그런 학교에 가봐도 괜찮지 않겠냐는! 아니 어쩌면, 가는 게 맞지 않겠냐는… 그런… 긍정의 답변 외에는 뱉어낼 게 없었고, 또 다른 답변을 뱉어내 보고 싶지도 않았었던… 자문(自問)의 결과에 입각해… 말이죠.

물론… 있잖습니까? 지금 이 시점에 다시 돌아봐도… 그 선택이… 잘못된 선택이었다고 생각하지는… 않는 편이긴 해요. 물론 그것이… 그 어떠한 부작용도 낳지 않았었던… 완전무결한 선택지였냐고 묻는다면… 긍정의 답변을 뱉어내기가 좀… 어려울 것 같긴 하지만! 그렇다고 해서… 그 선택 '자체'를… 나쁜 선택이었다고 여길 생각일랑… 추호도… 없기는 하다는 거죠.

아 뭐… 그 선택이… 대체 얼마나 대단한 부작용을 낳았냐고…

물으신다면… 말이죠?

음… 글쎄요? 사실 이렇게… 판을 깔아놓고 이야기해 보려니까… 좀… 별거 아녔었던 것 같기는 한데….

뭐… 한 단어로 얘기해 보자면… '재회'…였습니다. 아… 굳이 한 단어로 얘기할 필요는… 없나요? 그렇다면 뭐… 고대했었기는 커녕… 그를 이행했던 그 순간에도… 그것이 정녕… 재회가 맞기는 한 것인지! 예, '첫 만남'이지 않은지에 대해 고심하고, 또 그를 넘어 의심하기까지 해야 했을 만큼… 대단했던 재회…였었다고… 말씀드려 보겠습니다. 아니… 답변드려 보겠습니다.

산연고등학교 1학년 1반 13번… 김학필! 그는… 중학생 때 몸담았었던 곳에 비해서는… 소폭 넓어진 듯했지만, 애석하게도… 총원이… 28명가량에서 38명으로… 무려… '폭증'까지 해줬던 덕분에, 체감상… 오히려 더… 좁아진 듯했던 교실에… '홀로' 버려진 머저리…였답니다? 아무리 대의를 위한 선택이었다지만, 낯선 동네에 홀로 남겨진 것도 서러운데… 완전히 초면이었던 자들만으로 앞뒤 양옆을 채워두기까지 해야 했던… 외롭고도 쓸쓸한 머저리…였었더라는 거죠. 물론 앞서 언급했듯… 산연고등학교가… 면학 분위기가 좋은 곳임으로써, 그 당시의 저처럼… 학군을 초월하는 일종의 도전 아닌 도전을 행하는 자가… 저 하나뿐이지야 않았었지만! 예, 그 당시의 저는 몰랐고, 또 비록… 애초에 소수였기는 했다지만, 어쨌든 간에… 저 아닌 몇몇 역시도… 저와 같은 상황에 놓여 있었지만… 말이죠? 어쨌든 간에… 그 교실은 삭막했고, 또 그와는 별

다시는 치즈를 못 먹어도 돼!

개로… 그 삭막함 속에서도… 누군가는… '구면'이었던 누군가를… 곁에… 혹은 못해도 그 교실 안에는 두고 있었던 상황이었긴… 했으니… 뭐… 그 당시의 저는… 외롭고도 쓸쓸한 머저리가… 맞지… 않았을까요? 예, 저… 혹은 저희와는 완전히 반대되는 입장에 놓여 있었던 자'들'이… 있었기는… 있었으니까….

아… 뭐… 됐고요.

그 교실을 채우고 있었던 사람들의 상태가 어쨌었건… 간에! 그 당시의 저희가 해야 하는 것은… 따로 있었긴 했죠. 그 교실에 떠다니고 있었던 삭막함을, 또 그가 들어차 줌으로써, 매연에 가까워졌던 공기를 들이마시는 게 아니라… 말이죠.

사실 뭐… 대단한 것이지는 않았어요. 그냥 그… 담임이라는 작자가… 그 삭막함을… 꺼뜨려 내 보겠다는 미명하에! 다른 표현으로는, 이를 이행해 낸다면… 그 삭막함인가 뭔가 하는 것쯤이야… 너끈히도 꺼뜨려 낼 수 있겠다는… 낡디낡은 생각… 아래! 아니 그보다는, 이 행위가… 삭막함을 해소해 주는지 따위에는 관심 없고, 또 애초에 상관도 없고, 그냥 뭐… 형식적으로나마라도 하는 게 낫지 않겠냐는… 어른스럽지 못했었던 생각 아래 빚어냈던 명령을 하달받고서, '자기소개'인가 뭔가를 이행하는 것…이었었더랬죠. 물론 당연한 현상이었을지 모르겠지만, 그 누구도… 10초 이상 이행하려 들 하지 않아 했었던 행위를… 말이죠. 삭막함인가 뭔가 하던 것의 위용에 짓눌렸던 것이었는지! 아니면 뭐… 그다지 궁금하지는 않았었던 다른 이유가 있었던 것이었는지는 모르겠지만, 어쨌든 간에…

10분도 채 되지 않았던 짧은 시간 만에 다 마무리되었을 만큼…
모두가… 소극적, 또 어쩌면… 비협조적이기까지 했던 태도로다가
이행해 갔던… 행위… 말이죠.

음… 어쨌든요. 그에 임했던 자들의 태도가 어쨌었건 간에… 그
자기소개 시간은… 말이죠? 도무지 환기되지 않을 것 같았던 삭막
함 속에서도… 그래도… 그런대로 순탄하게'는' 흘러가 줬고!

당연한 이야기겠지만, 그로써 저희는… 닿을 수… 있었더랬죠.
그 시간이 마무리되어 줌과 동시에… 저희네들을 찾아와 줬던 쉬
는 시간에! 음…다른 표현으로는, 조례 시간과 1교시 사이의 쉬
는 시간… 혹은 막간의 시간 그 자체에 해당됐었던… 그 10분짜리
의… 완전한 자유 시간에… 말이죠.

뭐… 당연한 이야기겠지만, 그 자유 시간에 대한… 사람들의 입
장의 차이는… 명확했어요. 저처럼 모든 이들을 완전한 초면으로
뒀던 사람들에게… 그 시간은… 그 삭막함을 들이마시고, 그가 안
겨다 준 호흡기 질환에 신음해야 하는 시간이었지만! 반대로… 같
은 중학교에서 함께 올라왔었던 구면의 이들을 교실에 몇몇 정도
는 두고 있었던 사람들에게… 그 시간은… 자기소개 시간이 낳았
던 여흥을 풀어재끼기 위해… 각자의 목적지를 향한 산개(散開)를
이행하고서, 잡담을 풀어내는 시간…이었었더랬죠. 물론 뭐… 전자
의 경우에서도, 붙임성이 원체고 좋다거나… 아니면 그냥… 그 삭
막함에게 더 이상 신음하지 않고 싶다는 시답잖은 이유로… 완전한
초면이었긴 했지만, '물리적인 거리'가 가장 가까웠던… 옆자리에

다시는 치즈를 못 먹어도 돼!

앉은 이에게⋯ 다짜고짜 말을 붙여대던 이들도 있었긴⋯ 했지만! 예, 그런⋯ 박쥐 같은 사람이 몇몇⋯ 있었기는 했지만, 어디까지나 소수였고⋯.

또 저는⋯ 아니었고⋯ 뭐⋯.

아⋯ 맞아요. 말 나온 김에⋯ 그쪽으로 이야기를 전개시켜 보면 되겠네요.

뭐⋯ 저는⋯ 아니었어요. 앞서 언급했듯⋯ 그 당시의 저는⋯ 구면의 누군가를 학교에 두고 있지도 않았었고, 또 음⋯ 사실 역(逆)도 성립하는 이야기이긴 하겠지만, 그렇게 다짜고짜 말을 걸 만큼 붙임성이 좋았었던 친구를⋯ 옆에 두고 있지도 않았었던⋯ 만큼! 제 목소리는⋯ 저와는 다른 입장으로 그 시간에 몸을 담아내 볼 수 있었던 다른 이들이 빚어냈던 소란에⋯ 덧대어질 일이 없었고, 또 그 시간이 매듭지어질 때까지⋯ 그렇게 될 것이라⋯ 여겼었어요. 아니⋯ 그럴 줄 알았었어요.

애석하게도! 또 생각지도 못했었게도⋯ 웬⋯ 낯설어 빠졌던 안경잡이 남자가⋯ '허태영'이라는 낯설디낯선 이름이 새겨진 명찰을 박아둔 가슴팍을⋯ 제 시야에 들이밀어 대며⋯ 제게 다가와 주기 전까지는⋯ 말이죠. 그것도 무려⋯ 손을 뻗어가면서⋯까지!

더해⋯ 다음과 같은⋯ 제 귀를 의심하게 만들었던 구절을⋯ 뱉어내면서까지⋯ 말이죠,

"니⋯ 그⋯ 혹시⋯ 만미초⋯ 맞나? 그⋯ 만미초 김학필⋯ 맞나, 6학년⋯ 2반?"

하늘이라는 남자

허태영. 처음 듣는, 또 보는 이름이었고! 그의 얼굴 역시… 처음 보는 얼굴이었죠. 하지만 뭐… 부러 언급해서 뭐하겠느냐마는, 그의 입에서 뱉어져 나왔었던 만미초라는… 단어는! 아니 어쩌면, 건물의 이름은… 고막 너머로 넘겨내는 것만으로도… 교정이 눈에 아른거렸을 만큼, 아주 잘 알고 있었던 곳이었던 만큼… 저는… 그 구절을 들어냄과 동시에… 그때까지만 해도… 그리 먼 길이지만은 않았었던… 꽤 가까운 기억 속으로의 여정에… 몸을 담아내 버리고야… 말았었답니다? 예, 허태영이라는 작자를 만나기 위해… 기억 속의 만미초에 다녀오는… '회상' 혹은… '복기'라 이름 붙여볼 만했던 여정을… 떠나버렸었더라는 이야기죠. 물론 지금 이 시점에서

다시는 치즈를 못 먹어도 돼!

돌아보면… 겨우 그런… 저의를 알 수 있었기는커녕… 사실 따지고 보면, 어디까지나 맥락상으로 그를 유추해 낼 수만 있었던 것이었을 뿐, 그가 만미초에 재학했었다는 것이 담겨 있지도 않았었던 그 한마디만을 듣고서, 그런 고행길에 제 몸을 올렸었던 것은… 성급하다면 성급한 행위였던 것 같기야 하지만, 그래도 뭐….

음… 어쨌든요. 참… 애석하기 짝이 없었게도… 말이죠? 저는… 그 여정 속에서도… 허태영이라는 작자를 만나지… 못했었어요. 아니 허태영 그 작자가… 제 기억 속에 존재하지 않고 있었던 게 먼저였겠지만, 어쨌든… 그랬었어요. 아 물론… 존재'는' 하고 있었을 수도… 있었겠긴… 하겠죠. 그래 그러니까 그 당시의 제가… 그 기억 속의 만미초로의 여정 속에서 만났었던 수많은 이름 없는 얼굴들 중에… '그 당시의' 허태영의 것이 있었을 수도… 있었겠긴… 하겠죠. 다만 그 이름 없는 얼굴과… '허태영' 따위의 낯설어 빠졌었던 이름을 짝지어 내지 못했었던 것이었을 수도… 있겠죠. 예, 그런 짝 맞추기 놀이를 이행… 혹은 완수해 낼 수 있을 만큼의 기억이 없었었던 것이었을 뿐, 그가 아예 존재하지도 않았었던 것은… 아니었을 수도….

뭐… 됐고요. 물론 그 당시의 저로서는… 알 길이 없었겠지만, 애석하게도, 그때는… 계속… 그따위 여정을 이어가고 있을 상황이 아녔었던 것… 아녔었겠나요? 아니 그건 아니고, 예, 여정을 떠나야 했었던 건 맞는데….

그… 뭐라고 해야… 할까요? 그를 염두에 두기는 한 채로… 여정을 이어가야 하는 상황이었던 것… 아녔었겠나요? 그러니까…
'의식'인가 뭔가가… 여정을 떠남으로써 부재해 있는… 동안! '무의
식'인가 뭔가 하던 친구가… 그 자리를 꿰차버리고서, 사고를 쳐버
릴 수도 있다는 생각을 품어둔… 채로! 예, 그 경우를 염두에 둔
채로… 그래야 하는 상황이었던 것… 아녔었겠나요?

　말하자면… 그런 겁니다. 무의식… 그 자식이… 말이죠? 멋대
로… 저를 향해 뻗어져 있었던 그의 손을… 덥석 잡아버리는… 대
형 사고를 쳐버리고야 말았었다는… 겁니다. 예, 뻗어진 손은… 잡
아야 한다는… 미명하에! 또 어쩌면, 사회적 합의 아래… 말이죠.

　상황이 그렇게 되어버렸던… 만큼! 다른 표현으로는, 그의 입장
에서는… 그것을 잡아버렸던 것이… 제 무의식이라는 것을 몰랐었
을… 만큼… 그 당시의 저이자… 제 의식인가 뭔가 하는 것은… 수
습 아닌 수습을 이행하기 위해… 다음과 같은 답변이라도… 뱉어내
야 하는 입장…이었더랬죠. 미완이고, 또 대책 없는 답변이기까지
했지만, 그래도 뭐… 별수 있었겠습니까? 그거라도… 뱉어내야죠,
뭐. 과오, 또 오해로 인해 빚어진 것이라도… 책임을 지기'는' 해야
한다는… 미명하에….

　아… 뭡니까? 방금 그 말… 뭡니까? 예, 그러니까 제게… 제
가… 정녕 과오, 또 오해로 인해 빚어진 것에도 책임을 지는 사람이
기는 한 것이냐고… 물으신… 겁니까? 아니 그런 사람이 맞기는 한
거냐고… 물으신… 겁니까?

　아주… 좋은 질문입니다. 그야 당연하죠. 아니 그런 표현 말고,

　　　　　　　　　　　　다시는 치즈를 못 먹어도 돼!

음… '진짜' 그렇고 말고요! 방금 같은 질문은 아주 환영입니다. 방금 같은 질문들만을 던져주실 것이시라면, 굳이 별도의 질문 시간이 아니더라도… 언제든….

아… 아니죠. 이건… 아니죠. 다시… 평정을 되찾고….

어쨌든요. 다시 돌아가 봅시다. 그 당시의 제 의식인가… 이성인가가… 수습을 위해 뱉어냈었던 '미완의' 답변은… 다음과 같았다는 것에서부터! 또 어쩌면, 상황이 그랬으니만큼, 그 당시의 제가… 그 조금의 확신도 들어차 있지 않았었던 어투로다가… 그를 뱉어냈었다는 것에서부터… 다시… 이야기를 재개해 보겠습니다.

"아… 그… 맞지. 나… 만미초 나왔다. 만미초 6학년 2반… 맞다, 맞는데…."

물론 뭐… 당연한 이야기겠습니다만, 그는… 그를… 인지해 내지 못했었어요. 제 어투가 그랬었던 것은 물론이거니와… 그 행위 자체가… 제 무의식이 이행해 냈던 행위라는 것을… 인지하지 못했었어요. 아니 그보다는, 그네들을 그리… 중요하게 생각하지 않는 듯… 했어요.

그에게 가장 중요했던 것은! 보다 정확히는, 그가 가장 중요하게 생각했었던 것은… 결국 뭐… 이러나저러나… 제가 자신이 뻗은 손을 덥석 잡아내고서, 답변을 뱉어버렸던… 것! 풀어보자면, 그로서… 대가리를 책상에다가 처박고 있었던 그 당시의 제게… '부러' 찾아와 손을 뻗어가면서까지 이행하고 싶어 했었던 그 대화가… 성사되었다는 것…이었나 보더라고요? 아무래도 그렇지 않았었더라면, 그가… 얼굴을 미소로 채워둔 채… 격양된 목소리로다가… 다음과 같은 답변을 뱉어내지는… 않았었을 테니까! 예, 그런 불상사는… 일어나지… 않았었을 테니까! 뭐… 그렇게 생각해 봐도 되지… 않을까요? 그랬었으리라는 짐작을… 꽃피워 내 봐도 되지… 않을까요?

"이야… 진짜… 진짜 이게 얼마 만이고? 여기 8반에 재진이도 있는 거… 아나?"

들어보니… 아시겠죠? 제가 그… 구절에게! 혹은 그로써 이어졌던 그 대화에게… '불상사' 따위의 오명을 씌워다 준… 이유에 대해… 말이죠. 예, 아무래도 그 답변이자 반문은… 아시다시피… 그때까지도… 아직 '태영'이라는 이름과의 사투마저도 채 매듭지어 내지 못했었던 그 당시의 제가… 해결해 내야 했던 과제의 양을 무려 두 배로까지 불려내 버렸던 답변, 또 반문이었으니까… 그럴 수밖에 없지… 않았겠습니까?

뭐… 그야 그랬었지만, 그래도… 그 당시의 제가… 어디에다가 그를 하소연할 수… 있었겠나요? 보다 정확한 표현으로는, 물론 뭐… 나쁜 의도야 없었기는 했지만, 어쨌든 간에… 뻗어진 손을 잡고, 또 거짓말을 뱉어내는… 기만 아닌 기만 행위를 저지르기'는' 했었던 그 당시의 제게… 무슨 할 말이… 있었겠나요? 아 물론… 굳이 따지고 보면, 제 답변이 미완의 상태였음에도 불구하고, 멋대로… 먼저… 그따위 답변을 뱉어냈었던 그의 잘못도… 없지 않아 있었기야 했겠다지만, 그래도 뭐… 발단이 저였던 것 자체는… 맞

다시는 치즈를 못 먹어도 돼!

긴… 하니까….

아 물론… 이러나저러나… 대화가 그만큼이나 전개되어 버렸던… 만큼! 그 당시의 제가 뱉어낼 수 있었던 답변은… 사실상… 다음과 같은 답변이자… 반문? 아니 어쩌면, 반문을 빙자한 너스레의 구절…뿐이었었답니다?

"아… 그렇나? 그건… 그건 몰랐네. 재진이? 재진이도… 오랜만이겠네. 니네는… 니네는 뭐 어쩌다가… 여기까지 왔노? 만미동에서 이까지… 꽤… 멀다 아이가?"

뭐… 그 당시의 제가 뱉어낼 수 있었던 구절 중에… 패착이 아닐 수 있는 구절이 있기야 했었겠느냐마는, 그런 반문을 뱉어냈던 것은… 확실히… 패착이었긴 했어요. 아니 사실 답변보다는, 너스레를 떨어댔었던 것이… 패착이었겠지만! 어쨌든 간에….

간단합니다. 아무래도 그 답변이자 반문은… 그가… 그때까지 자신의 얼굴에 들어차 있었던 미소를 순식간에 다 꺼뜨려 내기까지 하고서, 다음과 같은 답변이자 반문을… 무려 싸늘해 빠진 목소리로다가 뱉어내게끔 만들었던 반문이었으니까! 예, 그 정도의 너스레였긴… 했었으니까! 그만한 패착이… 어딨겠습니까, 안 그래요?

"와? 뭐고? 기억 못 하나? 나랑 재진이랑… 저기… 원준이까지 해가지고… 다… 산연중학교로 갔었다이가? 그러니까 여기로 온 거지. 산연중이면… 엔간하면 다 일로들 온다."

태영에 이어… 재진, 이제는 하다 하다… 원준까지! 첩첩산중? 아니 어쩌면… 점입가경? 그에게… 어떤 수식어를 붙여줘야 할는지는… 잘… 모르겠습니다마는! 어쨌든 그 당시의 저는… 그런… 아무래도 고운 수식어를 붙여주기는 어렵겠던 상황에… 닿아버리고야… 말았지만!

다행스럽다면… 다행스러웠게도! 아니 어쩌면… 기적적이었게도! 저는… '생각보다는' 빠르게 그곳에서… 제 몸을… 끄집어낼 수 있었더랬죠. 그것도 무려… 자력으로… 그 질척거리던 수렁 속에서… 제 몸뚱어리를… 끄집어낼 수… 있었더라는 겁니다. 그럴 수 있을 만큼… 대단하고, 또 유능했던 기억을… 되살려 냄으로써! 아니 그보다는, 그가 다행히… '잊힌 기억'이 되어주지 않아 줬었음으로써… 그 대화를… '무지'의 상태에서 진행하지 않을 수 있게 되었었더라는… 이야기죠.

솔직히 말씀드리면… 운이 좋았습니다. 그 오래된 기억이! 또 어쩌면, 오래되기만 했을 뿐 아니라… 애초부터 추상적이기까지 했었던 기억이… 그때까지도… 제 머릿속에서 '완전히' 잊히지 않아 준 채로… 파편으로나마라도 남아 있어 줬던 것은… 확실히… 행운! 아니 어쩌면 기적…이었었어요. '산연중학교', 또 이름이야 모르겠지만… '세 명'! 그와 연관되어 있었던 기억이… 말이죠.

생각해 보니까… 말이죠? 그랬었던 적이… '분명히'… 있었더라고요? 제가… 6학년이었던… 그때! 그런 광풍이… 한번… 저희네들의 교실에! 어쩌면 6학년 교실들… 전체에! 불어닥쳤었던 적이… 있었기는… 했더라고요? 물론 뭐… 직접 묻지는 않아 봤었던 만큼, 사실… 확신까지는 하기 어려울 수도 있겠다마는, 아무래도… 높은

다시는 치즈를 못 먹어도 돼!

확률로… 저희 학교의 6학년 교실들에게'만' 불어닥쳤던 것은 아녔을 것 같았던 광풍이… 말이죠. 예, 저희 만미초등학교처럼… 질 낮은 학군에 속해 있었던 다수의 초등학교의 6학년 교실들에게… 웬만하면 다 불어닥쳤기는 했을 광풍이… 말이죠.

천천히… 풀어보겠습니다. 기준을 어디에 두는지에 따라 다르겠지만, 중학교로의 진학 과정은… 고등학교, 또 대학교로의 진학 과정과는… 뭔가가 달라도… 다른 편이긴… 하잖습니까? 대학교의 경우… 성적에 따라 아예 당락 자체가 결정되기까지 하고! 음… 고등학교의 경우… 그 정도로 심하지야 않다지만, 최소한… '특목고', '인문계', '실업계' 등의 큰 틀 정도는… 결정되는 편이긴… 하죠. 앞서도 심심찮게 언급했듯… 중학생과 고등학생에게는… 초등학생에게와는 달리… 공식적으로 비교하고, 차등 혹은 차별화를 둘 수 있는 수단인 '석차'랄 게… 존재하고… 있잖습니까? 예, 그래서 그네들은… 그런 진학 방식을 택할 수 있었던 것이고, 또 실제로도… 그를 택한 것이겠죠. 말하자면, 그것이 있어줬던 '덕분에'… 그렇게들 할 수 있었던 거…겠죠.

그렇다면… 그것이 없는 초등학생들이자… 중학교로의 진학을 앞둔 그네들은! 어떤 과정… 혹은 방식을 통해 중학교에 진학하게 되는 것인지를… 물으신다면! 보다 정확히는, 어떻게… 진학할 중학교를 고르게 되는 것이냐고… 물으신다면….

아니죠. '고르게 되는 것' 따위의 표현을 쓴다면… 그에… 당사자였던 학생의 자의가 반영된다는 것으로 해석될 수 있을 테니…

그러면 안 되겠고! 음… 어떤 중학교에 '배정당하게' 되는 것이냐고… 물으신다면….

뭐… 간단하지 않겠습니까? '무작위'…죠. 보다 정확히는, 결국 남은 것은… '무작위'…뿐이죠. 각 학생들이자 당사자들을… 그네들의 거주지를 기준으로 추려냈던… 두 개에서 세 개 정도 되는 중학교들 중… '무작위'로 한 곳에 배정시켜 버리는 방식 말이죠. 예, 그 당사자가… 본인이 속해 있는 학군을 마음에 들어 하고, 말고 따위와는… 무관하게! 또 음… 마치 진학할 고등학교를 고르던 그 당시의 저처럼… 등하교에 소요되는 시간을 배로 불려내는 수고로움을 감내해 가면서까지… 타 학군에 속해 있는 학교에 갈 의향 같은 게… 있고, 없고… 따위와는… 무관하게… 그냥… 닥치고 보내버리는 방식… 말이죠.

뭐… 그런 특징들로 인해… 속칭… '뺑뺑이'라 불리곤 했었던 그 방식? 아니 어쩌면, 제도는… 말이죠? 학군의 차이를 몰랐었던… 자들에게는! 또 어렴풋이 알고'는' 있었더라도… 그를 그리 무겁게 여기지 않았었던… 자들에게는! 끝으로… 그 당시의 저처럼… 자신을 믿었었던 자들에게는… 신경 쓸 거리를 하나라도 줄여주던… 나름 편리한 구석이 있기'는' 했던 제도였지만… 말이죠? 아니 정확한 표현으로는, 당사자들에게… 애초에 그것은… 신경을 써본다고 해서… 뭔가를 할 수 있는 게 아닌… 완전한 불가항력의 사항이라 여기게끔 만들어 내는 방식으로다가… 신경 쓸 거리를 하나라도 줄여주던… 썩 괜찮아 보이던 제도였기'는'… 했지만… 말이죠?

반대로… 자기네들의 금지옥엽 같은 도련님, 또 공주님을… '그 따위' 학군에서 썩게 할 수는 없다는… 눈꼴 시렸을 만큼 유난스러웠던 학부모들에게는! 다른 표현으로는, 꼴같잖게도… 아니 어쩌면, 눈이 삐었었게도… 자신들과… 자기네들의 슬하의 아이들을 백로라 여기고, 그 학군에서… 자신의 아이와 '함께' 썩어갔던 남의 자식들을 까마귀라 여기던… 그런… 자기 객관화가 덜 된 왜가리들에게는! 당장 폐지해 버려도 시원찮았을… 그저… 악하기만 했던 제도…였죠.

보다 자세히는, 뭐… 친척? 아니 어쩌면… 지인의 둥지에다가… '일시적으로' 혹은 '서류상으로나마라도' 자기네들의 피붙이를 넣어두는… 생이별을 감행해 내서라도… 피해 가야만 했던 제도…였죠. 예, 주소지를 이전하는 편법을 써서라도… 피해 마땅한 제도…였다는 거죠.

맞아요. 만미초에… 그런 새끼 왜가리들이… 딱 세 마리가… 있었었어요. 그 광풍에 휩쓸렸던 피해자들이었던… 동시에! 그 광풍에다가… 자기네들의 날갯짓이 낳은 바람을 덧대어 주는 것으로… 그 광풍의 몸집을 더욱 부풀려 냈던… 일종의 공범이기도 했었던 자들이… 딱… 세 마리… 있었더라는 거죠. 최재진, 조원준… 그리고… 허태영까지! 그렇게… 세 마리… 말이죠.

아… 아니죠. 방금처럼 표현하면 안 될 것 같고….

'그런' 왜가리들이… 세 마리 정도… 있었던 것 같다는 기억이… 남아… 있었어요. 그 사실을… 다른 왜가리들에게 전해 들음으로써… 빚어졌던 기억이었는지! 아니면… 알고 보면, 그 왜가리들과 그렇게까지 데면데면하지 않았었던 그 과거의 제가… 그 세 마리의 왜가리와… 그런 유의 대화를 함으로써 빚어졌던 기억이었는지는 모르겠지만, 어쨌든 간에… 그런 기억이 남아 있어 줬고! 또 그 당시의 허태영 그 작자가… 그런 답변을 뱉어줬던 덕분에, 그 기억과의 조우이자 재회를… 이뤄낼 수 있었더라는 거죠.

음… 각설하고요. 어쨌든 그렇게… 사실 뭐… 살짝 늦었을 수도 있었겠지만, 이러나저러나… 그 기억과의 재회를 이뤄냄으로써, 더 이상… 거짓말을 빚어내지 않아도 되는… 썩 괜찮은 상황에 닿아버리는 데에 성공했던… 그 당시의… 저는… 말이죠? 그 사실이 낳아줬던… 자신감? 혹은 적극성을 통해… 목소리를… 아주 '살짝' 격양된 목소리로 바꿔내고서는… 다음과 같은 답변이자 반문을… 뱉어냈답니다? 아 물론… '살짝'이었습니다, 살짝. 앞서 언급했듯… 그 기억은… '기억'이라 명명해 보기에도 벅찰 만큼, 추상적이었고… 또 뭐… 들어차 있는 것 자체가 없는 기억이었던 덕분에! 예, 그를 통해… 그가 제 기억 속에 존재'는' 하고 있다는 것을 겨우 인지해 내기'만' 할 수 있었을 뿐, 그 이상의 무언가가 없기는 했었던 덕분에… '살짝' 이상으로 격양된 목소리를… 빚어내 볼 수는… 없었더랬죠.

"아… 아니… 아니, 다 기억하지. 진짜 몰라서 물어본 게 아니고… 그냥… 그냥 반가워서… 그렇게 이야기한… 거지. 뭐… 잘 지냈나? 우째… 지냈노?"

다시는 치즈를 못 먹어도 돼!

근데… 있잖습니까? 뭐… 그에게는 미안한 이야기겠지만, 그러지… 말았어야 했던 것 같아요. 예, 다른 건 몰라도… 격양된 목소리만큼은… 빚어내지… 말았어야 했던 것 같아요.

아무래도 그 당시의 그가… 다음과 같은 답변이자 반문을 뱉어내게 되었던… 이유? 보다 정확히는, 계기? 결국은 다… 그 당시의 제 목소리가 격양되어 있었기 때문이지… 않았겠습니까? 아무래도… 제 목소리가 격양되어 있었던 것을 통해… 그는… 그 당시의 자신처럼… 제가… 자신과의 재회를 '기쁘게' 받아들이고 있다는… 분에 겨운 해석을 낳아버렸고, 또 그랬어서… 그런 답변이자 반문을 뱉어냈던 것… 아녔겠습니까? 그랬을 확률이 제일… 높지 않겠습니까?

"우째 지내긴 뭘 우째 지내? 내가… 우째 지냈겠노? 아는 애가 없어가지고… 그냥… 맨날 만미동와서 놀고… 그랬지. 학교 마치고도 뭐… 산연중 애들 말고… 저기… 있다이가? 오철이나… 명은이 같은 애들 불러가지고… 놀고… 그랬지. 산연중 애들… 진짜… 대단하긴 하더라? 애들 다 진짜… 공부만 해가지고… 아니… 어떻게 피시방을 가본 적 있었던 애들이… 열 명이 안 될 수가 있노? 그게… 말이 되나?

니도 뭐… 명은이는… 어떻노? 명은이는 기억하나? 오늘도 마치고 만나기로 했는데… 뭐… 니도 갈래? 마치고 뭐… 하나?"

음… 무슨 말을 해야겠습니까마는, 그건… 극심한 두통을 야기하던 구절…이었었더랬죠. 뭐… 부러 언급드려 보지 않아도… 아실 것 같긴 하겠습니다만, 저는 사실… 그때까지만 해도… 피시방도, 또 당구장도 가보지 않았었던 사람…이었거든요. 예, 그러니까 지난 구절 속에 터를 잡고 있었던… 그… 산연중학교인가 뭔가 하던 곳의 사람들에 더 가까웠던 삶을 살았었던… 제게… 그 구절은… 참….

뭐… 됐고요. 그 구절은… 그런 구절이었던… 만큼! 보다 정확한 표현으로는, 그 제안은… 그런 제안이었던 만큼… 그 당시의 저는… 당연히 그를… 거절했겠죠?

하지만… 말이죠? 애석하게도! 아니 지금 이 시점에서 다시 돌아봐도… 이해가 되지 않게도! 저는… 그러지… 않았었어요. 아니 어쩌면, 그러지… 못했었어요.

생각해 보면… 그랬었던 것 같아요. 결국 저 역시도… 그 당시의 그처럼… 그 재회가 낳은… 일종의… '흥' 비스름한 것에… 취해 있었던 것 같아요. 어쩌면, 그런 의도로 빚어냈었던 것이 아니었던 그 격양된 목소리에… 스스로… 취해버렸었던 것 같다는 거죠. 그 감복할 일이 없었던 재회에… 감복해 버리고야 말았었던 것… 같다는 거죠. 아무래도 그는… 존재조차도 기억나지 않았었던 것으로 미루어봤을 때, 끽해봐야… 대단한 추억을 공유하고 있지 않았었던… 쎄고 쎈 동창 중의 한 명에 불과했던 듯했던 그와의 재회에… 말이죠.

그게 아니고서는! 설명이 안 되는 거 같아요. 그 당시의 제가… 다음과 같은 답변을 토해내 버렸던 것이… 말이죠.

"아… 좋지. 솔직히 내… 명은이는… 잘 기억 안 나기는 하는데… 뭐… 좋지. 명은이… 명은이 아예 모르는 것도… 아니고, 가

다시는 치즈를 못 먹어도 돼!

면… 재밌겠네, 가면…."

음… 어쨌든요. 그는… 있잖습니까? 약하게… 고개를 두어 번가량 끄덕이고서는, 제게… 다음과 같은… 뭐… 하교 시간에 닿기 전까지는… 도통 그 저의를 알 수 없겠었던 다음과 같은 답변을… 뱉어내 줘 버리고야… 말았고!

"니… 교복 안에 뭐 입었노? 아니면 그냥… 집에 갔다 갈까?"

그 말에… 그 당시의 제가… 어떤 답변을 뱉어냈었는지는… 솔직히 잘 기억이 안 나긴 하지만, 어쨌든, 그 당시의 제가… 그에게… 어떠한 답변을 뱉어내기는 함으로써, 저희의 대화이자 재회는… 마무리되었죠.

그 이후로 저는! 아니 어쩌면, 저'희'는! '수업'이라는… 타의만으로 속을 채워뒀던 행위들에다가… 또 그네들이 마무리된 직후에 이어진… '야자'라고 불리는 행위까지도 이행해 가며… 꼬박… 13시간가량을 태워내고서, 그 하교 시간인가 뭔가에 닿을 수… 있었답니다? 예, 그러니까… 불편했지만서도… 합의되기'는' 했었던 동행이 예정되어 있었고, 또 이변 없이… 그를 이행하게 되었던 하교 시간에… 말이죠.

그 동행은… 말이죠? 음… 만미초등학교에서부터 수십 미터 떨어진… 만미공업고등학교의 담벼락 아래에서… 펑퍼짐한 운동복을 입은 채로! 또 그 운동복의 주머니에다가 손을 깊게도 찔러 넣은 채로… 골목으로 꺾어 들어오는 사람들을… 예의주시하고 있던… 웬 낯설디낯선 남자와의 만남으로… 이어졌었더랬죠.

놀랍게도! 보다 정확히는, 그 당시의 저'만'이 몰랐었게도… 그 만남은… '이미'… 예정되어 있었던 만남…이었더라고요? 그는… 제게만큼은 낯설디낯선 남자였던 게 맞지만, 허태영 그 작자에게만큼은… 아녔었더라고요?

보다 자세히는, 그 남자는… 허태영 그 작자가… 그와 눈을 맞춰냄과 동시에… 다음과 같은 구절을 뱉어낼 수밖에 없었을 만큼… 그의 욕구를 충족시켜 줄 수 있었던 남자였던…데다가!

"담배 있나?"

그에게… 다음과 같은 답변까지도 뱉어내 줄 수 있었을 만큼… 막역했던 남자…였기까지… 했었더랬죠.

"쌍대다. 사러 가야지. 옆에는 누꼬?"

'쌍대'가… 뭘까요? 저는 모르는 단어이긴 합니다마는….

아… 됐고요. 사실 그게… 뭐가 중요했겠습니까? 그 신원불명의 작자의 정체가… 만미초등학교 출신이자… 물만중학교 '2학년' 유급생 최명은이었다는… 게! 더 중요했던 것… 아녔겠나요?

아니 사실 그것도 별로… 안 중요하고….

가장 중요했던 것은… 그 당시의 허태영이… 그에게… 다음과 같은 답변을 건네줬었다는… 게… 더… 중요한 일! 아니아니… 제일 중요한 일이지… 않았겠나요?

"뭐고? 니 학필이 기억… 안 나나? 김학필이라고… 그때… 영재반 다니던 애 하나 있었다이가? 산연고 왔더라. 같은 반으로 만나 가지고… 한번 데려와 봤다. 개오랜만이지 않나?"

그… 저… 솔직히 얘기해 봐도… 되겠습니까? 그 답변을 고막 너머로 넘겨냄으로써, 그 당시의 제가… 꽃피워 내게 됐었던 감상을… 지금 이 자리에서… 다 풀어봐도 되겠습니까? 아 물론 그것은… 제게 던져졌던 답변이지는 않았었던 만큼… '답변'이라는 표현을 써도 될지는… 잘… 모르겠긴 하지만… 일단 뭐….

나쁘지… 않았었어요. 아니 그를 넘어… 기분이… 좋았기까지 했죠. 물론 뭐… 앞서 언급했듯… 농담으로라도… 영재의 것이라고 할 수 없을 것 같았던 성적표들만을 줄곧 받아 챙겨냈었던 중학교 시절에도… 제가… 어쩌면… 영재가 아닐 수도 있겠다는 생각 같은 건… 품어본 적… 없었기는 했지만! 맞아요, 지난 성공의 기억들 덕분에, 그런 생각을 품는 것이 불가능했어서… 그러지야… 않았었긴 했지만! 그래도… 가끔은… 의심 비스름한 것을 품어봤었기는… 했었잖습니까? 아니 정확히는, '긴가민가'보다 살짝 급이 낮은 감정들을… 앓곤… 했었잖습니까? 예, 제가… 그 성적표들과 눈을 맞춰냈던 그 당시'들'에… 정말… 그 어떠한 고심도 앓지 않았었던 것은 아니었다는 것 정도는… 여러분들도… 잘… 알고 계시잖습니까? 제가… 그와… 엇비슷한 이야기들을… 드리곤 하지 않았나요? 뭐랄까… 약간… 인지부조화 비스름한 것들을… 앓곤… 했었잖습니까, 안 그래요?

그랬던… 제게! 보다 자세히는, 그를 다 해소해 내지'는' 못했었던 그 당시의… 제게! 그러한 답변이 날아들어 와 줬으니! 보다 정확히는, 그랬던 제가… 그런 상황에 닿았었으니… 그 상황에… 그런 감상을 남기지 않을 수… 있었겠나요? 그러지 않고서… 배겼겠나요? 그건 어렵거나… 불가능한 일이지… 않았겠냐는… 거죠.

사실 뭐… 그 덕분에, 그럴 수… 있었던 겁니다. 3분? 아니 어쩌면, 5분의 시간 동안 이행되었던… 흡연 시간! 또 그것이 마무리됨과 동시에 시작되어… 약… 3시간가량 동안 이어졌던… 피시방… 여행까지도! 보다 자세히는, 태영과 명은… 그네들에게 '아는 형님' 정도의 위치에 있었던 피시방 아르바이트생 형님의 비호 덕분에, 22시가 넘어도… 계속 진행될 수 있었던 그 여행까지도!

또 뭐… 차차 말씀드리겠지만, 그 시기의 아버지가… 몹시도 바쁘지만 않으셨었더라면, 당장 달려와… 저를… 집으로 복귀시켜 냄으로써, '최소한' 저만큼은 매듭지어 낼 수 있었던 여행까지도! 어쩌면, 그러한 '불상사'가 일어나 주기를 바랐었을 만큼 지루해 빠졌었던 여행까지도… 다… 군말 없이 이행해 낼 수 있었던… 겁니다. 같이 할 수 있는 게임 같은 게 없었었던 덕분에, '정보의 바다'라 불리는 인터넷을 부유하는 서퍼만으로 태워야 했던… 그… 억겁의 시간까지도… 다… 태워낼 수 있었더라는… 거죠. 예, 그 구절은… 그만큼… 고마운 구절…이었었더라는 거죠.

아 그리고 꼭… 그 구절만이 고마웠던 것은 아니었던… 게! 예, 그 구절이… 고마웠던 것의 전부이지는 않았었던… 게….

그는… 있잖습니까? 그 여정이 마무리되고서… 닿았던… 다음 날부터! 제가 영재였던 시절의 현신이자… 매개체로… 변모해 줘 버리기까지… 해줬…답니다? 물론 저는 그를 단 한 번도 요구한 적

다시는 치즈를 못 먹어도 돼!

이 없었었고, 또 제가… 영재였다는 사실을 밝히거나, 그를 믿어달라고 간청해야 하는 상황이지도 않았었던 만큼, 어쩌면 그가 꼭… 그래줬어야 했던 이유는 없었긴 했지만! 그래도… 그는… 그로의 변모를 이행해 줬어요. 예, 정말… 고맙게도! 또 한편으로는… 몸 둘 바를 모르겠었게도… 말이죠.

그… 뭐라고 표현해야겠습니까? 저는… 있잖습니까? 그… 허태영이라는 존재 덕분에! 그 교실을, 또 옆 교실과 옆, 옆 교실을 채우고 있었던 이들 중… 과반에 해당됐었던 산연중학교 출신인들이자… 허태영을 '구면'으로 뒀던 이들에게… '허태영의 친구'로 자리하게 될 수… 있었답니다? 보다 자세히는, 그냥 친구이기만 한 게 아니라… 그의 말에 입각해… '영재반 출신 친구'로까지… 말이죠. 예, 눈동자에다가… '동경'이라고 부를만한 감정을 품어두고서… 눈을 맞춰봄 직했던… 그런… 대단한 친구로까지… 말이죠. 물론 아직… 시험 같은 건 치러보지 않았었던 때였던 만큼, 공식적으로 그 진위가 밝혀진 것이지야 않긴 했다지만, 그래도 허태영 그 작자가… 거짓말을 뱉어낼 사람이지는 않다는… 미명하에! 아니 어쩌면, '굳이' 그런 데에… 거짓말을 뱉어낼 이유가 뭐 있겠냐는… 품어 마땅했던… 생각… 아래!

또 어쩌면, 당연한 이야기겠지만, 이러나저러나… 그네들에게는… '타인'이기는 했었던 제가… 영재반 출신이었는지 아니었는지 따위는… 별… 진위를 확인하고 싶기는커녕… 관심도 딱히 가져지지가 않았던 사안이었던 만큼, '굳이' 의심인가 뭔가를 피워내 봐야 뭐하겠냐는… 지극히 합리적이고, 또 합당하기까지 했던 생각 아래… 그네들은… 허태영의 말을 믿어줬고, 또 저를… 영재라 취급해 줬었더랬죠. 예, 그런… 고맙다면 고마웠던 행위를… 이행해… 줬었더랬죠.

아 물론… 지금에 와서 돌아보면, 그것은… 허태영에게 고마워해야 할… 일이었지… 그네들에게 고마워해야 할 일이지는 않았었던 게….

사실 생각해 보면… 그네들이… 그를 그냥… 그렇다 '치고' 넘어가기로 했었던 경향도… 없지 않아… 있었던 것 같기는 해요. 자기네들의 '재미'를 위해서라도! 혹은… 그 재미를 받아 챙기기 위한 '명분'을 위해서라도… 말이죠. 아니 그를 위해서라면, 오히려 그렇게 해야 한다고 생각들… 했었던 것 같아요.

방금 그 말이… 무슨 말인고 하면… 말이죠?

우선은… 그에 대해 조금만 더 풀어봐야… 이해들이 빠르실 것 같아요. 허태영! 그는… 이른 나이에 담배를 태워대던 사람이었긴 했지만! 또 이른바 '진짜' 양아치였던 최명은을 친구로 둔 사람이었긴 했지만, 그래도 다행스럽게도, 그 자체는… 폭력과 비행을 일삼는 양아치이지는… 않았었더랬죠. 보다 정확히는, 그로의 변태를 이뤄뒀지는 않았던 사람…이었었더랬죠. 물론 그도… 질 나쁜… 혹은 질 낮은 만미동 출신의 사람이었기는 했었던 만큼, 이따금씩… 날 선, 또 원색적인 모습을 보이는 경향이 있는 사람이었긴 했지만… 말이죠? 아니 그보다는, 뭐… 절대다수에 해당됐었고,

또 음… '비교적' 점잖은 경향을 보이기는 했었던 산연동 사람들에게… 소수민족에 해당됐었던 만미동 사람들이자… 그의 대표 격에 해당됐었던 허태영 그 작자는… 앞서 언급했던 연유들로 인해 진화가 덜 된 원숭이 같아만 보였을 것이고, 또 그로써… 그네들에… 그런 몰지각한 평가를 받는 사람이었기는 했지만! 그래도 확실히… 영악하고, 또 간악한 사람이지는… 않았었어요. 아니 오히려… 착한 친구이기까지 했죠. 누군가와… 서로를 비난하는 장난을 주고받는다면, 늘… 공격을 받는 쪽을 자처했을 만큼… 착한 친구! 보다 정확히는, 자처하는 수준까지는 아니었더라도… 뭐… 누군가가 자신을 공격의 대상으로 삼아도… 너털웃음을 지어낼 수 있었을 만큼… 유쾌했던 친구…였기까지 했죠. 아 물론 그가 꼭… 착했어서… 그럴 수 있었던 것은 아니었을 수도 있고, 그냥… 그에 적응이 되어서… 그럴 수 있었던 것이었을 수도… 있기는… 하겠죠. 아무래도 그는… 뭐… 학교를 마치고… 학원으로 내달리던 자기네들과는 달리! 동네의 뒷골목을 전전하며 담배를 태워내고서는, 개운한 마음으로… 피시방으로 내달리곤 했었던… 뭐… 손가락질하기 딱 좋은 일상을 향유하고 있었던 사람이었던 데다가… 앞서 언급했듯… 폭력을 일삼는 양아치 역시도 아니어 줬던 덕분에, 먹잇감? 아니 그건 좀 심하고, 그냥… 장난의 대상으로 삼아보기에 딱 적합했던 사람이었기에… 친해지고 싶다는 미명하에 자행되었던… 악의 없는 비난에… 어지간히도 시달려 왔지… 않았겠나요? 예, 그랬으니… 그에 적응이 되어서… 그렇게….

아 좀 이야기가 샌 것 같은데… 뭐… 다시… 본론으로 돌아가서….

음… 종합해 보자면… 그런 거죠. 그래서… 그랬던 거죠. 아니 어쩌면, 그래서 그런 경향이… 없지 않아 있었던 것… 같다는 거죠. 예, 그네들이… '그런' 허태영에게, 또 '그런' 허태영의 행실 및 일상에게… 악의는 없지만, 원색적인 비난을 날려주기 위해… 마침… 영재였다고'는' 하던… 저를! 다른 표현으로는, 허태영과 같은 동네에 살고 있으면서도, 허태영과는 완전 반대되는 행실의 소유자였던… 저를… 써먹었던 것이었을 수도… 있지 않을까… 싶긴 하다는 거죠.

그러니까 뭐… "네 친구는 저렇게 열심히 사는데… 너는 도대체 어쩌려고 '그따위'로 사냐?" 따위의 공격적인 언사를 뱉어내기 위해… 저를… 영재라 취급해 주기로 했었던 것…이었을 수도… 있겠다는 이야기죠. 아니 그랬던 것 아니었을까 따위의… 합리적인 구석이 있기'는' 했던 의심이… 들기도 한다는 거죠. 아예 없지만은 않다는… 거죠.

물론 지금에 와서 돌아보면… 그러지… 말았어야 했어요. 아니 그에… 제동을 걸었었어야 했던 것 같아요. 물론 방금 그 말이… 허태영과… 허태영 친구 사이의 선문답에… '주제넘게' 제동을 걸었어야 했다는 표현이 아니라….

그냥… 저를 영재라 취급해 주기를 그만둬 주기를 종용하는 것 정도는… 했어야 했다는 거예요. 예, 최소한 저를 바라보던 그네들의 눈빛에서… '동경심'이란 것만큼은 들어내도록… 했어야 했다

다시는 치즈를 못 먹어도 돼!

는… 거예요. 눈알을 뽑아버리든지 해서라도… 말이죠.

아 방금 건 좀… 과격했나요?

어쨌든요. 꿈에도 생각 못 했었지만, 그건… '거짓말'…이었더라고요. 물론 제가 그를 뱉어냈던 것은 아녔으니만큼, 제가… '기만' 따위의 죄를 저지른 범죄자가 되지야 않겠다지만, 어쨌든 저는… 그를 부정하지 않는 방식의… 소극적인 동조인가 뭔가를 해버렸으니만큼, 못해도 '공범' 정도는… 됐었더라고요.

그 자명하기'는' 했던 사실을… 허태영 그 작자가 떠벌려 댔던… 것이… 어째서… '거짓말'이 되어버렸냐고 물으신다면… 말이죠?

뭐… 답변을 드려보자면 길겠습니다만….

음… 말하자면 이렇습니다. 저는… 있잖습니까? 허태영의 친구로! 아니 어쩌면, 당연한 표현이겠지만, 산연고등학교의 재학생의 일원으로…1달 반가량을 태워낸 끝에… 그네들이 저희에게 건네줬던 첫 번째 시험지들과… 눈을 맞추게… 됐었더랬죠. 솔직히 말씀드려 보자면, 좀 어렵고, 또 뭐… 불쾌할 만큼 지저분하기까지 했던 문제들로 속을 채워뒀던 시험지들과… 말이죠. 더 자세히는, 눈을 맞춰냄과 동시에… 당혹감 따위의 감정을 앓게 되었을 만큼… 곱지 못했던 시험지들과… 말이죠.

물론 그네들은… 그런 문제들이었긴 했지만… 말이죠? 그렇다고 해서… 제가… 그네들에게 손도 대지 못했었냐고 물으신다면… 그건 또… 절대… 아니었긴 했어요. 사실 그것은… 그래 봤자… 고등학생들이라면 풀 수 있는 문제였기는 했죠. 예, 아무리 그것이…

고학력자가 빚어냈던 문제였다 해도… 결국 사람이 빚어내기'는' 했었던 문제였고, 또 사람이 풀 것을 상정하고서 빚어냈던 문제였던 만큼, 뭐 그리 놀라운 일이었겠느냐마는, 그 당시의 저는… 마음을 다잡고서, 그네들을… '나름대로' 잘 풀어냈었긴 했었더랬죠. 술술 풀어냈다고는 할 수 없겠지만, 어쨌든 간에… '최소한' 그네들을 푸는 과정에서'만큼은'… 부침이랄 것들을… 앓지 않았었더라는… 이야기죠.

그랬었던… 만큼! 당연한 수순이었겠습니다만, 그네들을 다 풀어재껴 낸 직후의… 저는… '꼴같잖게도' 소정의… 기대감 비스름한 것들을 품어버리고야… 말았었답니다? 아니 어쩌면, 오히려… 지난 시험들의 문제들을 풀어냈던 직후에 품었었던 기대감들과는… 비교를 불허할 만큼의 많은 기대감을 품었었을지도… 모르죠. 그 시험이 어려웠다는… 미명하에! 보다 자세히는, 그 시험은… 많은 이들을 좌절시켜 내는 데에 부족함이 없을 만큼 어려웠지만, '최소한' 저는… 그네들을 다 풀어재껴 내는 데에'는' 성공했었던 만큼, 그 좌절을 앓지 않을 수 있을 것이라는… 미명하에! 예, 그 좌절들은… 모두… 저보다 상황이 안 좋았던 자들이나 앓게 될 것이라는… 정황상의 믿음 아래… 말이죠. 예, 그 좌절을 앓는 게 누구든… 저만 아니면 괜찮지 않겠냐는….

아… 방금 뭡니까? 혹시 제게… 저만 아니면… 뭐든 다… 괜찮냐고 물으신… 겁니까? 보다 정확히는, 그런 생각을 평소에… 하고 사는 사람이냐고… 물으신… 겁니까?

다시는 치즈를 못 먹어도 돼!

답변… 안 해도… 되죠? 그냥 계속… 진행해도… 되는… 거죠?

아니 안 된다 해도… 답변… 안 할래요. 답변하기… 싫어요.

아… 다시… 평정을 되찾고….

자… 다시 돌아가 보겠습니다. 그… 물론… 애석하게도! 아니 어쩌면, 당연하게도… 그 감정? 아니 어쩌면… 믿음은! 사흘가량의 시간이 채 흐르기도 전에… 개박살 나버리고야… 말았었더랬죠? 예, 각자의 석차가 박혀 있었던 성적표이자….

제 기준으로는… 전교 31등과… 반 6등 따위의… 불쾌하기 짝이 없었던 숫자가 박혀 있었던 성적표를 배부받는 날에… 닿음과 동시에… 말이죠.

그 성적표는… 말이죠? 제게… 불쾌한 속삭임을 건네…줬었더랬죠. 사흘 전의 저는… 그 어려워 빠졌었던 문제들 중에서… 그리 적지 않았던 수의 문제들을… 틀려버린… 머저리, 또 모지리라는… 불쾌하기 짝이 없던 속삭임을… 말이죠. 또 그 문제들은… 최소한 제게만큼은… 풀 수'는' 있어도, 맞힐 수'는' 없었던… 문제들이었다는!

또 다른 표현으로는, 제 앞에 터를 잡아뒀었던… 그 30명의 이들에게는… 그렇지 않았었다는 것을! 보다 정확히는, 그런 경향이 덜했었던 문제들이었다는… 고막 너머로 넘겨내는 것만으로도… 헛구역질이 났을 만큼… 역겹기 짝이 없었던 속삭임을… 말이죠.

그리고 또… 알려주기까지… 하던 것… 아녔었겠나요?

결국… 시험이라는… 것은! 예, 그러니까… 자신이 모태로 두고 있었던… 그 시험인가 뭔가 하는… 것은! 그에 임하는 자들을… 어떤 경위로든 간에… '변별력을 갖춰둔 자'와… 애석하게도… '변별력을 미처 갖춰두지 못했던 자'로 분류하는 것'만을 존재 의의로 삼고, 또 이행되는 것이며….

당신은… 그에 '걸러지기 좋은' 자격 미달의 사람이었다는 것을… 알려주기까지… 하던 것….

아… 뭐… 됐어요. 무슨 이야기를 더 하겠습니까, 안 그래요?

음… 어쨌든요. 뭐… 말해 뭐하겠습니까마는, 저는… 그 속삭임에게… 그 어떠한 답변도 이어붙여 내지… 못했었어요. 그를 뱉어냈던 작자가… 답변을 받아 챙길 수 있는 존재가 아니었어서… 그랬던 경향도 없지 않아 있었겠지만….

아무래도 그보다는… 그 당시의 제가… 그 불쾌한 사실을 알게 됨으로써, 꽤 오래 지속되었던 실어증인가 뭔가에 걸렸었던 게… 더… 주효했지 싶어요.

그… 누구…였죠? 한경수…였나요? 산연중학교 출신인이자… 그 시험에서… 반 7등인가 8등에 위치해 있었던… 그가… 말이죠? 막역한 사이라는 미명하에… 자신의 성적표를 스스럼없이 공개해 줬던 허태영에게… 그 성적에 대한 평가이자… 답변에 해당됐었던 듯했던 답변을 뱉어냈던… 그때까지도!

"이게 뭐고? 니가 어떻게 우리 반 4등이고? 이 반에 니보다 못한 사람이… 33명이나 된다는 거가? 말 안 된다, 말 안 돼, 진짜로."

또 뭐… 허태영 그 작자가… 그에 대한 답변으로… 다음과 같은 답변을 뱉어냄으로써, 대화가 계속… 전개되었던… 그때까지는 물

다시는 치즈를 못 먹어도 돼!

론이거니와!

"뭐라 하노? 니도 내보다 못 쳤다이가? 내는 롤할 거 다 하면서
도 이 정도 받았는데… 오히려 니가 더 병신 아이가?"

또 그에… 한경수 그 작자가… 다음과 같은 답변을 뱉어냄으로
써, 그 대화가… 사실상 만담이나 다를 바 없이 진행되었던… 그때
까지… 역시도!

"내는 애초에 니보다 티어가 높다이가? 등수는 3등밖에 차이
안 나는데, 티어는 얼마 차이 나노? 근데 그래 얘기하면 우짜노?
니 친구는 몇 등이라디?"

허태영… 그 작자가… 뱉어냈던… 다음과 같은… 조금도 곱게
들리지 않았었던 답변으로 인해… 일단락될 것이라 짐작했었고, 또
실제로도… 그래버렸었던… 그때…까지도!

"모르지. 진구가 1등이라 안 했나? 그럼 뭐… 2등이나 3등… 안
했겠나? 한번 가서 물어볼까?"

끝으로… 그 둘의 목소리가 아닌… 발걸음 소리만으로 채워져
있었던 3초가량의 간주가 진행되는 동안… 어느덧… 제 앞에까지
도달해 내는 데에 성공했던 허태영 그 작자가… 다음과 같은… 고
막 너머로 넘겨내는 것만으로도 마른침을 삼키게 만들었던 질문이
자! 또 어쩌면, 그 대화가… 새로운 국면을 맞은 채로 재개되었다
는 것을 알려주던 구절을 뱉어내 줌으로써… 저를… 도청이나 다름
없었던 청취를 하고 있었던 '청취자'에서… '참여자'로 만들어 줘 버
렸던 그때까지도… 저를 괴롭혀 댔었던 만큼, 말 그대로… 지독하기

짝이 없었던 실어증에 걸려버렸었던 게… 말이죠.

"학필이… 니… 이번 시험 몇 등 했노, 반에서?"

차라리 그때까지도… 그 실어증인가 뭔가가… 저를 떠나가지 않고서, 계속 저를 자신에게 신음하게 만들어 줬었더라면… 상황이 조금은… 괜찮았을까요? 예, 그를 잃느라… '합법적으로' 그에… 그 어떠한 답변도 뱉어내지 못하는 상황이었었더라면… 제 면이… 조금은 살았을까요?

아니면 뭐… 그 도청인가 뭔가를 하지 않음으로써… 그 질문이 무엇을 모태로 두고 빚어진 것이었는지에 대해… 무지한 상태로… 그를 건네받았었더라면! 상황이 조금은… 나았을까요? 예, 그러니까… 그네들이 원했던 답변과! 아니… 원하지는 않았었더라도… '당연히' 뱉어져 나올 것이라 여겼었던 답변과… 그 당시의 제가 뱉어낼 수 있었던 답변이 같지 않다 못해 완전히 다르다는 것을 모르는 상태로… 그를 건네받았었더라면… 그 당시의 저는… 마른침을 삼키지 않을 수 있었을까요? 않아도 됐었을까요?

음… 어쨌든요. 애석하게도, 앞서 언급했듯… 그 당시의 저는… '그때 마침' 그를 완치해 낸 입장이었던… 덕분에! 다음과 같은 답변을… 뱉어내 버리고야… 말았었더랬죠. 아무리 답하기 싫은 질문이 던져졌다 해도… 상대방의 말을 무시하는 것은… 예의가 아니기는 하다는… 사회적 합의 아래… 말이죠.

"아… 그… 몇 등…이었지? 반… 6등…이었나? 아마… 그랬던 거… 같은데. 아… 여기 애들… 공부… 공부 와래 잘하노? 진짜…

진짜 깜짝… 놀랬다이가…."

뭐… 그것이… 처음부터 의도했던 것이 아녔었다거나! 의도했기'는' 했었다지만, 그것을 제가… 눈에 담아내는 것까지를 의도하거나 바랐었던 것이지는 않았었더라면, 미안한 이야기겠지만… 말이죠?

저는… 눈에 담아내 버리고야… 말았답니다? 제 말이 매듭지어짐과 동시에… 그의 얼굴에… 옅디옅은 미소가 스멀스멀 피어오르던 광경을… 말이죠.

예, 그러니까… 그가… 다음과 같은 답변을 뱉어내 가는 와중에… 그에 감칠맛을 더해주기 위한 비언어적인 표현으로다가 '옅은 미소'를 택했다는 것을 증명해 주는 것 같았던 광경을… 말이죠.

"아… 뭐… 글나? 맞지. 그… 여기 애들… 다 공부… 개안케 하지. 그래도 뭐… 니도… 잘했네? 영재… 맞네, 영재. 내는… 중학교 때 첫 시험… 개말아먹었었는데… 니는… 니는 뭐 괜찮게 쳤네? 다음에 뭐… 적응되면… 내보다 훨씬 더 잘할 수 있을 끼라. 어… 파이팅 하고… 뭐… 내는 뭐… 갈게."

물론… 있잖습니까? 그 당시의 저라고 해서… 바보가 아니기는 했었던… 만큼! 저도 잘… 알고 있었기는… 했어요. 그것은 결국… 위로의 언사에 지나지 않는다는 것을… 말이죠. 예, 그에게… 그 이상의 의미를 부여해 줘서는 안 될 수도 있다는 것을… 말이죠. 또 애초에… 장난으로라도 그러기 힘들만한 성적표를 받아 챙겨됐던 입장에서… 어찌… 그럴 수… 있었겠나요?

하지만… 말이죠? 예, 분명 그랬기는… 했지만! 그와 동시에…
그 구절은… 자명하디자명한 사실을 담아뒀던 구절…이었기도 했
었더랬죠. 보다 자세히는, 단 한 번도 생각해 본 적이, 또 품어본
적이 없었었던 만큼, 그 당시의 저로서는… 까맣게 몰랐었던 사실
을… 말이죠. 첨언하자면, 앞서 언급했듯… 그를 모르고 있었던 그
당시의 제가… 그를 고막 너머로 넘겨냄으로써, 그를 깨달아 냄과
동시에… 미소를 지어보지 않을 수가 없었을 만큼… 감미로웠던 사
실을… 말이죠.

또 어쩌면… 제 주위 사람들에 한해서는, 유일하게… 허태영만
이… 겪을 수 있었고, 또 인정해 줄 수 있었던 사실을… 말이죠.

그가… 누구입니까? 결국… 만미중학교와 산연중학교! 다른 표
현으로는, 만미동과 산연동 그 모두에… 몸을 담아내 본 적이 있었
던 사람…이었잖습니까? 그러니까 그 두 동네… 혹은 학군의 차이
를 몸으로, 또 피부로 느낄 수 있는 몇 안 되는 사람이었잖습니까?
또 그 평가이자… 일종의 깨달음은… 그가… 다른 것도 아니고 무
려 9년여의 시간 동안… 직접 몸으로 부딪혀 가며 꽃피워 냈던 것
이었으니만큼… 그 누군가가 뱉어내는 이견에도… 쉽게 흔들리지
않을 만큼! 예, 흔들려야 할 이유가 없을 만큼… 견고한 것이지…
않겠습니까?

그의 구절에… 다… 들어차 있었잖습니까? 예, 그가… 은연중에
인정해줬잖습니까? 그네들의… 아니 어쩌면, 그네 '둘'의 차이는…
존재한다는 것을… 말이죠. 그것도 무려… 그냥 차이가 아니라…

다시는 치즈를 못 먹어도 돼!

제게는 한없이 나쁜 쪽으로 작용되었던 듯했던 차이가….

'보다 자세히는'… 아니 어쩌면… '풀어보자면'….

결국… 그거 아니겠습니까? 그는… 14살에서 16살까지의 3년의 세월을… 본인도 인정했다시피 썩 괜찮은 산연동이라는… 곳에서… 태워낸 사람…이었잖습니까? 예, 그는 곧… 허태영… 그 작자는… 그 시간을… '수혜'랄 것을 받아가며 태워낸 사람이라는 의미이지… 않겠습니까? 비록 그가… 만미동에서 태어난 한 마리의 왜가리였을지 몰라도… 백로의 둥지에서… 백로 취급을 받아가며 살아갈 수 있었다는… 의미!

또 아니 어쩌면, 후천적인 백로로 거듭나기까지 할 수 있을 만큼의 수혜를… 받아가며… 태워냈다는… 의미…이지… 않겠냐는 거죠.

당연한 이야기겠지만, 그 역(逆)도… 성립하지… 않겠습니까?

예, 그와 반대로… 그 똑같은 3년의 세월을… 만미동이라는… 별도 들지 않는 곳에서… 태워버리고야 말았던… 저는! 그 시간 동안… '피해'만을 앓아왔다는 이야기가 되지… 않겠습니까? 왜가리들 중에서도… 내다 버린 왜가리들과 함께… 몸을 부대껴 가며… 극심하디극심한 피해를 앓아가며 살아왔다는 이야기가… 되지… 않겠냐는 거죠. 그가 태워냈던 것과 같은 3년 속에 몸을 담아낸다면, 어쩌면… 백로로의 변태를 이뤄냈을지도 모르는 왜가리였음에도… 불구하고! 또 더욱이… 그가 저를 '영재반 친구'라 여겼었던 것으로 미루어 봤을 때, 다른 건 몰라도… 그 3년의 세월을 태워내기 전의 기준으로는… '최소한' 허태영 그 작자보다는… 조금 더 흰 깃털로 몸을 감싸뒀던… 될성부른 왜가리였음에도… 불구하고! 그 3년의 시간을… 그렇게 태워버림으로써, 이런 비극이 발생해 버렸다는 이야기가… 되지… 않겠냐는 거죠. 그것이… 그의 9년이 낳은 결론이자… 그 당시의 제게 적용시켜 내 마땅했던 결론….

음… 어쨌든요. 그래서… 웃을 수 있었던 겁니다. 그 구절을 고막 너머로 넘겨냄으로써, 각자가… 서로 다르다 못해… '극명하게'까지 달랐던 3년여의 세월을 태워낸 뒤… 같은 자리에서 '재회'를 이룩하고, 또 같은 기준 아래 행해지는 시험들을 치러냈지만, 그 차이가… 그 정도밖에 나지 않는다는 것을 새삼 깨달을 수 있었고, 그를… 그 당사자였던 허태영이 직접 인정해 주기까지 했던 덕분에, 웃을 수… 있었다는… 이야기입니다. 아니 웃어 마땅…했었더라는 거죠.

물론… 말이죠? 그것은… 앞서 언급했듯… 자명하디자명했던 사실에 입각한 가설이었긴… 했지만! 예, 그랬으니만큼, 그 당시의 제가… 미소를 꽃피워 냈던 것을… '잘못된 행동'이었다고까지 생각하고 있지는 않지만….

만약 누군가가… 정녕 그것이… 가장 최우선적으로 이행해 둬야 했던 일이었냐고 묻는다면… 글쎄요? 예, 거기에는 딱히… 할 말이 없기는 해요. 아니 거기에는… '따로'… 할 말이 있기는 해요.

맞아요. 저도… 알아요. 그 당시의 제게 가장 먼저 이행해 내야 했던 것은… 향후의 계획을 수립하는 것…이었겠죠. 뭐… 아버지가 제게 무관심했기 때문이었든! 아니면… 그냥… 허태영을 비롯한 작자들의 부모님들이 정도 높은 유난을 떨어버렸기 때문이었든! 어쨌든 간에… 생겨버리기'는' 해버린 서로 간의 격차를… 어떻게 좁혀낼 것인지에 대한 계획을 수립하는 것…이었겠죠.

보다 정확히는, 그와 결이야 같지만서도, 살짝은 다르게… 제 성적을, 또 저 자신을… '영재'로' 복구'시켜 내는 데에 필요한 계획을 수립하는 것…이었겠죠. 물론 그것이… 계획을 세우고, 또 그를 이행해 내는 것으로… 해결할 수 있는 일이었기는 했던 건지! 또 한편으로는, 그렇다 하더라도… 그 당시의 제게… 그 정도로 유의미한 계획을 빚어낼 수 있을 만큼의, 또 이행해 낼 수 있을 만큼의 능력이 갖춰져 있었기는 했는지는 모르겠지만! 어쨌든… 그거…였겠죠. 예, 앞서 언급했던… 그런… '가설'이라는… 꽤 멋들어진 이름을 덮어쓴 채로… 제 가슴 속으로 파고들어 와… 제 얼굴을 채워줄 안도의 미소로 변모해 줬던 그에게… 현혹… 아니 어쩌면 유혹되는 게… 아니라… 말이죠.

또 그로써… 그에 안주 아닌 안주를 해버리는 게… 아니라… 말이죠.

그… 알고 계시죠? 아니 그보다는, 대충은… 짐작하고 계시죠? 그 당시의 제가… 그를 수립하고서, 이행해 낸 끝에… 그를… 완수해 냈었는가에 대한… 여부! 예, 그러니까… 허태영의 그 폐회사 속에 담겨 있었던 '다음에'라는 것을… 제가… 쟁취해 냈었는가에 대한… 여부!

조금 더 풀어 써보자면, 그때까지만 해도… 진실인 줄 알았었을

뿐 아니라… 진실이 아닌 경우 자체를 상정하지 않았었고, 또 상정
할 수 있을 리…조차도 만무했었던… 지난 성공의 기억들을… 생
살을 도려내는 심정으로다가… 제 머릿속에서 들어내고서! 아니
그렇게까지는 안 하더라도… 그 시절을… 그저… 한때나마 존재하
기'는' 했었던 시절로 치부… 혹은 간직하고서, 완전히 처음부터 다
시 시작하는 '쇄신'에 가까운 행위를 이행해 냄으로써, 그 '재기'라
고 명명해 볼 수 있을 만한 것을 성공해 냈는가에 대한… 여부!

　　아니 꼭… 복구나 재기 같은 거창한 건 아니더라도… 최소한…
그 중학교 때까지의 저처럼… 당시의 제 현주소를 알려주던 현실
의 성적표를 외면해 버리고서, 그저 덮어놓고 믿고 따를 수 없을 만
한… 기억들을! 또 이러나저러나… 결국은 과거에 지나지 않았었던
기억들을 믿고 따르는… 우를 범하지 않았는가에 대한… 여부! 예,
같은 실수를 저지르지 않을 수 있었는가에 대한… 여부!

　　굳이 말씀 안 드려봐도… 되겠죠? 만약 제가 그네들에 성공했
었더라면… 지금의 제가… 최소한… 이 모양 이 꼴이 되는 일 같은
건… 일어나지… 않을 수 있지 않았겠나요?

　　아니 꼭 그 기준을… 지금 이 시점으로 잡을 필요는… 없겠고….
만약 그랬었다면! 글쎄요? 2학년 부로… 어느덧 상위 21%까지!
3학년 부로… 상위 23%까지 불어나 버린… 아니 어쩌면, 개박살
나버린 성적을 받아 챙기는 일도… 없지… 않았을까요?

　　끝으로… 이듬해에 치러졌던 수능인가 뭔가에서… 상위… 29%
의 성적을 받아 챙기고서, 다른 거 없이… 그저 한번 택하기만 하

는 것만으로도 1년여의 시간을… 말 그대로 '증발'시켜 버리는 재수인가 뭔가 하던 선택지를 택하는 일도… 없지… 않았을까요?

사실… 생각해 보면 그래요. 물론 앞서 언급했던… 그 기억들과의 생이별을 이행해 내는… 쇄신인가 뭔가를 결행해 냈고, 또 그에 성공했다고 해서… 제가… 더 나은 성적을 거둬낼 수 있었을 것이라는 확신 같은 건… 좀… 품어보기 어렵긴 하죠. 쇄신이… 언제고 성공으로 귀결되는 것은… 아니긴… 할 테니까요.

다만… 그것 하나만큼은… 확신할 수 있어요. 오히려 제가… 그 쇄신에 실패해서… 그보다 더 못한 성적을 받아 챙기게 되었더라도! '최소한'… 재수를 택하지는 않을 수 있었으리라는 것만큼은… 확신할 수 있어요. 차라리 달관을 했으면 달관을 했겠지, 재수만큼은! 아니… 재수 같은 건….

아… 이를 이해시켜 드리려면… 이걸 먼저 말씀드려야 할 것 같은데….

뭐… 그래요. 사실… 그랬거든요. 그 당시의 제가 택했던 재수가… 좀… 불순한 재수…였었기는 했거든요. 그는 사실… '군중심리' 따위의 것을 모태로 두고… 피어올랐던 것…이었기는 했었거든요. 저 자신의 간절함이… 아니라… 말이죠.

군중심리… 분명 맞기는 했는데, 음… 어떻게 설명드려야 할까요?

사실… 당연한 이야기겠지만… 말이죠? 극소수를 제외하고서는, 웬만해서는… 다들… 자신의 성적에 적든 많든 간에… 어느 정도의 불만들을 품고 있지들… 않습니까? 물론 그에 '달관'한 자들이… 아예 논외로 취급된다면, 그 수가 적어지기야 하겠지만, 어쨌든 대부분이… 자신의 성적을 덮어놓고 만족하는 편이지는… 않잖습니까? 다른 표현으로는, 그러니만큼… 절대다수의 이들이… 1년의 시간만 더 투자해 낸다면, 이보다 더 나은 성적을 받아 챙겨낼 수 있을 것이라는… 달콤하디달콤한 속삭임을 건네받는 청자의 입장일 것이라는… 이야기죠. 예, 그를… '분명' 건네받았기'는' 했을 것이라는… 이야기죠. 그것이… 청자를 파멸로 이끄는 악마의 속삭임 혹은… 유혹이었든… 간에! 또 반대로… 많은 것을 투자한다면 많은 것을 받아낼 수 있다는… 자명한 사실이어줘야 하는 관용구에 입각해… 정답으로 향하는 여로를 알려주는 천사의 헌책… 이었든 간에! 어쨌든… 건네받았기는… 했었으리라는… 거죠.

하지만… 말이죠? 이 역시… 당연한 이야기겠지만, 그네들 모두가… 그 속삭임에… 긍정적인 답변을 건네주지는… 않잖습니까? 물론 개중에는… 그럴 수 없어서 그러지 않았던 자들도 있었겠지만, 어쨌든 간에… 저마다가… 각자 다른, 하지만 엇비슷한 구석들이 있었던 이유들을 들먹여 가며… 그 속삭임에… 퇴짜를 놔버리고들… 하잖습니까?

이를테면 뭐… 가정 형편이… 마뜩잖다는… 이유! 또 1년 뒤의 자신이… 지금의 자신이 거둬낸 성적보다… '무조건'… 또 '조금이나마라도' 더 나은 성적을 거머쥘 수 있을 것인가에 대한 확신이 품어지지가 않는다는… 이유! 예, 자신을… 그 정도로 신뢰하기는 어렵겠다는… 이유! 또 끝으로… 이건 뭐… 사실… 응석에 지나 보이지 않았기는 했지만, 똑같은 공부를 해가며… 1년에 가까운 시간을 태워낼 자신이 없다는… 이유! 보다 정확히는, '버텨낼' 자신이 없다는… 이유! 예, 그런 이유들로… 그 속삭임에… 퇴짜를 놔버리고들 하잖습니까?

음… 어쨌든요. 그러한 이유들… 혹은 아픔들을 앓지 않았던 이들에다가! 그런 아픔들에서 완전히 자유롭지야 않았다지만, 도전 및 성공을 위해… '못해도' 1년 정도는 태워볼 용의가 있었던 이들이 뭉쳐짐으로써 형성된… '예비 재수생' 혹은 '재수 희망자' 따위의 가명을 내건… 신생 집단은! 예, 규모가 크든 작든 간에… 그 모든 고등학교 3학년 교실에 '일단은' 형성되기는 할 그 불특정 집단은… 당연히… 저희 산연고등학교 3학년 1반에도… 형성되었었더랬죠.

그 집단의 구성원들은… 말이죠? 자기네들의 세를 불리기 위한 꾐의 구절이었는지! 아니면 그저… 자기네들의 선택을 합리화시켜 내기 위해 뱉어냈던 혼잣말들이었는지는 모르겠지만… 어쨌든 간에… 재수의 아름다움, 또 도전의 가치를 들먹여 대는 구절들을… 뱉어냈고!

그네들의 날숨들을 먹고서 교실 상공에 피어오른 뜬구름이자… '군중심리'라는 이름의 구름은… 당연하게도, 그 당시의 제 시야에도… 들어찼었더랬죠. 보다 자세히는, 그네들과 다르지 않다 못해… 아예 똑같이… 그에 퇴짜를 놓을 이유가 없었던 그 당시의… 제 시야에도….

또 어쩌면, 무언가에 순응해 내는 행위보다… 한 차원 더 복잡

한 행위였던… '거절' 따위의 행위를 이행해 낼 명분이나… 의향 같은 게… 존재하지 않았었던 덕분에, 그가 뻗어냈던 손을… 뿌리쳐 낼 이유 같은 게 없었던… 제 시야에도… 말이죠.

뭐… 굳이 말씀드려 보지 않아도… 다… 아시겠지만….

사실… 저희 집… 괜찮은 편이었긴 했잖습니까? 보다 정확히는, 괜찮다 못해… 유복하다면 유복했던 편…이었기까지 했죠. 아버지와 식사다운 식사를 했었는지가 언제였는지 기억도 나지 않았을 만큼, 아버지가… '불철주야', 또 바깥을 바쁘게 싸돌아다니시며… 그리 적지 않은 돈을 벌어와 주셨던 만큼, 유복하지 않기가 어려웠던 상황…이었죠. 아 물론… 투자한 시간이 꼭… 돈으로 치환되는 것은 아니니만큼! 예, 1:1 대응을 이뤄내는 것은 아니니만큼, 그런 유의 묘사보다는… 그냥… '그 시기의' 아버지가 운영하던 학원은… 강사이자 선원을… 무려 5명이나 채용해 뒀어야 했을 만큼… 거함 수준의 배였던 데다가! 늘… 그 거함을… 원생들로다가 만선을 이뤄뒀던 상황이었던 만큼, 유복하지 않기가 어려웠던 상황이었다고… 말씀드려야겠죠. 다른 때는 몰라도… 최소한 그때는… 예….

그리고 뭐… 또… 아시잖습니까? 그 당시의 제가… 당장 그 1년 뒤의 저를 얼마나 신뢰했었는지에 대해서는… 말이죠. 예, 저는… 제가… 그따위 성적을 받아 챙겨냈던 것을 가여워하기까지 했을 만큼… 저 자신을 향한… 깊은 믿음? 또 어쩌면 두터운 신뢰를 품어뒀던 사람…이었잖습니까? 아니 언제고 그런 사람이어 왔잖습니까?

또 그것이… 근거 없는 허무맹랑한… 믿음이지는 않았다는

다시는 치즈를 못 먹어도 돼!

것… 역시… 잘… 알고 계시지 않으십니까? 보다 자세히는, 사상누각(沙上樓閣) 따위로 표현할 수 있을 만큼… 부실한 근거로 쌓아냈던 믿음이 아니라는 것을… 모르실 리… 없으실 테고… 말이죠.

마지막으로… 음… 이런 이야기는… 사실… 드리기 좀… 뭐하긴 한데….

저… 어떻게 생각하실지는 모르겠지만, 1년, 또 1년을 그렇게… 간절하게 여겼던 사람이지는… 않았었거든요. 사실 뭐… 19살의 그 누가… 꿈이란 걸 품고 있겠느냐마는! 어쨌든 그 당시의 저는… 꿈이 없는 사람…이었긴… 했거든요. 1년 정도야… '까짓것' 날려버려도… 큰 상관은 없었던 사람…이었기는… 했었더라는 거죠.

뭐… 그래서… 그랬었던 것 같아요. 예, 그런 경위로 택하고, 또 시작되었던 재수였어서… 그에 그리… 간절히 임하지는 않았었던 것 같아요. 잘될 것이라는 확신 역시도 품지 않았었고, 뼈를 깎는 노력 역시도… 하지… 않았었던 것 같아요. 예, 아무리 경위가 그랬어 봤자… 일단 시작하기는 한 이상… 마땅찮은 점수를 받아 챙기게 된다면, 그 1년 가량의 시간을… 그대로 증발시켜 버리는 꼴이 되어버리는 상황에 놓여 있었지만! 앞서 언급했듯… 그에 몹시도 둔감했어서… 그랬었던 것 같아요. 맞아요, 그 당시의 저는… 인생을 내건 도전을 하는 재수생이 아니라… 그냥… 어쩌다 보니 기회를 한 번 더 부여받게 되었던… 고등학교 3학년… 혹은 4학년이나 다름없었어요. 예, 그런 삶을 살았었고, 또 재수에… 그렇게 임했었어요. 물론 방금 그 말이… 망칠 것을 알고서! 혹은… 망칠 것이라는 생각을 하고서, 그에 임했었다는 의미이지는 않긴 하지만, 어쨌든… 그랬었어요.

물론 그 재수는… 딱… 그 정도의 재수였긴 했지만… 말이죠? 그래도 다행스럽다면 다행스러웠게도, 완전히… 무의미했던 재수이지만은 않아 '줬'었더랬죠. 아무래도 그 덕분에, 저는… 신세대학교에서 마무리될 뻔했었던 최종학력을… 그보다… 두 단계가량은 더 높은… 진용대학교에서 마무리시켜 낼 수… 있었으니까요.

아니… 그럴 뻔…했으니까요.

뭐… 당당히 밝힐 수 있는 이야기이지야 않겠지만! 그렇다고 해서… 제 삶에 대한 이야기를 하면서… 끝까지 숨기고 갈 수 있는 이야기이지는 않으니만큼… 큰맘 먹고… 한번… 말씀…드려 보겠습니다.

저는… 사실… 있잖습니까? 그곳에… 만족할 수 없었어요. 상위 18%의 성적을 거둬낸 자들이라면, 교문을 부숴가면서까지 들어가도 괜찮았던 학교였던 동시에!

그러니만큼, 고등학교에서… 10위권은커녕… 20위권도 겨우 해 내 봤던 '적'이 있었던… 순도 100%의 범재들로만 속을 채워뒀던 학교였던 진용대학교를 향한… 불만이… 이만저만이 아녔었더라는 거죠.

보다 정확히는, 그곳을 최종학력으로 두어야 한다는… 것에! 예, 영재였던 시절에만 해도… 훗날의 제가 몸을 담게 될 것이라고 생각해 봤었기는커녕… 이 세상에… 존재하고 있는지도 몰랐었던 학교를… 제 21년의 결과물이자… 최종학력으로 두어야 하게 되었던

다시는 치즈를 못 먹어도 돼!

그 상황에… 더없이 큰 불만을 품고 있었던 상황…이었더랬죠.

다른 표현으로는, '무단결석'인가 뭔가를 결행해 내야 했을 만큼… 큰 불만을! 예, 그러니까… 그 학교의 교문을 눈에 담아내지 않을 수만 있다면, 뭐든 할 수 있겠다는 생각이 들었을 만큼… 강도 높은 불만을… 말이죠.

아 물론… '무단결석'이라는 단어가… 어감이 좀 이상해서… 오해하실 것 같아서… 미리 말씀드려 보자면….

저… 있잖습니까? 대책 없이 그런 행위들을 이행해 냈던 것은… 절대… 아녔었긴 했어요. 예, 나름대로… 그에 책임을 질 준비를 다 해두고서… 그를… 이행해 내기는… 했었더라는 겁니다. 보다 정확히는, 준비 같은 건 안 했었고, 그냥… 그 어떠한 책임이든… 다 '감내'할 의사를 품어둔 채로… 그를… 결행해 냈었더라는 거죠. 입학을 하는 데에 투자했던 시간과 비용은 물론이거니와… 재수를 이행하면서 태워냈던 것들까지도… 모두 물거품으로 만들어 낼 각오를 하고서… 그를… 이행해 냈었더라는 이야기죠. 또 사회가… '고졸'이라는 신분의 소유자에게 마구잡이로 쏴댈… 부당하면서도 따가운 시선들! 보다 자세히는, 진용대학교의 졸업생들에게 쏴댈 것들보다는… 확실히… 따갑기는 할 것 같았었던 시선들까지도… 다 감내해 낼 각오를 하고서… 그를… 결행해 냈었더라는… 이야기죠.

아… 좋아요. 빙빙 둘러 가지… 않겠습니다.

그냥 다른 건 몰라도… 최소한… '아버지'라는 뒷배를 믿고서 그를 결행해 냈던 것은… 아녔었어요. 예, 그러니까 그 무단결석이…

'절대' 무력시위이지는 않았었다는 거죠. 제가 무단결석인가 뭔가를 계속 이행해 냈던 덕분에, 아버지가… 동요 아닌 동요를 하게 되었고, 그로써 제게… '그 자리'를 내어주시는 선택을 해버리시게 되었던 것은… '맹세코' 제 계획에는… 없었던 일이었어요. 예, 그 당시의 제가… 그 자리를 받아 챙기기'는' 했었던 것과는… 무관하게! 예, 그의 권유를 받아들이기는 했었던 것과는… 무관하게… '최소한' 그를 바라거나 염원했었어서… 그랬었던 것은… 절대… 예, 절대….

뭐… 예상하셨을 분도 계시겠지만, '그 자리'의 정체는… 보조강사… 자리였죠. 보다 자세히는, 아버지가 운영하던 학원의 보조강사 자리이자… 등 언저리에… 낙하산인가 뭔가를 매달아 두지 못했던 자에게는, 허락되지 않았었던… 자리! 아니 애초에… 그런 이가 없었더라면, 존재하지도 않았었고, 또 빚어질 일도 없었던 자리…였죠. 또 더해… 뭐… 저와는 다른 경위로다가… 이미… 그 학원의 선원이 되어 있었던 이들이자… 다른 강사들에게는… 존재 자체를 부정당하기 일쑤였던 자리…였기도 했고… 말이죠.

음… 앞서 언급했듯… 그 자리는 그런 자리여 줬던 덕분에, 그 당시의 저는… 딱히… 그곳에 제 엉덩이를 들이밀고 싶어 하지… 않아 했어요. 예, 어디까지나… 그 자리에 앉으라는 '권유'가… 당장 그따위 저항을 그만두고서, 진용대학교에 계속 다니라는! 다른 표현으로는, 뱀 공포증 환자에게… 어서 빨리 뱀을 움켜쥐라는… 그런… 비인간적인 권유보다는 나은 구석이 있기는 했었던 권유였던 만큼, 그를 받아들이고, 그에 엉덩이를 들이밀었던 것이었을

다시는 치즈를 못 먹어도 돼!

뿐… 그를 달가워했던 것은… 절대… 아니었긴 했어요. 물론 그 자리가… 더럽게 재미없는 자리였고! 또 그곳에서 태워가는 시간은… 그 조금의 의미도 없는 시간이었던 것도… 한몫… 단단히 했기야 했겠지만, 그건 뭐… 나중에 알게 된 일이었고, 어쨌든 간에… 그 당시의 저는… 그를 썩 그리 달가워하지… 않았었다는 이야기입니다.

아… 방금처럼만 말씀드리고 끝내면… 안 되긴 하겠죠?

뭐… 간단한 이야기겠습니다만, 저는… 그 누구보다도 잘 알고 있었던 사람이었기 때문에, 그랬던 겁니다. 예, 중학교 시절의 성적이란 게… 영원하기는커녕… '어떻게 보면' 아예 유의미하지도 않은 것이기까지 하다는 것을 아주 잘 알고 있었던 사람이었기 때문에! 더해 그 성적이… 저희 동네에 소재해 있었던 두 중학교 중 한 곳이자… 구역질 나는… 제 모교였던 만미중학교에서 받아 챙겨낸 것이라면… 더더욱… 무의미하다는 것을 잘 알고 있었던 사람이었기 때문에… 그 자리를… 재미없어해 했던 겁니다. 보다 정확히는, 그 자리는… 다른 거 없이… 오롯이 그 성적'만'을 위해 움직여야 했던 자리였기 때문에 그랬던 거고, 또 그 자리에서의 시간들은… 오롯이 그를 위해서'만' 태워야 했던 시간이었기 때문에… 그랬던 겁니다. 맞아요, 그네들의 소꿉장난에 합을 맞추는 시간들이었어서… 그랬었다는… 이야기입니다.

예, 그네들에게는 미안한 이야기겠지만, 저는… 조금도 공감하지 못하는 입장…이었었어요. 그네들이… 자신들이… 3년여의 세월을 어떤 학군에서 '허비'하고 있는지에 대한 자각, 또 인지도 없이 뱉어냈었던… 자기네들의 성적을 모태로 삼고 꽃피워 냈던 비관… 혹은… 투정? 또 반대로… 자랑들에! 전부 다… 그 조금의 이해도, 또 공감도 해주지 못했었던 입장…이었었어요. 꼭 산연고등학교일 필요는 없었고, 그냥… 어느 고등학교에 가서도… '웬만해서는' 개박살 날 것이 분명했던… 그… 만미중학교에서의 성적을 갖고서… 꽃피워 냈던… 그런 무의미한 것들에… 그 조금의 공감도 꽃피워 내줄 수가 없었더라는… 거죠. 이따금씩… 그 정도가 심한 원생들과 만나게 된다면, 차라리 뱀을 쥐는 편이 더 낫지 않을까 따위의….

아 물론… 그런 생각은… 하지 않았었고….

음… 다시 가봅시다. 앞서 언급해 둔 그런 것들은… 저를… 그 시작한 지 얼마 되지도 않았었던 일에… 강도 높은 권태감을 느끼게 하는 데에… 부족함이 없었던 것들이었던 만큼… 저는… 그에 몸을 담고서부터 1달여의 시간이 채 지나가기도 전에… 시간이나 대충 때우다가 가버리는… 비협조적이기 짝이 없던 강사로… 전락해 버리고야… 말았었답니다? 물론 굳이 따지고 보면, 그 전락은… 그런 내적인 어려움을… 내적으로 삭혀내지 못하고, 겉으로 드러나는 태도로까지의 범람을 막아내지 못했던… 제 불찰로 인해 빚어진 것이었을 수도 있었겠지만, 어쨌든….

아… 큰일 날 뻔…했네요. 방금 정도의 묘사만으로… 그런 결론을 도출시켜 내면… 안 되겠고….

사실… 있잖습니까? 그게… 전부였지는 않았었어요. 그네들 덕분에, 제가 그에… 협조적으로 임하지 않았었던 것도… 맞긴 하지만!

다시는 치즈를 못 먹어도 돼!

그와 동시에… 애석하게도, 협조적으로… 혹은 적극적으로 그에…
'임할 수 없었던' 것이었던 경향도… 아예 없지는… 않았었거든요.

그… 몰랐었지만… 말이죠? 극소수에 해당되었던 초등학생 원
생 몇몇을 제외하고서… 저희 학원의 원생들의 절대다수를 차지하
고 있었던 자들이자… 제게 수업을 받았었던 14살, 또 15살짜리 중
학생 원생들은… 말이죠? 알만한 것들은 다 알고들 있을 수 있을
나이의… 핏덩이들…이었더라고요? 보다 정확히는, 어떠한 새로운
정보를 '발굴'해 내고, 그의 진위를 밝혀내기에는 아직 어렸지만, 그
래도 최소한… 발굴 및 제공된 정보 정도는 품어두고, 그를 토대
로… 일련의 행동들을 이행해 내기에는… 충분한 나이의 친구들…
이었더라고요? 또 그로써, 자기네들의 '태도'까지도… 어렵지 않게
빚어내 볼 수 있었던 새끼들…이었고 말이죠.

맞아요. 아마 그… 5명의 기존 강사들의 소행? 혹은 개중에서
하나 혹은 둘의 소행이었을 수도 있었겠지만! 어쨌든 간에… 그 기
존의 강사들이… 모종의 경위 혹은 이유로… 저에 대한 것들을 '이
미' 발설해 둬 놨던 상황이었던 덕분에, 제 원생들은… 역시 '이
미'… 제가… 낙하산 인사라는 것을 알고 있었던 상황…이었더라
고요? 풀어보자면, 제가… 신분적 이점을 활용해… 자신들의 앞에,
또 무려 교탁에 설 수 있었다는… 자명하기'는' 했던 사실을 '이미'
알아는 뒀었던 상황…이었더라고요. 또 그를 토대로… 취사(取捨)
랄 것을 이행해 낸 끝에 제게'만' 보여줄 비협조적인 태도를… 이미
다… 꾸려뒀었던 상황…이었더라고요. 또 당연한 이야기겠지만, 그

를… 여과 없이 보여줬었기도 했었고… 말이죠.

뭐… 그래서… 그랬던 겁니다. 그네들이 '먼저' 제게 비협조적으로 굴어대서… 저 역시… '열의'랄 것을 품어보기가 어려웠던… 겁니다. 물론 인과가 잘못되었을 수도 있겠지만, 어쨌든 간에… 결국은 그것이… 저 혼자만의 문제, 또 이유로 빚어진 촌극이지는 않았었다는… 겁니다.

음… 어쨌든요. 그렇게 저희는… 말이죠? 서로를 향한 불신만으로 속을 채워뒀고, 또 시간을 태워댈수록… 그 불신의 몸집이 커져만 가던… 이를테면… 공멸의 시간을… 무려… 1년에서 1년 반가량을… '방치'에 가까운 태도를 견지해 가며… 다… 태워버리고야 말았답니다? 예, 그 누구도… 상대방에게… 관계 개선을 위해 손을 뻗지 않아 가면서… 말이죠.

그때야 몰랐었지만… 그 1년에서… 1년 반가량의 시간은… 말이죠? 아버지이자… 그 학원의 원장이… 속으로 정해뒀었던 한계점에 닿는 데에까지 필요했던 시간…이었더라고요? 아무래도… 그는… 원생과 강사 간의 화합 및 조화의 여부가… 생계에 끼치는 영향이 아예 없지만은 않았었던… 학원 원장이라는 직업의 소유자였으니만큼! 또 그러면서도… 좋든 싫든 간에… 저를… 혈육이라고 여길 수밖에 없었던 사람이었기는 했었던 만큼… 뭐… 그가 속으로 그런 것을 정해뒀었다 하더라도… 크게 이상할 것이야 없는 상황이긴 했겠지만, 어쨌든 간에… 그랬었더랬죠. 예, 그 시간은… 그 정도의 시간…이었더랬죠. 말하자면, '그때까지도 아직 정신을 못

다시는 치즈를 못 먹어도 돼!

차린다면 조치를 취해낼 것이다.' 따위의 다짐을 그가 품었었다고 가정한다면, 그… '그때'에 해당되는 시점에 닿기까지 필요했던 시간이… 딱 그 정도….

아 물론… 오해하지 마세요. '조치'라고 해서… 사실 그리… 대단한 것이지는 않았었고….

그냥 저를… 자질을 갖춘 교사로 변모시켜 내는 것…이었죠. 보다 자세히는, 그 변모랄 것을 이행해 내기 위해… 일선에서 잠시 뒤로 물려내… '연수'라고 명명해 볼 법했던 시간에… 몸을 담게끔 만들어 내는 것…이었더랬죠. 당연한 이야기겠지만, 어학연수나… 뭐… 해외 연수 같은 건 절대 아니었고, 그냥 뭐… 핵심을 찌르는… 썩 괜찮은 문제들을 빚어내는 방식이나! 또 썩 괜찮은 강의를 이행하는 방법들을 배우고, 또 익히는 연수…였죠. 아니 사실… 후자의 것은… 실제로 이행해 보기도 전에… 그 연수인가 뭔가가 다 종료되었던 만큼, 방금처럼 표현해서는 안 되겠고, 그런 것도 '예정'되어 있었던… 연수…였죠.

음… 하여튼 간에… 그런 유의 묘사 말고는… 뭐… 약… 12년 전 즈음에 신설되었었던 것으로 기억되던 원장실이자!

음… 그 이전에는 존재하지 않았던 곳이었으니만큼, '이전과는 달리' 따위의 표현을 쓰면 안 되겠고, 어쨌든 간에… 정 없게도! 또 이전이자… 아버지의 학원이… 극소규모 학원이었던 때까지만 해도… 아버지의 학원에만큼은… 발을 들일 일이 없을 것이라 여겨졌던 도어록이 걸려 있었던 문 너머의… 골방에서! 또 교육에 관한 서적들… 혹은… 교육인이 되기를 희망하는 자라면… '반드시' 읽어야 하는 지침서… 혹은… 필독서들로 속을 채워뒀던 골방에서….

끝으로… 학원을 운영한 지… 어느덧… 15년 차에 접어들었던 아버지… 김정민에 대한 모든 것들이 담겨 있었던 골방에서… '홀로' 이행해 내야 했던 연수… 말이죠.

저는… 말이죠? 그 연수 덕분에! 아니 그보다는… 그 연수가… '마침' 그 골방에서 이행되어 줬고, 또 홀로 이행해 내야만 했던 연수여'줬'던 덕분에, 조금도 어렵지 않게… 눈을… 맞춰낼 수… 있었답니다? 파리만 날리던 극소규모 개인 학원의 원장이었던… 그 오래전의 김정민과!

또 무려… 상장까지 이뤄냈었던… 교육계… 대기업? 혹은 중견 기업이… 이따금씩 이행해 냈던 부름인가… 초빙인가… 뭔가에 응함으로써… 귀한 손님… 혹은 파견직에 준하는 신분으로다가… 그네들과 함께 시간을 태워낼 수 있었던! 아니 어쩌면, 태워내곤 했었던… 그 오래전에 비해서는… 꽤 최근의 김정민이자….

그를 통해… 적당한 양의 돈이나… 명예를 얻어내고서, 부풀어 오른 배를 쓰다듬으며… 사실상… 은퇴한 졸부? 아니 어쩌면 한량이나 다름없었던 삶을 살 수 있게 되었던 그 당시의… 김정민…까지! 예, 무려 세 명이나 되었던… 각기 다른 김정민'들'과… 눈을… 맞춰낼 수 있었더랬죠.

고맙게도….

아니 어쩌면… 놀랍게도… 말이죠.

다시는 치즈를 못 먹어도 돼!

리처드미아란드는 남자

언급…했었던가요? 솔직히 잘 기억이 안 나긴 하는데… 언급했었더라면… 미안합니다. 한 번만 더 언급할게요.

사실… 저희 집? 좀… 빈곤한 편이었긴 했었죠. 보다 정확히는, '그때까지는'… 빈곤했던 경향이 있었던 집…이었더랬죠. 제일 확실하고, 또 가장… 사실에 입각한 표현으로는, 저희 집'은' 빈곤을 앓았을지 몰라도… 최소한 저는… 그를… 앓지 않았었지만, 어쨌든… 그런 편이었긴… 했어요. 뭐… 잘은 몰라도… 그 당시의 아버지가… 제가… 빈곤을 앓는 것을 원하지 않는다는 연유로다가… 검소를 빙자한 절약을 이행해 내 주셨던 덕분에, 그 당시의 제가… 그를 앓지 않을 수 있었던 것이었겠지만, 하여튼 그 당시의 제가… 빈

다시는 치즈를 못 먹어도 돼!

곤인가 뭔가를 앓지 않았었다는 것 자체는… 사실…이긴 합니다. 음… 빈곤의 기준, 또 정의가 어떻는지는 모르겠지만, 다른 건 몰라도… 최소한… 그 당시의 제가… 어떠한 것에 대한 결핍을 앓았었거나… 그 당시의 저희 집이 빈곤하다는 것을 인지하고서, 행동거지를 달리했다거나… 하지는 않았으니까! 그렇게 얘기해 봐도… 되지… 않을까요?

물론 뭐… 그랬었던 만큼, 그냥 넘어가도 될만한 일이었긴 했겠지만! 아니 사실… 애초에… 돈 한 푼을 벌어오지 않는 입장이었던 만큼, '당연히' 그냥 넘어가야 했겠고, 또 실제로도 그러긴 했었지만… 말이죠? 사실 그와는 별개로… 그 당시의 제게는… 도무지 이해할 수 없었던 것이 하나… 있었기는… 했더랍니다?

그것은 바로… 저희 집 한쪽에 터를 잡아두고 있었던 장난감들… 이었죠. 보다 정확히는, 그네들의 존재 의의이자… 그네들이 저희 집 한쪽에 터를 잡게 되었던 경위…였죠.

간단한 이야기겠습니다만, 그네들이… 저희 집 한쪽에 터를 잡을 수 있었던! 아니 잡'게 되었던'… 경위? 아니 어쩌면, 존재 의의? 결국 다… 하교 시간에 맞춰… 불특정 다수의 학생들이자… 제 동창생들! 개중에서… 저희 학원의 원생이지 않았었던 이들에게… '살포'되기 위함이었었더랬죠. 아… 정정할게요. 무작위의 살포가 아닌… 뭐… 학원에 다닐 의향이 있거나, 아니면… 음… 그 정도의 것은 '아직' 품지 않아 됐기는 했지만, 장난감을 받기만 한다면… '기꺼이' 마음을 돌려낼 의향이 있었던 자들에게… 살포되기 위함…이었었더랬죠. 학원 계약의 답례품이어도 좋고! 아니면 뭐… 고고한 자태로다가… 자기네들과 눈을 맞춰냈던 철부지, 또 어쩌면 핏덩이들을 유혹해 내는… 일종의 '미끼'여도 괜찮으니까! 그네들이… 두 당 하나의 계약을 만들어 내기만 한다면… 기꺼이 '성공'이라 취급해 볼 만한 작전을 이행해 내기 위함…이었었더랬죠.

무슨 부연 설명이 더 필요하겠습니까만, 그 당시의 아버지의 입장은… 그랬었던 것 같아요. 수업을 진행하고, 또 학원을 운영하는 것은… 결국 노무(勞務)라는 미명하에! 보다 자세히는, 그것은 결국… 돈으로 치환되는 원자재인가 뭔가들을… '매입'하지 않고서도 이행해 낼 수 있는 공정을 밟음으로써… 돈을 벌어낼 수 있는 업종이었던 만큼, 장난감을 사들이는 데에… 약간의 돈을 지불하더라도… '어느 정도의' 수익만큼은 가져갈 수는 있는 업종이라는 미명이자… 자명하기'는' 했던 사실 아래… 그 작전을… 결행했었던 것 같아요. 예, 그러니까… 좋게 말하면, 타 업종을 굴리는 사장들에 비해 갖는 이점이자… '나름의' 여유 자금들을… 홍보 및 마케팅의 일환으로 투자해 보자는 심산…이셨었겠죠. 뭐… 지금의 저는… 그렇게 생각하는 편이긴 해요. 그 작전은… 일리가 아예 없지만은 않았다고 생각되는… 그 나름의 판단을 모태로 두고 피어올랐던 작전이기는 했었던 만큼… 뭐… '한 번쯤은' 이행해 볼 만했던 작전… 이었다고는… 생각하는 편이긴 해요. 예, 그 당시의 저와는… 다르게… 말이죠. 너무 어렸었던… 그 당시의 저와는! 보다 자세히는, 실력을 갖춰내기만 한다면 성공을 거머쥘 수 있을 것이라는… 아

다시는 치즈를 못 먹어도 돼!

니 보다 정확히는, 세상은 그렇게 착하고, 또 이성적이기까지 하다
는 코웃음 쳐지는 생각을 품었었을 만큼… 어려 빠졌었던 그 당시
의 저와는… 다르게… 말이죠.

아 근데… 그러면서도… 그런 생각도 하고 있기는… 하죠. 그 당
시의 제 생각이… 마냥 틀렸었지는 않았었던 것 같다는 생각도…
품고 있기는 하죠. 뭐… 다른 건 몰라도… 그 작전을 아니꼬워했었
던 것 자체는… '정답'이었기는 했던 것 같거든요. 아무래도… 그
작전은… 이유, 또 경위를 불문하고… 1년도 채 되지 않던 시간 만
에… '폐기'의 수순을 밟기'는' 했었던 작전…이었으니까… 말이죠.

더해… 그로부터 얼마 뒤의 아버지는… 그와는 완전히 결이 다
른… 전혀 새로운 작전을 수립해 냈고, 또 그를 이행 및 완수해 냄
으로써, 그 장난감 작전 따위가 가져다줬던… 작은 성공? 혹은 아
예 가져다줬는지도… 사실 잘 모르겠었던 이전까지의 성공과는…
차원이 다르고, 또 비교를 불허할 만큼의 큰 성공을 거머쥐게 되
었었으니! 그 작전을… '틀린 작전'이라 여겼었던 지난날의 제 생각
이… 맞았었지… 않았을까요? 지금의 아버지도… 그렇게 생각하고
계시지… 않을까요?

아… 그건 좀… 어렵나?

아… 방금 그건… 실언이었습니다. 다시… 평정을 되찾고….

음… 시제(時制)가 자꾸 뒤죽박죽이 되는 것 같아서… 죄송하지
만, 그 새로운 작전이… 어떤 작전이었는지는… 지금 당장 말씀드리
기는… 좀… 곤란하긴 해요. 그것은… 지금 대충 언급하고 가기에

는… 사실상 서사와도 다름없었을 만큼 방대한 작전이었고, 또 무겁다 못해… '인격 말살적인 작전'이라고까지 명명해 볼 수 있을 만큼… 끔찍한 작전이었기는… 했거든요. 그러니까… 그건… 나중에 다시… 세세하게 다뤄보기로 하고….

지금은 다시… 그 작전이 이행되고 있었던… 그때로! 보다 정확히는, 그 작전이… 그의 유일한 혈육이었던 저 자신도 모르게! 혹은… 일부러 저 자신'이' 모르게… 물밑에서 진행되어 줬던 끝에… 그 학원에게 '성공'이란 걸 가져다줬고, 그 성공이… 원체고 유의미한 수준의 성공이어'줬'던 덕분에, 그에게서… '갓' 개평(個平)을 받아 챙겨내기 시작했던 그때로… 다시… 돌아가 볼까요?

아마… 10살 때쯤…이었을 겁니다. 다르게 묘사해 보자면, 그 장난감 작전을 이행하기 위해… 저희 집으로의 침투를 감행해 줬던 최후의 용사였던… 악어 인형인가 뭔가가… 좀처럼… 계약으로의 변태를 이뤄내지 못하고서, 하릴없이… 또 무능하게… 자신의 몸뚱어리에다가 먼지만을 쌓아대기 시작하고서부터… 3개월 정도가 지났던 때이자! 또 아버지가… 그를… 그냥… 저더러 갖고 놀라는 권유를 건네줬던 때이자….

뭐… 그로써 사실상… 장난감 작전을 '공식적으로' 폐지하겠다고 선언했었던… 때…였을 겁니다. 예, 딱 그 시기…였을 겁니다.

그때쯤부터… 있잖습니까? 제 삶에는… 이런저런 변화들이 찾아와 줬었더랬죠. 우선 첫 번째로는… '웬만해서는' 아버지를 만나지 못하게 되는 변화가… 저를… 찾아왔었더랬죠. 놀이 시간인가

다시는 치즈를 못 먹어도 돼!

뭔가 하던 것을 진행해 주기 위해… 못해도 꼭 그때만큼은… 계셔 주셨었던 낮 시간대의 학원에서는 물론이거니와… 저녁이나… 그리 깊지 않은 밤중의 집에서까지도… 말이죠. 만약 그 시기의 제게… 새벽… 혹은 이른 아침에 아버지가 올려둔 것으로 추정되었던 식탁 위의 용돈이나! 사실상 새벽이나 다름없었을 만큼 늦은 밤에… 그리 깊지는 않은 잠에 빠져 있었던 제 고막 속으로 파고들었던… 현관문 소리나… 발걸음 소리 같은… 최소한의 단서들마저도 제공되지 않아 줬었더라면, 아마 그 시기의 저는… 모종의 이유로… 아버지가 저를 떠나가 버리고야 말았다는 의심을 품었었을 수도 있었을 만큼, 아버지는… 말 그대로 종적을 감춰버리고야… 말았었다는 거죠. 물론 다행스럽다면 다행스러웠게도, 아버지의 부재 따위에도 아랑곳하지 않고서… '어떻게든' 진행되어 '줬'던 그 놀이 시간인가 뭔가를 이행하던 와중에… 그 교실의 창문으로… 아버지가 지나가는 광경을 봤었던 적이 아예 없었지만은 않았었던 만큼, 방금 같은 그 표현은 좀… 유난이었다면 유난이었을 수도 있었겠지만… 어쨌든요.

뭐… 첫 번째 변화는 그랬고, 두 번째 변화는! 그 첫 번째 변화가 시작되고서부터… 3달? 아니 어쩌면 4달 뒤의 저를 찾아와 줬던 변화인데….

저는… 있잖습니까? 더 이상… 아버지의 학원에마저도… 발을 들이지 못하게 되는 변화를… 앓게… 되어버렸었답니다? 아 물론… 공식적으로 그것이 금지된 행위로 규정되어 버리는 상황에 닿

왔었던 것은 아니었던 만큼! 보다 자세히는… 아니 어쩌면 정확히
는… 그냥 그 당시의 제가… '자의로' 그에 발을 들이지 않기로 함
으로써 빚어졌던… 혹은 '자초'했던 변화였던 만큼… 그에게… '저
를 찾아온 변화' 따위의 표현을 써서는 안 될지도 모르겠지만! 어
쨌든 그곳에… 발을 들이지 않게 됐었던 것 자체는 사실…이었긴…
했으니….

아… 좋아요. 이것도 뭐… 까짓것… 말씀드리고 가죠.

아버지의 학원에 발을 들이지 않아야겠다는… 다짐? 아니 '다
짐'은 좀 거창하고, 그런… 생각? 사실 꼭… 대단한 이유, 또 경위
로 꽃피워 냈었던 것은… 아니었긴… 했어요. 그냥 다른 거 없이…
아버지의 학원이… 언제고 만석이었어서… 그랬었던 것…뿐이었
죠. 아버지의 학원이… 보다 정확히는, 그에 들어차 있었던… 두 칸
의… '웬만해서는' 텅텅 비어 있었던 교실이자… 그렇지는 않았었더
라도… 사람이 다섯 이상이 들어찬 적은 없었던 교실이… 그 언젠
가부터… 언제고… 만선의 꿈을 이뤄내 두는 전혀 새로운 변화를
앓았었어서… 그랬었던 것…뿐이었죠. 그래서 '눈치껏' 그에… 발을
들이지 않기로 했었던 것…뿐이었죠. 보다 정확히는, 그래서… 그
냥… 안 가는 게 맞겠다는 생각을 했었던 것…뿐이었죠.

아 그에 더해… 더 이상 '굳이' 그곳에 가야 할 이유가 없어졌던
것도… 한몫했다면… 했을지 몰라요.

생각해 보면… 분명… 있었어요. 정확한 표현으로는, '난데없
이' 그런 시간이 저를… 혹은 저'희'를… 찾아와 줬었어요. 그 시간

이… 어떤 시간이었는지는 정확히 기억나지 않기는 하지만! 예, 어떻게 진행되었길래… 그 당시의 제가… 그 시간을 '그런 시간'이었다고 여기게 됐었는지는… 기억나지 않기는 하지만, 어쨌든 간에…그 앞서 언급했던 놀이 시간의… '마지막 시간'이라 취급해 볼 수밖에 없었던 모종의, 또 불명의 시간이… 저희를… 찾아와 줬긴 했었거든요. 보다 정확한 표현으로는, 그의 당사자였던 제가… 그렇게 취급해졌던 시간에… 몸을 담아낸 적이 있었다는 기억이… 남아 있었기는… 했었거든요. 또 그 이후로… 그 놀이 시간인가 뭔가 하던 것이… 이행되지 않았었기도… 했었고 말이죠. 종합해 보자면, 그 시간에 대한 기억이야 남아 있지 않았다지만, 확실히 그를 태워 냈기'는' 했었고, 또 그를 기점으로인지 아닌지는 확실치 않지만, 어쨌든 간에… 그 놀이 시간인가 뭔가 하던 것이… 더 이상 진행되지 않았었던 만큼, '굳이' 학원에 가야 할 이유가 없게 되었다는 생각을… 품었었긴 했다는 거죠. 그래서 역시… '눈치껏' 그에 발을 들이지 않기로… 했었던 것…이었겠고요.

아… 잠깐 잠깐 잠깐! 여기서 더… 진행하기 전에….

중요한 것은… 그겁니다. 음… 다른 묘사들은 다 필요 없겠고, 결국… 중요한 것은… 그겁니다. 어쨌든 간에… 저는… 있잖습니까? 그 놀이 시간이… 제 삶에서 들어내진 그때를… 기점으로! 그를 다… 잊어내 버리고야 말았었다는… 것입니다. 예, 그의 부재가 낳은 아픔… 혹은 허전함 따위의 부정적인 감정을 앓으며, 신음했었기는커녕… 그에 관련된 기억들을 모두… 제 머릿속에서… 지워

내 버리는 데에까지 성공해 버리고야 말았었다는… 것…입니다. 아
니 사실 정확히는, 아예 지워내지는 않았고, 그냥… 꺼내보려면 얼
마든지, 또 언제든지 꺼내볼 수야 있겠지만, 굳이 그럴 일이 생기지
않을 것 같고, 또 그것이 그럴만한 일이 있을 기억이지도 않겠다고
여김으로써, 그에게 그저… '오래된 기억'… 혹은… '잊혀도 상관없
을 기억' 따위의 글귀가 적힌 옷을 입혀주고서는, 그를… 골방 한구
석에다가… 박아뒀던 것이었겠지만! 예, 그가 '망각'이라는 병을 앓
고, 자리를 비우게 되더라도… 별 상관없겠다는 생각과 함께… 그
를 그냥… 방치해 버렸던 것뿐이었겠지만! 어쨌든 간에… 그랬었어
요. 지금 이 시점에서 돌아보면… 다른 기억이라면 몰라도… 그 기
억만큼은… 그렇게 보내버려서는 안 되는 기억이었지만! 예, 그런
불경스러운 옷은 당장 벗겨버리고… 또 새 옷을 입혀내고서는, 어
여삐 여겨줘야 했었던 기억이었지만! 그 당시의 저는 아무래도…
그 치명적인 사실을 아예 모르고 있었던 사람이었던 만큼… 그에
게 그런… 푸대접을 해버리고야… 말았었더랬죠.

　뭐… 하여튼… 그 시기의 저를 찾아와 줬던 두 번째 변화는…
그랬었고….

　세 번째이자… 어쩌면 그 당시의 제게 가장 중요한 변화였던…
세 번째 변화는… 첫 번째 변화를 일으켰던… 당사자? 아니 어쩌
면, 주동자였던 아버지가… '다시'… 제 삶 속으로 파고들어 와 줬
던 것…이었더랬죠. 그것도 무려… 거창하디거창했던 복귀라고 표
현해 봐도 될 만큼… 대단하게… 말이죠.

　　　　　　　　　　　다시는 치즈를 못 먹어도 돼!

놀랍게도… 말이죠? 아버지의 복귀는… '홀몸'으로… 이행되지… 않았었어요. 예, 아버지는… 왼쪽 옆구리에는… 4명의 전혀 새로운 강사들을 끼워둔… 채로! 또 오른쪽 옆구리에는… 교실로 쓸 수 있을 만했던 공간을… 무려 다섯 칸이나 품고 있었던 새로운 학원을… 보다 정확히는, 같은 동네에 소재해 있었던 새로운 건물을… 끼워둔 채로….

아니 자세히는, 개중에서 한 칸을… '이미'… 이전에는 없었고, 또 그때까지만 해도… '최소한' 아버지의 학원에만큼은… 평생토록 없을 것이라 생각했었던… '원장실'이라는… 낯설디낯선 명패와… 무정하면서도 냉혈한 도어록을 박아뒀던 문으로… 굳게도 잠가뒀던… 건물? 아니 어쩌면 공간을… 끼워둔 채로! 꽤 오랜 시간 동안 홀로 남겨져 있었던 가엾디가엾던 저를… 다시… 찾아와 주셨어요. 비단 10살짜리이기만 했던 걸 넘어… 아버지 외에는… 그 어떠한 혈육도 곁에 두지 '못했었던' 그 당시의 제게… 그런 아버지의 복귀 이상으로 유의미하고, 또 치명적인 변화랄 게… 있었겠나요? 다른 표현으로는, 난데없게도 그런 상황에 닿아버렸던 제게… 다른 데에 신경을 쓸 경황이나 여력 같은 게… 있기나… 했었겠나요?

아 물론… 아버지의 복귀가… 그렇게 대단하고, 또 거창하게 이뤄졌던 것은… 충분히 유의미한 일, 또 중대사항이었긴… 했지만!

애석하게도, 그에게… '복귀'가 이뤄지기'는' 했다는 것 이상의 의미는… 부여해 줘 볼 수가 없었더랬죠. 예, 그 이후로도 저는… 줄곧… 아버지의 부재를 앓아야만… 했었거든요. 물론… 첫 번째 변화를 잃았었던 그때보다야… 상황이 낫긴 했지만! 예, 아버지가 절대적인 시간을 기준으로는… 그때보다는… 확실히… 저와 보내주시는 시간을 증폭시켜 주셨던 것은 맞긴 했지만… 그래도… 그래도….

아… 각설하고요. 그는… 있잖습니까? 그런… 금의환향이라고 불러봐도 될는지는 모르겠습니다만, 어쨌든 간에… 그런… 대단한 복귀를 이뤄낸 직후! 보다 정확히는, 복귀가 그런 식으로 진행되어줌으로써… 앞서 언급했던 원장실인가 뭔가 하던 공간이 신설됨과 동시에… 그곳에 틀어박힌 채로… 아주 많은 시간을 태워내기… 시작했어요. 무릇 원장이라 함은, 원장실에서 시간을 태워내야 하는 존재였기에, 그가… 그곳에 틀어박힌 채로… 많은 시간을 태워냈던 것이었는지! 아니면 반대로… 애초에… 어딘가에 틀어박혀서 이행해야 할 일이 많아졌던 덕분에, 그가… '부득이하게', 또 '먼저' 원장실이라는 공간을 신설해 낼 수밖에 없었고, 또 그것이 갖춰졌으니만큼, 그곳에서… 많은 시간을 태워내기 시작했던 것이었는지는… 모르겠지만, 어쨌든 그 당시의 그는… 그랬었어요. 말 그대로… 원장실에서 상주…하기 시작했다는 거죠. 보다 정확히는, '웬만해서는' 그 바깥으로 나오지 않는 일상에… 몸을… 담아내 버리고야 말았었더랬죠. 이를테면… '하교'인가 뭔가를 이행해 냈던… 유일한 피붙이였던 김학필 군이 도어록이 박혀 있던 문을 두드려 대거나….

모종의 이유로 인해… 담배 찌든 내가 아닌… 왁스… 혹은 향수가 낳은 향기를 온몸에다 둘러둔 채로! 또 어울리지 않게도, 낯설어 빠진 정장으로 몸을 감싸둔 채로! 어디론가 바쁘게 달려가야만 하는 일이 생기지 않는다면, 절대⋯ 바깥으로 나오지 않던 일상에⋯ 말이죠. 아니 어쩌면, 나오려 하지도 않던 일상에⋯ 말이죠. 그것 외에는⋯ 나올 일이 '정녕' 없었던 것이었는지! 아니면 그것 외의 일들을⋯ 죄다⋯ '나갈만한 일'이 아닌 것이라 취급하기로⋯ 자신과의 합의를 봤었던 것이었는지는 모르겠지만, 어쨌든⋯ 예, 어쨌든⋯ 말이죠.

아 물론⋯ 지금은 다⋯ 알고 있기는 하죠. 보다 정확히는, 다 끼워 맞춰둠으로써⋯ 어느 정도의 결론 정도는⋯ 내둔 편이긴⋯ 하죠. 물론 그 결론은⋯ 사실⋯ 22살 의제가⋯앞서 언급했던 그 연수인가 뭔가에 몸을 담고서부터⋯ 약 사흘도 채 되지 않던 짧은 시간만을 태워낸 뒤 닿았던 어느 날에⋯ '우연히도' 그에 대한 증거들을 찾아냈던 덕분에, '늦게나마라도' 꽃피워 냈던 것이었던 동시에⋯ '한참 늦게' 꽃피워 냈던 것이었긴⋯ 했지만!

또 겨우⋯ 그 시간들을⋯ 완전한 불명의 시간에서⋯ 불명이기'는' 해도 짐작 가는 구석이 있기'는' 한 시간으로 변모시켜 내두는 데에서 그칠 수밖에 없을 만큼⋯ 시답잖은 것이었긴⋯ 했지만!

아니아니⋯ 더 정확한 표현으로는, 앞서 언급했듯⋯ 그때 그 시점에서 '새롭게 알게 된 것들'과⋯ '아직 알지 못했던 것들'을 끼워 맞춰 연결 지어내는 방식으로다가 꽃피워 냈던⋯ 한낱⋯ 정황상의 추측에 불과한 것이긴⋯ 하지만! 예, '결론'이라는 이름을 건네줘 보기에는⋯ 좀⋯ 부족한 부분이 많았었던 것이었긴 했지만⋯ 말이죠. 뭐⋯ 그래도 어쨌든 간에⋯ 지금은⋯ 그에 대해⋯ 그나마의 추측 비스름한 것이라도 꽃피워 낼 수 있을 만큼'은' 알게 되었 긴 했으니….

뭐… 말 나온 김에 말씀드려 보자면… '아직 알지 못했었던 것들'이자… 그 당시의 제게는 물론이거니와… 지금의 제게도 남아 있는 '공백'은! 보다 정확한 표현으로는, 직접 눈으로 본 적이 없었던 과거의 것이었으니만큼, 평생토록 확신으로'는' 채워낼 수 없게 된… 공백은! 그가… 원장실에서 '그렇게나' 많은 시간을 태워내야 했던 경위! 또 그를… 이따금씩 양복을 입고 밖으로 나가게끔 만들어 냈던… 경위이자… 사건…이었고!

'새롭게 알게 된 것들'은… 아버지는… 단순히 학원 원장이기만 했던 사람이 아니라… 놀랍게도… 다섯 권가량의 책을 집필… 아니 어쩌면, 편찬하기까지 했던 작가이자… '나름대로' 저명한 교육인이기도 했었다는 것…이었죠. 보다 자세히는, 제가 10살 때쯤에 있었던! 아니아니… 제가 10살 때쯤에… 아버지가… 자신의 손으로 직접 자행해 냈던 단 하나의 사건을 통해 얻은 바를 술회해 냈던 책을 출판함으로써, 작가… 혹은 저자가 될 수 있었던… 사람!

또 더해… 시가총액 300 억대의 교육계 대기업? 아니 어쩌면, 중견기업이었을 '㈜치킨포크스터디아'가… 그 책을 나름대로 감명 깊게 읽었었다거나! 그와… 그의 이야기에게… '시장성'이 있다고 판단했었다거나 하는 연유로다가… 그에게 뻗어냈던 손을… 그가… '기꺼이'… 혹은 '지체 없이' 잡아버림으로써! 다른 표현으로는, 그렇게 그와… 그런… 뻔하디뻔한 암약을 이룩해 냄으로써, 교

다시는 치즈를 못 먹어도 돼!

육인으로 거듭날 수 있었던 사람…이었었다는 것…이었죠.

예, 그네들을 연결지어 보니까… 다… 답이 나오긴 하더라고요? 출판인가 집필인가 뭔가 하는 행위가… 몹시도 긴 시간을 요구하는 행위였으니만큼, 그를 완수해 내기 위해… 그렇게 많은 시간을… '홀로' 태워낼 수밖에 없었던 것…이었고!

또 그 중견기업과의 암약 덕분에, 양복을 차려입을 수밖에 없었던 것…이었나 보더라고요? 아니 그렇게 표현하면 안 되겠고, 그 암약이… 그가 양복을 입고서 이행해 내야 할 만한 일들을 여럿 만들어다가… 그 시기의 그에게 가져다줬던 덕분에, 그럴 수밖에 없었던 것…이었나… 보더라고요?

아… 놀라지 마세요. 제가 그런 추측들을 꽃피워 낼 수 있게 해줬던 증거들은! 보다 정확히는, '그만큼이나' 확실했던 증거들은… 차고 넘치긴 했으니까요. 또 그것들을 다… 말씀드릴 것이기도… 하니까 말이죠. 아니 애초에… 증거랄 것이 차고 넘쳐'주'지 않았었더라면, 저는… 장난으로라도 저따위 추측을 빚어내지는 못했을 거… 아닙니까? 그러니까 그냥 뭐… 믿고… 따라와 주세요. 많은 거 안 바랍니다, 진짜로.

뭐… 좋습니다. 그냥… 바로 시작해 볼게요. 예, 그냥… 10살 때부터… 22살까지의 시간들은… 바로 다 생략해 버릴게요. 어차피 그때는… 뭐… 아버지와 관련해서 만큼은… 별… 대단한 사건이 일어나지 않았었던 시간…이었으니까! 그냥… 예, 그냥 바로… 생략해 버리고! 그 연수가 시작된 지… 사흘 차에 도달했었던 그날로…

바로… 넘어가 봅시다.

그날의 제가… 아버지의 책상에 굴러다니고 있었던… 웬 회색 USB를… 아버지의 컴퓨터에 꽂아버리게 되었던 경위가… 무엇이었을까요? 아버지가… 핵심을 찌르는 문제를 빚어낼 수 있는 '나름의'… 혹은 '자신만의' 방법들이… 그 USB에 모두 담겨 있다는! 어쩌면… '자기과신'으로 속을 채워뒀던 정보를 건네주셨기 때문…이었을까요? 아니면 뭐… 제가 아버지에게… 어떠한 정보를 공유해 줄 것을 요구했고, 아버지가… 그 USB에 그것이 담겨 있다는 답변을 건네주셨기 때문…이었을까요? 뭐… 잘 기억나지는 않지만, 그 당시의 저는… 그를… 컴퓨터에 꽂아버리고야… 말았었더랬죠. 손만 뻗어보면 거머쥐어 볼 수 있을 만큼 가까운 곳에, 또 무방비 상태로까지 놓여 있었지만, 쥐어볼 일이 없었고, 또 딱히 관심이 가져지지도 않았었어서… 단 한 번도 쥐어본 적이 없었던 그 USB를… 말이죠.

그때야 몰랐었지만, 그것은… 말이죠? 제게… '틀린 조우'를 선사해 주던 행위…였었더라고요? 아버지가… USB의 종류를 헷갈리셨던 것이었는지! 아니면… 그 언젠가의 아버지가… 그 비법인가 뭔가 하던 것을 다른 곳에 옮겨뒀지만, 애석하게도, 그 사실을 까먹어 버리셨던 것이었는지는 모르겠지만! 어쨌든 그것은… 제게… 비법이 아닌… 전혀 다른 것과의 조우를 선사해 주던 행위…였었더랬죠.

풀어보자면, 그것은… 문제를 빚어내는 비법 따위와는… 그 조금의 친분도 없어 보였던 다섯 개의 문서 파일과… 하나의 동영상

다시는 치즈를 못 먹어도 돼!

파일과의… 조우를! 예, 그러니까 앞서 언급했던 대로… '틀린' 조우를… 선사해 주던 행위…였었더랬죠. 당연히… 예정되어 있지 않았던 조우…였었기도 했고요.

음… 글쎄요? 이런 표현 어떨지 모르겠습니다만, 그 조우는… 앞서 언급했듯 예정되어 있지 않았었던 조우였던 것과는 별개로… 어쨌든 간에… 누군가와의 첫 만남이기는 했고, 또일 수밖에 없었던 조우였었음에도 불구하고, 어째… 그리 낯설지만은 않다는 감상이 낳아지던 조우였던 것… 아니었겠습니까? 다른 표현으로는, 어째서인지 그 원고 파일들의 제목들이… 그리… 낯설지만은 않게 느껴지던 것… 아녔었겠나요? 보다 자세히는, 왠지 그 제목들이! 혹은 그 제목을 이루고 있었던 단어들의 조합들이… 어딘가에서! 보다 정확히는, '최소한' 모니터 속이지는 않았던 다른 곳에서… '은연중에' 혹은 '스쳐 가듯' 눈에 담았었던 적이 있었던 것만 같았던… 조합인 것 같다는… 느낌이 들었었던 것… 아녔었겠나요? 물론 그네들을 어디에서 봤으며, 또 그 당시의 그네들이… 어떤 형태를 취하고 있었는지에 대해서는… 기억 나는 게 없었던 만큼, 그런 감정의 모태가 되었던… 뭐… 어딘가에서 '최소한' 다른 형태를 취해둔 채로 저와 눈을 맞춰댔을 그네들을… 눈여겨봤었던 것 같지는 않았었긴 했지만, 그렇다고 해서… 어딘가에서든… 한 번쯤은 스쳐 가듯 본 적이 있기'는' 한 것 같다는 느낌마저도 지워내기는 어려웠을 만큼… 낯이 익기는 한 것 같다는 기분이… 들었었더라는 이야기죠.

그래서… 그랬던 걸까요? 아니면 그냥… 본능적으로! 또 무의식

적으로… 그래'버렸던'… 걸까요? 뭐… 잘은 모르겠지만, 그 당시의
저는… 그 문서 파일 중 하나를… 홀린 듯 열어재껴 버리고야… 말
았고!

그 덕분에, 저는… 그네들이… 어떤 다른 형태를 취할 수 있는
자들이었는지를! 혹은… 어떤 다른 형태로 변모해 낼 수 있는 자들
이었는지를… 알아낼 수… 있었죠. 보다 정확히는, 그에 도움이 될
다섯 글자를… 눈에… 담아낼 수 있었죠.

예, 그 다섯 글자의 정체는 바로… '저자 김정민'이었고, 그로써
알 수 있었던… 것! 혹은 짐작할 수 있었던 것은… 그 파일의 정체
는… 원고 파일! 또 그네들이 취할 수 있었던 다른 형태는… 책…
이라는 것…이었죠.

그러한 짐작을 꽃피워 냈던 그 당시의 제가… 해야 할 일이…
무엇이었겠습니까? 다른 표현으로는, 그 당시의 제게… 고개를 뒤
로 돌려내는… 것? 보다 자세히는, 연수를 이행하기 위해 사흘째
원장실에 왕래해 댔던 입장이었지만, 눈여겨볼 이유가 없었었던 만
큼, 그저 배경으로'만' 취급하고 있었고, 또 실제로도 일정 부분 그
러했었을… 컴퓨터 책상 뒤편에 터를 잡고 있었던 책꽂이에게… 시
선을 가져가 보는 것 외에… 해야 할 일이 또… 있었겠습니까?

여러분의 생각이야 어떠실지 모르겠지만, 그 당시의 저는… 그
것 외에는… 이행해야 할 일이 없다고 생각하는 입장이었고, 또 그
랬으니만큼… 과감히… 또 지체 없이… 고개를 뒤로 돌려버렸고!

그 덕분에, 저는… 조금도 어렵지 않게 눈을 맞춰낼 수… 있었

더랬죠. 앞서 언급했듯… 그 '김정민'이라는 이름을 저자란에다가 박아뒀던… 다섯 권의 책들과! 또 다른 표현으로는, 뭐… 그 당시의 아버지가… 원장실에서… 그런 공백의, 또 불명의 시간을 태워 낼 수밖에 없었던 계기를 알려주고, 또 자기네들의 존재이자 몸뚱어리로다가… 그를… 증명해 주기까지 하는 듯했던… 책들과… 말이죠.

글쎄요? 아버지가… 그 도어록인가 뭔가에게… 절대적이고, 또 두텁기까지 했던… 신뢰를! 아니 사실 따지고 보면, 물론 그가 보낸 것이 맞기야 하다지만, 어쨌든 간에… 제가 이곳으로의 연수를 떠나게 될 줄은… 지난날의 그 역시도 몰랐었을 만큼, 품어 마땅하기'는' 했던 신뢰를 품고 있었던 탓이었는지는 모르겠지만, 그네들은… 참… 헛웃음이 나게도, 그렇게나 목 좋은 자리에… 터를 잡아 두고들… 있었더라고요? 예, 지난날의 그가… 그네들에게… 그렇게나 목 좋은 자리를 허락해 줬었…더라고요?

음… 물론… 방금 같은 표현은… 아버지가… 자신의 과거를 숨겨야 하는 입장이었어야만… 성립되는 표현일 테니… 굳이… 길게 이어갈 필요는 없겠고….

아니 애초에… 그 책을 꺼내… 펼쳐보지도 않았었던 덕분에, 그에 대해 아는 바가… 없으니만큼! 풀어보자면, 저는… 책이란 건… 아무리 아버지가 직접 집필하신 것이라 해도… 결국은… 지루해 빠진 매체이기는 하다는 미명하에… 혹은… 못해도 책보다'는' 쉽게 볼 수 있는 매체였던 동영상 파일이… 저를 현혹시켜 내 버렸다는 변명 아래… 그 책들과 눈을 맞춰넘으로써, 아버지가 책을 집필해 냈었다는 사실만을 취하고서… 시선을 다시… 모니터로 가져와 버렸으니만큼! 예, 그 책들에 대한 묘사는… 그 이상 진행할 수가 없겠고….

바로 그냥… 넘어가 봅시다.

그… 동영상 파일은… 있잖습니까? 그 당시의 아버지가… 이따금씩 양복을 입게 되었던 계기를 알려주고, 또 자신의 존재이자 몸뚱어리로다가… 그를… 증명해 주기까지 했던 존재…였었더랬죠. 다른 표현으로는, 그는 뭐… 모 강연 프로그램의 135화 다시 보기 분이자… 다음과 같은 제목을 품어뒀던 작자…였었더랬죠.

[E135 - '괴짜' 학원 원장이 찾아낸 '칭찬의 심리학']

뭐… 이쯤에서 하나… 여쭤봐도… 될까요? 그 당시의 제게… 우연찮은 계기로 만났던 그를 재생하지 않아야 했을… 이유랄 게… 있었을까요? 기껏해야… 그러지 않는 것이 미덕이라는… 이유? 풀어보자면, 그 조우가… 다른 건 몰라도… 아버지가 의도했던 것이지는 않았었던 만큼, 그러지 않는 것이… 미덕이자 예의라는… 이유? 더해… 그 연수가 이뤄지는 곳을 그 골방으로 간택했던 것에… 그따위 돌발행동을 하는 것을 용인해 주겠다는 의미가… 들어차 있지는 않다는… 이유? 겨우 그깟 것들뿐이지… 않겠습니까? 예, 그네들과 눈을 맞춤으로써 피어올랐었던 호기심인가 뭔가 하던 감정을 완벽히 꺼뜨려 낼 수 있을 만큼… 대단해 빠지지는 않았었던… 그깟 이유…뿐이지… 않았겠냐는… 거죠.

음… 각설하고요. 그 당시의 저는… 마치… 마땅히 해내야 하는 일을 이행하기라도 하듯! 아니 그냥… 앞서 사용한 표현을 다시 빌려와 보자면, '홀린 듯'… 그 영상을… 재생시켜 버리고야 말았고!

그 덕분에, 저는… '다시금' 눈을 맞춰낼 수… 있었답니다? 스물둘 언저리였던 그 당시의 기준으로는, 약… 10여 년에 가까운 시간 만에 재회하게 된 존재였던… 낯선 행색의 아버지와! 보다 자세히는, 애초에… 10여 년 전이라고 해서… 그리 자주 눈을 맞춰냈던 것은 아녔었던 만큼, '눈에 자주 담아냈어서'가 아니라… '눈에 담아내 봤던 적이 있어서'… '구면'이라고'는' 할 수 있을 것 같았던… 낯선 행색의 아버지와 말이죠. 앞서 언급했듯… 왁스가 눌어붙은 머리와… 정장으로 몸을 감싸뒀던… 뭐… 그런… 낯설디낯선 행색을 갖춰뒀던 아버지와… 말이죠.

아 그리고… 또… 들어낼 수도… 있었죠. 당연하다면 당연한 이야기겠지만, 마이크와… 스피커? 또 어쩌면, 음향 보정 등이 덧대짐으로써… '살짝'… 아니 꽤 많이 낯설게 변했었기는 했다지만, 그래도… 아버지의 것이라는 것만큼은 확실하게 인지해 낼 수 있었던 목소리가 입혀져 있었던… 뭐… 다음과 같은… 그리 짧지만은 않았었던 구절들을… 말이죠. 첨언하자면, 뭐… 끊어질 듯하면서도 끊어지지 않던 끝에… 끝내는… 30여 분… 그 이상의 시간 동안이나 이어졌던… 구절들을… 말이죠.

"안녕하세요, 김정민입니다. 아니아니… 김정민이라고… 합니다. 저는 올해로 44살에… 직업은 음… 동네에서 작은 학원 하나를 운영하고 있는… 뭐… 거창하지만 '원장'…입니다. 아 솔직히… 최근까지만 해도… 진짜… 파리만 날리는 수준이었어서… 웬만해서는 '원장'이라는 표현을 잘 안 쓰고 다니는 편이었긴 했는데, 근래에는… 좀… 부끄럽지만! 입에 달고 사는 편이긴 합니다. 그만큼! 아니 그래도 될 만큼 사정이… 좋아졌거든요. 뭐… 운이 좋았던 것 같습니다. 아니 사실 운도 운이었겠지만! 가족, 또 자식 같았던 저희 원생분들께서… 저를 택해주시는… 어… 과분해 빠진 행위들을 이행해 주셨던 덕분…이었겠죠. 예, 그 덕분에 그를 입에 달고 살 수 있게 된 거지… 뭐… 다른 게 있겠습니까? 뭐… 말 나온 김에… 모쪼록 지금의 저를… 이 자리에 설 수 있게 해주신 그분들께… 감사의 말씀부터 좀… 드리겠습니다. 먼저 좀… 예….

뭐… 돌아보면… 그렇습니다. 아니 그'랬'습니다. 그 당시이자… 음… 한 10년 전까지만 해도… 저는 딱… 그 정도의 사람…이었었더랬죠. 그… 여러분들의 동네에도 쌔고 쌘… 구멍가게 수준에 지나지 않는 학원을 운영하던 원장…이었죠. 그냥 뭐… 장난감을 쥐여줘 가면서'까지' 원생들을 모집해야 했을 만큼… 무능하고, 경쟁력 없었던 학원을 운영하던 사람…이었었더랬죠. 현실에 안주해 보려야 안주해 볼 수가 없었을 만큼… 가진 게 없었던… 사람! 또 이미… 경쟁 업체들에게… 그 동네의 모든 파이를 빼앗겨 버린 덕분에, 품에 안아뒀던 게 없었던 사람!

또 조금… 극단적인 표현을 써보자면, '쇄신' 이상의 것을 이행해 내지 않는다면, 당장… 1년 뒤의 삶마저도 그려내 볼 수가 없었

다시는 치즈를 못 먹어도 돼!

을 만큼… 불안한 미래, 또 현재에 몸을 담고 있었던 사람…이었더 랬죠. 예, 진짜… 그랬었습니다. 뭐… 제가… 원생분들을… '사람'이 아닌 '돈'으로 취급하는 사람으로 여겨질까 봐… 이런 표현을 쓰는 건 좀 조심스럽긴 한데, 어쨌든 간에… 그 당시의 기준으로… 초등 학생 원생분들 셋과 중학생 원생분들 다섯이 전부였었던! 예, 두 집 단이 제게 지불해 주던 각각… 30, 또 125의… 도합… 155의 삯만 으로 1달을 나야 했던 사람이었으니까… 당연히 뭐….

음… 어쨌든요. 사실 안 그런 직업이 어딨겠습니까마는, 저는… 빼앗아 와야만 살아남을 수 있는 입장…이었었더랬죠. 횡단보도 하나를 건너면… 두 군데! 또 거기서… 횡단보도 두 개를 더 건너 면… 무려 다섯 군데로까지 불어나 버렸던 타 학원들에게서… 원 생들이자… 저희 동네가 보유하고 있었던 '파이'를… 빼앗아 와야 만… 살아남을 수 있는 입장…이었었더라는 거죠. 동네 학원이란… 사실상… 그 동네의 학생들만을 '수요'의 전부로! 보다 정확히는, 개 중에서도… 사교육에 돈을 투자할 의향이 있었던 자들만을 수요의 전부로 삼고서… 삶을 굴려나가야 하는… 업종…이잖습니까? 그래 서 뭐… 빼앗아… 와야 했던 겁니다.

아니 그런 표현보다는….

그래서… 찾아야 했던 겁니다. 앞서 언급했듯… 그 다른 학원들 에게서… 학생들이자… 파이를 빼앗아 올 묘수를! 보다 자세히는, 그네들이… 각자의 가슴속에 꽃피워 내 뒀던 경로 의존성마저도 꺼뜨려 내고서… 저희 학원으로 거처를 옮기는 선택을 하게끔 할…

대단한 묘수를! 또 학원에 다닐 의향은 있지만, '그때까지는' 학원에 다니지는 않고 있었던… 일종의… '예비 수요'들이… 지체 없이 저희 학원으로 발걸음을 옮기게끔 할… 대단해 빠진 묘수를… 말이죠.

물론… '쇄신', 또 '묘수' 따위의… 거창하게 받아들여질 만한 표현들을 써서 그렇지… 사실… 그 상황을 타개할 수 있는 방법은… 별거… 아니었긴 했었죠. 아니 그를 넘어… 몹시도 간단했던 데다가… 이미… 정해져 있기까지… 했죠. 바로 저희 학원을… 그 정도로 매력적인 학원으로 만들어 내는 것…이었죠. 근처의 학원들이 제공해 내는 수업보다… 곱절은 질 좋은 수업을 제공해 낸다면! 보다 정확히는, 낼 '수만 있다면' 아주 간단하게, 또 확실하게까지 해결해 낼 수 있는 문제…였죠.

다만 뭐… 이 역시 당연한 이야기겠습니다만, 애초에 제가… 그럴 수 있는 사람이었더라면… 그런 상황에 닿을 일도… 없지… 않았겠습니까? 예, 그럴 수 있는 사람이었더라면, 애초에… 타 학원들에게 파이를 다 뺏겨버리고서, 쇄신이 필요하다는 생각을 꽃피워내야 했을 만큼 궁핍한 상황에! 아니 어쩌면, 절체절명의 위기에 닿지도… 않았겠죠?

음… 어쨌든요. 그래서… 있잖습니까? 저는 한동안… 머리를 좀… 싸맸었더랬죠. 그와는 다른 방식을 고안해 내야 한다는! 예, 그러니까 다른 사람들의 입장이야 어땠을지 몰라도… 최소한… 제게만큼은 실현 불가능했던 그 방식 말고… 다른 방식을 고안해 내

다시는 치즈를 못 먹어도 돼!

야 한다는 이유를 들먹여 가며… 저는… 저 자신의 몸뚱어리를… 깊고도 찐득한 고심의 구렁텅이 속으로… 빠뜨려 버렸더라는 거죠.

그 구렁텅이? 아니 어쩌면 수렁 속에서… 그리 짧지만은 않았던 시간을 태워냈던 끝에… 저는… 단 하나의 본질이자… 진리를… 찾아내 버리고야 말았죠. '모로 가도 서울'이라는… 미명하에! 예, 그러니까… 수업의 질이야 모르겠고, 어떻게든… 원생들의 성적을 올려내기만 한다면! 아니아니… 올려낼 '수 있고', 또 저희 학원이 그럴 수 있는 학원이라는 것을 증명해 낼 '수만 있다면'… 그네들의 파이를 빼앗아 오는 것도… 꿈은 아닐 수 있겠다는… 그 어떤 상황 에서도 흔들리지 않아 주는 것을 넘어… 무려… 또 통용되어 주기 까지 할… 불변의 진리를… 말이죠.

그를 이행해 낼 수 있는… 방법! 보다 정확히는, 그 당시의 제 가… 그 진리와 발을 맞춰낼 수 있을 것이라 여기고, 또 택했던 방법이… 뭐였는지 압니까? 놀랍게도… '쇄신'이었죠.

음… 하나… 여쭤보겠습니다. '쇄신'이란 게… 뭡니까? 결국은… 처음부터 다 '다시' 시작하는 것… 아니겠습니까? 무언가와 함께… 얼마의 시간을 태워냈었든 간에! 또 그 시간 동안… 얼마나 많은 변화, 또 성과가 있었든 간에… 그네들을 모두 씻어내고서, 예, 그 '무언가'와의 작별도 이뤄내고서… 완전히 처음부터 다 다시 시작 하는 게… 쇄신… 아니겠습니까? 많은 시간을 태워냈을수록! 또 그 시간 동안… 많은 것들을 쌓아냈을수록… 성공적으로 마쳐내는 것이 어렵기는 한… 일!

하지만 반대로… 애초에 그리 많은 것을 쌓아두지 않았었던 '사람'이… '주체'… 혹은 '대상'이 된다면! 그렇지 않은 경우보다야… '조금은' 더 쉽게 성공시켜 낼 수 있을… 일! 그것이 바로… '쇄신'… 아니겠습니까?

맞아요. 지금 말씀드리는 쇄신은… 저희 학원을 대상이자… 주체로 삼고서 이행해 냈던 쇄신이… 아닙니다. 저희 학원의 쇄신을 위해서… 다른 누군가를 쇄신시켜 냈다는… 그런 상황에서의….

음… 각설하고요. 딱 그런 생각을 품어둔 채로… 주위를 둘러봤더니… 말이죠? 새삼스럽게도… '그분들'께서… 눈에 들어와 주시던 것… 아녔겠습니까? 예, 앞서 언급했던… 그 세 분의 초등학생 원생분들께서… 말이죠. 2학년이었나… 3학년? 하여튼… 저학년이기는 했던! 아니아니… 완전한 저학년이었던… 그분들께서… 말이죠. 풀어보자면, 저를 믿어주셨던… 고마운 학부모님들의… 귀하디귀한 자제분들이었던… 동시에!

뭐… 죄송한 이야기겠지만, 당장의 시험 결과에 목을 매지 않아도 되셨던 분들이었기도 했던… 동시에!

끝으로… 농담으로라도… 쇄신이란 걸 이행해 보기 어렵다고 할 만큼, 내면에다가… 많은 것들을 쌓아두신 분들이시지는… 않으셨었던! 예, 최소한… '그때까지는' 그렇지 않으셨었던 덕분에, 쇄신의 적임자나 다름없었던… 그분들께서… 말이죠.

미안한 이야기겠습니다만, 그 당시의 저는… 그분들을… '개조'해 내 보기로… 했어요. 보다 정확히는, 그분들의 사고 회로를… 완

다시는 치즈를 못 먹어도 돼!

전히 재구성시켜 내 보기로… 했어요. 그분들의 머리에다가… 눈앞의 문제들을 어렵지 않게 풀어재껴 낼 수 있는… 전혀 새로운 방법을 '배양'시켜 주고, 그로써… 그분들이… 그 새롭게 재구성된 사고회로를 통해… 그들을 풀어재껴 낼 수 있게끔… 만들어 보기로… 했다는 거죠.

간단합니다. 그 당시의 제 생각은… 그렇게 생각했었거든요. 결국… 눈앞의 문제들을 풀어재낄 수 있게 해주는 것은… 머릿속에 들어차 있는 지식인가 뭔가가 아니라… 가슴속 어딘가에 들어차 있는 자신감…이라… 생각했었거든요. 약간 다른 표현으로는, 누군가가… 어떤 경위로든 간에… 눈앞의 문제들을 풀어재끼는 데에 필요한 만큼의 지식을 갖춰됐었더라도… 그에게… 자신감인가 뭔가 하는 감정이 부족하다면! 어쩌면… 머릿속에서… 그 상황에 맞는 지식을 끄집어내는 데에… 크고 작은 부침을 겪을 수도 있다는 생각을… 품었었더라는… 거죠. 그는 곧… 그가… 그 문제를 풀어재껴 내지 못하는 결과를 야기해 낼 것이며!

그렇게 된다면… '결과적으로' 그가 '미리' 쌓아뒀던 지식들 역시… 모두… 쓰잘데기없는 것들로 전락해 버리게 될 것이라는… 생각 역시도… 품어뒀었고… 말이죠.

더해 뭐… 당연한 이야기겠습니다만, 그 자신감이라는 것은… 상황과 무관하게 발휘되어 줘야 한다는 생각! 아니 어쩌면, 전제 역시도… 품어뒀었고… 말이죠.

예를 한번… 들어보겠습니다.

덧셈을 갓 배우고 온 이들에게… 덧셈으로 풀 수 있는 문제들을 건네주고, 또 그네들이… 그를… 이변 없이 맞혀낸다면! 그네들은… 그를… 필시… 자기네들이 '덧셈 공부'를 열심히 함으로써… 빚어낼 수 있었던 결과라 여길 수밖에 없지… 않겠습니까? 살짝 다른 표현으로는, 그를… 학교에서 열심히 공부했음으로써 빚어낼 수 있었던 결과라… 여기게 될 가능성도… 없지는 않다고 생각…했었고 말이죠. 그런 식으로… '특정할 수 있는 무언가'를 모태로 두고 꽃피워 내는 자신감은… 범용성이 몹시도 떨어지는 자신감이지 않을까… 생각했어요. 덧셈 공부, 또 학과 공부 등….

아무래도 뭐… 그럴 수밖에 없지… 않겠습니까? 그… 당장 앞서 예시로다가 소비했던 그 사람이… 만약… 자리를 옮겨… 분수를 알아야만 풀 수 있는 문제와 눈을 맞추게 된다면! 어찌 되겠습니까? 그의 머릿속에… 분수에 대한 지식이 들어차 있든 말든 따위와는… 무관하게! 예, 그로써 그를 풀어재껴 내고 말고 따위와는 무관하게… 다른 건 몰라도… 조금 전의 자신을 웃게 했었던 그 자신감이라는 감정과 지체 없이 작별을 고해버리고 마는 것 자체는… 당연한 수순이지… 않겠습니까? 그 자신감은… 결국… 과거의… 혹은 기억 속의 자신이… 덧셈 공부를 열심히 해뒀던 것이… 조금 전의 자신을 웃게 해주는 '결과'를 낳았다는 것을 증명해 주던… 그 일련의 과정을 밟아가며 꽃피워 냈던 자신감…이었잖습니까? 다른 표현으로는, 그… 분수인가 뭔가의 문제를 풀어낼 때만큼은… 꺼내어 보기 어려운 자신감…이지… 않겠습니까? 그를 어떻게 다시…

다시는 치즈를 못 먹어도 돼!

그 상황에서… 꽃피워 낼 수 있겠습니까? 아니아니… 그를 어찌 꺼뜨려 내지 않을 수… 있겠습니까?

예, 이제… 이해가 되시겠습니까? 그 당시의 제가… 그런 유의 자신감은… 범용성이 떨어지는 자신감이라 생각했었던… 이유가… 말이죠.

그럼 무엇이 가장 중요하고, 또 필요한 걸까요? 보다 정확히는, 어떤 유의 자신감이… 가장….

음… 하나… 여쭤보겠습니다. 눈앞의 문제들이 변하고, 또 세상이 달라져도… '절대' 변하지 않고, 또 변할 리 없는 단 하나의 진리가… 무엇이겠습니까? 결국… 그네들을 풀어재껴 내는 사람은… 자기 자신이라는 것… 아니겠습니까? 예, 언제나, 또 언제고 그 한 사람이고, 또 그 한 사람일 수밖에 없다는 것… 아니겠습니까? 눈앞의 덧셈이… 곱셈을 넘어 함수로까지 바뀐다고… 해도! 또 음… 부드럽고, 잘 읽히던 동시(童詩)들이… 단어 하나의 뜻도 제대로 파악되지 않는 고전문학으로 바뀌어 버린다고… 해도! 또 지문을 읽는 순간 답이 떠올랐을 만큼 쉬워 빠졌었던 문제들이… '변별력을 갖춰두지 못한 자'를 솎아내야 한다는 사명 아래… 지저분해 빠진 문제들로 바뀌어 버린다고… 해도! 결국… 이러나저러나 그를 읽어 내고, 또 풀어재껴 내야 하는 사람은… 그때나 지금이나… 자기 자신이지… 않겠습니까? 예, 그것은… 절대 변하지 않는 철칙이자… 진리이지… 않겠습니까?

그 진리는… 제게… 하나의 속삭임을 건네주고… 있었더랬죠.

예, 결국 제일 중요한 것은⋯ 자기 자신을 향한 굳은 믿음이라는! 보다 정확히는, 자신의 '재능'을 향한 믿음이라는⋯ 속삭임을⋯ 말이죠. 아무리 대단해 빠진 문제들과 눈을 맞춘 상황에⋯ 닿아버리더라도⋯ 자신은 곧⋯ 지난날의 자신'들'처럼⋯ 눈앞의 문제들을 풀어재껴 낸 끝에⋯ 종국에는⋯ 그네들을 모두 맞혀내기까지 할 것이라⋯ 믿는⋯ 것! 예, 자신은⋯ 그럴 수 있을 만큼 출중한 재능을 지닌 사람이라는⋯ 것! 또 그 과거가⋯ 그를 증명해 주고 있다는⋯ 것!

보다 정확히는, 그렇게 믿게 하는 것이⋯ 그 쇄신을 성공적으로 완수해 낼 수 있는 방책이라는⋯ 것! 예, 그런 속삭임들을⋯ 건네줬었더랬죠. 수용하지 않을 수가 없었을 만큼⋯ 합리적이라고 여겨졌던 속삭임을⋯ 말이죠.

예, 그러한 속삭임을 받아 챙겼던 저는⋯ 일말의 지체함 없이⋯ 쉬운 문제들을 빚어내기⋯ 시작했어요. 보다 자세히는? 아니 어쩌면, 정확히는, 그네들과 함께 태워내는 시간들을⋯ '수업'이라는 행위가 완전히 배제된⋯ 오롯이⋯ 시험 아닌 시험만을 이행하는 시간으로 구성해야겠다는 계획을 수립하고서, 그와 동시에⋯ 그 시험지에 들어차게 될 쉬운 문제들'만'을 빚어내기⋯ 시작했더랬죠. 많이도 필요 없다고 생각했고⋯ 딱⋯ 다섯 문제 정도면⋯ 됐다고 생각했었고, 딱⋯ 그 정도만을 빚어냈었더랬죠. 당연하다면 당연한 이야기겠지만, 그 간단하면서도 확실한 공정을 이행해 내기⋯ 위해⋯ 말이죠.

쉬운 문제들은⋯ 쉽게 풀어질 것입니다. 또 그를 틀리는 것 역

다시는 치즈를 못 먹어도 돼!

시… 어려운 일이겠죠. 그리고 그… 조금도 지난하지 않았었던 과정을 밟고 나니… 자신에게… '칭찬'이란 게 주어졌습니다. 음… 이런… 간단해 빠진 공정은… 곧… 상황이 역력지 않을 때 꺼내볼 수 있을 만한… 뭐… '성공의 기억'이라 해석될 만한 기억들을 여럿 낳아다가… 그네들에게… 안겨다 줄… 겁니다. 예, 그네들의 가슴 속에… 그러한 기억들을… 배양시켜 내 줄… 겁니다. 보다 정확히는, 그렇게… 생각했습니다.

또 그 기억들이… 앞서 언급했듯… 학과 공부와 연관된 것이 아니라면! 예, 그러니까… 자신이 학과 공부를 열심히 함으로써, 그네들을 풀 수 있었고, 또 칭찬을 받을 수 있었다고 해석될 만한 기억이 아니라….

자신이 '애초부터' 재능이 출중한 사람이어'줬'던 덕분에, 그 과정을 밟고… 그의 부상(副賞)에 해당되었던 칭찬을 받아 챙길 수 있었던 기억이었다고 해석될 만한… 기억이라면! 아니 그를 알려주다 못해 증명해 주기까지 했던 기억이라면… 더할 나위 없이… 좋다고… 생각…했었죠. 예, 그런 기억이라면… 그네들은… 어떤 상황에 닿더라도… 그것들을… 주저 없이 꺼내볼 수 있을 거라 생각했어요. 더해 꼭 그 기억들이 원형을 보전하고 있을 필요는 없겠고, 그가 낳은… 일종의… '성취감' 비스름한 '감정'만 남아 있어도… 괜찮지 않겠냐는 생각… 역시도….

아니 오히려… 예, 아니… 오히려! 그편이 더 나을지도 모르겠다고… 생각…했어요. 아무래도 그 공정을 완전무결한 공정으로 변모해 내기 위해서는… 학과 공부들과 하등 관련이 없는 문제들만을 빚어내 건네줘야 하는 상황이었지만, 그렇다고 해서… 그네들에게… 정치나 시사 따위의 문제를 빚어내 건네줄 수는 없었던 상황이었던 만큼! 예, 국어 같기'는' 한 문제들과… 수학 같기'는' 한 문제들만을 빚어내 건네줘야 하는 상황이었던… 만큼! 오히려 그 기억이… 원형을 그대로 보전한 채 남아 있는다면, 그 기억들을… 학과 공부와 연관되어 있는 기억이라 여겨버리는… 뜻하지 않았던 부작용이! 또 의도치 않았던 불상사가 발생할 가능성도… 배제할 수 없을 것이라 생각했어서… 말이죠.

어떻습니까? '이론'은… 완벽했습니까? 그렇게 느껴주신다면… 뭐… 감사하겠습니다만….

뭐… 다시 돌아가서….

당연하다면 당연한 이야기겠지만… 말이죠? 그것은… 순탄할 수밖에 없었던 여정…이었더랬죠. 예, 말 그대로… 순항… 그 자체였죠. 그 문제들이… 더없이 쉬워빠졌던 문제들이었던 덕분에, 그네들이 그를 틀려버림으로써, 그네들에게 칭찬을 건네주지 못하는 불상사 같은 건… 일어나지 않았었어요. 물론 이따금씩 그네들이… 제게… 수업을 진행하지 않고서, 이런… 목적을 모르겠는 시험'만'을 이행하는 이유를 묻곤 하는… 예상외의 '작디작은' 사고가 일어나 주기는 했었다지만, 뭐… 괜찮았어요. 그냥… 생각나는 대로 답하면! 보다 정확히는, 그때그때 피어오르던 거짓말을 뱉어내기만 한다면… 다 수습되어 있던 사고들…이었었어요. 예, 그렇게 수습해

다시는 치즈를 못 먹어도 돼!

낼 수 있는 사고들…이었었어요. 그네들은… 그래도 되는 존재들이었으니까요. 그 당시의 제가 무서워했던 존재는… 사실… 그네들이 아니라… 그네들에게 모종의 보고를 건네받은 그네들의 부모님들이었긴 했으니까 말이죠. 비록… 학원의 실력을 판가름해 낼 수 있을 공식적인 지표인… 성적 같은 게 존재하지 않았었던 만큼, 기우였을 수도 있겠다지만, 어쨌든… '기껏' 돈을 써가면서까지 보냈던 학원이… 수업을 진행하지도 않고, 그런 괴상한 쪽지시험이나 쳐대는 학원이라는 것을 알게 됨으로써, 자기네들의 금지옥엽 같았던 도련님, 또 공주님들을… 그 학원에서 꺼내오는 선택을 할 수 있는 존재들이었던… 그네들의 부모님들이었긴… 했으니까… 말이죠.

아… 물론… 그네들도… 진정으로 그를 궁금해했어서… 그런 질문을 던졌던 것은… 또… 아니었을걸요? 그러니까 그에… 너무… 초점을 맞추시지들 마세요. 예, 저는 나름대로… 그네들의 질문에… 성실히 답변해 줬습니다. 오해들 그만해 주세요.

다시… 각설하고! 물론… 그 여정은… 앞서 언급했듯 순항 그 자체였긴 했지만… 말이죠? 애석하게도… 그렇다고 해서… 그에 몸을 담고 있었던 제 마음이… 완전… 편하기만 했던 것은 또… 아니었긴 했죠. 예, 그 당시의 저는… 제가 제대로 가고 있는 것이 맞는지에 대한 의심? 아니 어쩌면, 저 자신이 기껏 세워냈던 가설을 향한… 불신? 그런 걸… 끝도 없이 앓고 있었던 상황…이었긴 했거든요. 이런 해괴망측한 '괴짜 실험'에 지나지 않아 보였던 것에… 더 이상 시간을 태우지 말고, 다시 정석적인 방법을 통해 그네들의 성적을 올려내는 것이 낫지 않겠냐는! 예, 그런 데에 시간을 투자해 보는 게 낫지 않겠냐는! 뭐… 절대다수의 과학자들이 만성 지병으로 달고 사는 수준의 자기 불신을… 앓고는 있었더라는 이야기입니다.

저는… 말이죠? 그의 속삭임에… 지난 시간 동안 정도(正道)만을 밟아왔었던 결과가… 지금의 저이지 않겠냐고! 또 그러니만큼… 이런 유의 쇄신이라도 이뤄내 보지 않는다면… 아니… 이런 도전이라도 이행해 보지 않는다면… 희망은 보이지 않을 것이라는 구절들을 뱉는 것으로다가… 퇴짜를 놓아가며! 예, 그런… 저 자신의 희망사항으로 속을 채워뒀던… 대책 없는 구절들을 뱉어내는 것으로다가… 그 속삭임에 퇴짜를 놓아가며… 1달여의 시간을 꼬박… 태워버리고야 말았었더랬죠.

보다 정확히는, 의도치 않은 경위로다가… 그 실험이… 어떠한 결과를 낳기'는' 했었다는 것을 알게 되었던… 그날이자! 그 실험이… 새로운 국면에 접어들었던… 날에 닿기까지….

아니 그로써 제가… 직접 그 실험의 노선을 바꿔버렸던 날에 닿기까지… 태워야만 했던… 1달여의 시간을… 꼬박… 태워버리고야… 음….

사실… 있잖습니까? '실수'…였습니다. 보다 정확히는, 실수로 인해 빚어진 난이도 조절 '실패'…였습니다. 그네들에게 건네질 칭찬에… 정당성과 생명력을 불어넣어 주기 위해… 쉬워 빠진 문제들'만'을 빚어내야 했던 상황에서… 애석하게도, 그렇지 '않았었던'

다시는 치즈를 못 먹어도 돼!

문제를 빚어내 버리고야 말았었던… 실수…였죠. 그네들이 어느 정도의 실력을 품어뒀었는지에 대해… 무관심했던 것? 아니 어쩌면, 그네들의 실력을… 과대평가했던 것? 뭐… 어떤 것을 원인… 혹은 경위로 두고 빚어진 실수였는지는 모르겠지만, 어쨌든 그 당시의 저는… '실수로' 어려운 문제를… 빚어내 버리고야 말았었더랬죠. 예, 그네들이… 풀지들 못했었던 문제를… 말이죠.

물론 앞서 언급했듯… 그것은… 의도된 것이지 않았었던 만큼, 그 당시의 저는… 그 문제가 어려운 문제인… 줄! 보다 정확히는, 그네들이… 어렵게 여길만한 문제인 줄… 모르고 있었던 상황…이었더랬죠. 아니 사실… 짐작도 하지 못하고 있었던 상황…이었더랬죠.

그래서… 그랬던 겁니다. 그 셋 중 하나가… 그와 눈을 맞춰내고서부터… 기껏해야 3분도 채 되지 않았었던 짧디짧은 시간만을 태워낸 뒤… 제게… 다음과 같은 구절이자… 볼멘소리를 뱉어냈던… 그때!

'못 풀겠어요, 쌤….'

그 구절을… 일련의 선문답을 유발할 만한 구절이자! 그네들에게 칭찬을 건네주는 행위를… 무기한 연기시켜 버리는 구절이었던 것도 모자라… 그로써 '제게는' 치명적인 손해를 안겨다 주기까지 할 구절이라 여기고서, 그 어느 때보다도 깊은 한숨과 함께… 다음과 같은 답변을 뱉어냈던 게… 다… 그래서 그랬던 것이라는… 거죠. 예, 그런 생각에서 비롯되었던 행위이자 반응…이었다는… 거죠. 제가 실수를 저질렀다는 것을 모르고 있었어서… 그런 반응을 보일 수밖에… 없었더라는… 거죠.

'어? 쉬운데? 이 쉬운 걸 왜 못 풀어? 한번 잘 풀어봐, 왜?'

음… 어쨌든요. 그분께서는… 다음과 같은… 얼핏 들으면… 들어찬 게 없다고 여겨졌던 답변이었지만, 조금만 생각해 보면… 생각보다… 많은 게 들어차 있었던 답변을… 제게… 건네줘 버리시고야… 말았고!

'싫어요. 틀리면… 재미없잖아요.'

저는… 그를 들어넘과 동시에… 마른침을… 삼켜버리고야 말았답니다? 보다 정확히는, 그 답변이 제 가슴속에 배양시켜 줬던 '섬찟함'이라는 이름의 감정의 요구대로… 마른침을… 삼켜버리고야 말았죠.

마른침을… 삼켜내느라… 바빴어서? 아니 어쩌면, 할 말을… 빚어내지 못했어서? 이유야 모르겠지만, 어쨌든 간에… 저는… 그에 그 어떠한 답변도 뱉어내 주지 않았고, 그로써… 그 문답은… 마무리되어 버렸었더랬죠.

비록 딱 거기까지였긴 했지만, 그래도 그 대화이자 문답은… 꽤… 유의미했었어요. 보다 정확히는, 그에다가! 그 답변을 건네받고서부터… 약간의 시간이 흐른 뒤에 가졌던 풀이 시간을 통해 알 수 있었던… 놀랍디놀라웠던 하나의 전혀 새로운 사실을 덧대어 보니… 새삼… 대단한 결론이 하나… 도출됐었더랬죠.

풀이 시간을 이행해 냄으로써… 알 수 있었던 전혀 새로운 사실

다시는 치즈를 못 먹어도 돼!

은⋯ 그 세 분들 중⋯ 말이죠? 그 문제를 맞혀냈던 사람은⋯ 단 한 분도⋯ 없으셨었다는⋯ 것! 또 그에다가⋯ 앞선 문답을⋯.

그러니까 뭐⋯ 그분들이⋯ 그 문제와 눈을 맞추고서부터⋯ 얼마의 시간 동안 사색을 이행했는지! 바꿔 말하면, 얼마의 시간만의 사색을 통해⋯ 그 문제를⋯ 자기네들이 풀어낼 수, 또 맞혀낼 수 없는 문제일 것이라는 결론을 내렸는지에 대해서는 알 수 없지만, 어쨌든 간에⋯ 그러한 결론을 내림으로서, 그 문제를 풀어재껴 보는 것을 '아예' 포기해 버렸다는⋯ 것을!

아 물론 그분들이⋯ 아예 풀어재끼는 시도조차도 해보지 않고서, 그런 말을 뱉어냈던 것이었는지! 아니면 뭐⋯ 하다 하다 안 되어서 포기인가 뭔가를 했고, 또 그래서 그런 말을 뱉어냈던 것이었는지는 알 수 없고, 또 관심도 없지만⋯ 어쨌든 간에⋯ 그를 포기해 버렸다는 것을 증명해 주던 앞선 문답을⋯ 적절히 섞어봄으로써 도출해 낼 수 있었던⋯ 결론은⋯ 뭐⋯ 말하자면⋯.

그네들에게 주어졌던⋯ 그⋯ 그리 일반적이지 않았던 1달여의 시간들은⋯ 말이죠? 그네들의 가슴 속에다가⋯ 일련의 부작용을 낳게 하는 데에⋯ 부족함이 없었던 시간들⋯이었나 보더라고요? 아 물론⋯ 그네들이 '부작용'을 앓았다는 것은⋯ 곧⋯ 바꿔 말하면, 그네들이⋯ 그 1달여의 시간들을 '그렇게' 보냄으로써, 모종의 '변화'를 앓게 되었다는 것과 상통하는 이야기였던 만큼, 제게는 뭐⋯ 더할 나위 없이 좋은 말이었긴 했지만, 어쨌든 간에⋯ 아쉽게도, '부작용'이기'는' 했었던 것을 앓게 하는 데에⋯ 부족함이 없었던 시간들…이었나… 보더라고요? 이를테면… 앞서 언급했듯… 어려운 문제를 포기해 버리는… 부작용! 예, 쉬워 빠졌었던 문제들은… 쉽게도 풀어재껴 내지만, 그렇지 않은 문제들은… 포기해 버리는… 부작용! 예, 그 기억들을 재현해 낼 수 없는 상황에 닿는다면, 그냥… 모든 걸… 놔버리는… 강도 높은 부작용… 말이죠.

그네들이… '주객전도'라 부를만한 변화를 앓았었기 때문에… 그런 선택을 해버렸던 것이었는지! 보다 자세히는, 문제를 풀어내고, 또 맞혀냈던 순간들마다… 자신의 고막 속으로 파고들어 와 줬던 칭찬들에 크게도 감복했고, 또 그로써… 칭찬을… 더 이상 점수에 따라오는 '부상(副賞)'이 아닌… 목적으로까지 여기게 되었어서… 그랬었던 것이었는지는… 모르겠지만!

아니면 그냥 다 필요 없고, 간단하게… 그 시간 동안… 자만해지고, 또 오만해지기까지 했던 끝에… 그런 우연찮은 경위로다가… 자신의 오만을 충족시켜 내지 못할 것이 분명하다고 짐작되었던 상황에 닿자… 그와 부딪혀 보는 것 대신! 예, 자기네들의 실체와 눈을 맞춰내지 않기 위해… 그 상황을 전개시켜 내는 것 자체를 포기해 버렸던 것이었는지는… 모르겠지만! 어쨌든 간에… 그네들은… 포기해 버리고야 말았더랬죠. 예, 그네들은… 포기해 버리는 사람이 되어버리고… 말았었다는 거죠. 예, 방금 것이… 그 당시의 제가… 그 문답과… 그네들이 그를 풀지 못했었던 것들을 적절히 배합해 냄으로써 도출해 냈던 결론…입니다. 충분히… 도출해 내 볼 만한 결론이지… 않겠습니까?

다시는 치즈를 못 먹어도 돼!

물론… 그 당시의 저라고 해서… 그런 가능성을… 아예 염두에도 두지 않았었던 것은… 아녔었긴 했어요. 이를테면 뭐… '애초부터' 사실 그네들은… 1달여의 시간을 그렇게 보내지 않았었더라도, 상황이 역력지 않으면, '기꺼이' 포기라는 것을 이행해 낼 수 있었을 만큼… 유약해 빠진 사람들이었을… 가능성? 하지만… 운이 좋았게도, 여태껏… 그런 상황에 닿지 않아 줬던 덕분에, 제게… 자기네들의 그런 못난 실체를 보이지 않을 수 있어 왔던 것이었을… 가능성? 한데… 그때 마침… 공교롭게도… 그런 일이 일어나 버렸던 것이었을… 가능성? 뭐 그런 것들을… 완전히 배제할 수는 없을지도 모르겠다고… 생각하긴… 했었더라는 거죠. 맞아요, 꼭 그것이… 그 1달여의 시간이 낳았던 변화이지는 않았을 수도 있다고 생각…했었더라는 거죠.

물론 그건 어디까지나… 이성적으로 생각해 봤을 때의 이야기고….

그 당시의 제… 감성인가 뭔가 하던 것은… 그를… 그냥 넘어가려 하지… 않았었어요. 예, 그 변화를… 무시하고 싶지 않았을 만큼 매력적인 변화라… 여겨버리고… 말았었더랬죠.

보다 정확히는, 혼자 그렇게 해석하고, 또 그렇게 받아들여 버리고야… 말았었더랬죠. 물론 뭐… 어떻게 해야 할지에 대해서는… 아는 바가 없었긴 했지만, 그래도… 어찌어찌 잘만 하면… 그를 통해… 뭔가를 만들어 낼 수 있을지도 모르겠다는 생각이 들었을 만큼… 매력적인 변화라… 말이죠.

그러한 감정은… 곧… 저를… 약 보름에 가깝게 이행되었던… 깊은 고뇌 속에! 보다 자세히는, 그때만 해도… 끝이 없을 거라 여겨졌었지만, '다행스럽게도'… 아니 어쩌면 '기적적이게도' 보름 만에 마무리되어 줬던 고뇌 속에… 스스로 걸어 들어가게 해버리는 결과를… 낳아버리고야 말았고!

저는… 그 고뇌를 통해… 이전의 것과는 판이하게 다르고, 또 전혀 새로운 두 번째 작전을 도출… 및 수립해 낼 수… 있었더랬죠.

물론 이렇게… 거창하게 표현했기는 했지만… 말이죠? 사실… 별거 없었기는… 했어요. 예, '작전' 따위의 표현을 써보기도 뭣한 수준의 것이었기는… 했었더랬죠. 그냥… 그 모든 것들을… 반대로 이행해 내 보는 것…뿐이었거든요. 아 물론 그렇다고 해서… '칭찬'을… '질타' 혹은 '비난'으로 바꿔냈던 것은… 절대 아니었고….

예, 뭐… 풀어서… 말씀드려 보겠습니다. 자신감? 좋죠. 적극성? 물론 중요하죠. 하지만… 지난 그때까지의 저는… 몰랐었던 것이었지만, 가장 중요했던 것은… 결국… '끈기'…였었더라고요? 보다 정확히는, 끈기…였었'나 보'더라고요?

책상에 오래 앉아 있는 수준의 끈기 같은 게 아니라… 문제를 풀어내기 위해서라면, 길든 짧든 간에… 반드시 밟기'는' 해야 했던 지난한 과정들을… 묵묵히 밟아내는 데에 필요한… 끈기! 예, 이 문제를 풀어재껴 내려면… 어떤 식(式)을 써야 하는지를 고심해 내고, 또 종국에는… 그 식을 전개시켜 내는 데에 필요한… 끈기! 예, 그런 게 더… 중요했었나… 보더라고요? 그런 걸 갖춰두지 못한 자

다시는 치즈를 못 먹어도 돼!

라면, 애초에… 닿는 것 자체가 불가능했었나… 보더라고요? 그 문제를 맞히고, 틀리고 하는 상황에… 말이죠. 뭐… 멀리 갈 것도 없이… 그 3명의 친구들이… 그 증거이지… 않겠습니까?

음… 말 나온 김에 하나… 여쭤보겠습니다. 그 끈기라는 것을 키우려면… 어떻게 해야 한다고… 생각하십니까?

뭐… 정답이랄 게 있겠습니까만, 뭐… 그 당시의 제 생각은… 그랬습니다. 역시 또… 칭찬…이었죠. 물론 비록… 그네들이 부작용을 앓아버리는… 한 번의 쓰라린 실패를 경험하긴 했지만, 그렇다고 해서… '칭찬' 외의 다른 방식을 고안해 낼 용기는! 또 어쩌면 역량은 없었었던 만큼… 그를 그에 맞는 방식으로 바꿔내 보는 것 외에는… 뭐….

풀어보자면… 그런 겁니다. 바로 그분들에게… 그분들의 '노력'을 향한 칭찬을 살포해 주는 것…이었죠. 보다 자세히는, 그 칭찬인가 뭔가를 통해… 그분들에게… 그분들이 눈앞의 문제를 풀어재껴낼 수 있었던 이유는… 결국 다 조금 전의 그분들이… 끈기 있게… 그와의 혈투를 이어갔기 때문이었다는 것을 알려주는 것…이었죠. 예, 그를 통해 그를… 기정사실화시켜 주는… 것!

또 그로써… 그에 가장 혁혁한 공을 세웠던 자는… 그 누구도 아닌 '노력'이었다는 것을 알려주기 위해서…였죠. 사람을 오만에, 또 자만에 빠뜨려 버리는 재능인가 뭔가가… 아니라… 말이죠.

그 두 번째 작전이자… 앞서 언급했듯… 보름간의 고뇌가 낳았던 결론은… 말이죠? 제 입으로 직접 말씀드리기는… 좀… 민망하긴 하지만, 그를 꽃피워 냄과 동시에⋯ 마른침을 한번 삼켜볼 수밖에 없었을 만큼! 또 당장에라도⋯ 그를 실행에 옮기다 못해⋯ 아예 끝을 보고 싶었을 만큼⋯ 가망이 있어 보이던 결론이었지만⋯ 말이죠?

애석했게도! 아니 어쩌면, 당연⋯했게도! 그 당시의 저는⋯ 그를 바로⋯ 실행에 옮겨낼 수⋯ 없었었어요.

보다 정확한 표현으로는, 그를 이행해 내기 위해서라면⋯ 반드시 치워내야 했지만, 애석하게도, '최소한' 그 당시의 제⋯ 힘⋯으로는⋯ 치워낼 수 없었던 치명적인 장애물이⋯ 제 발목을 걸어버릴 만한 위치에 놓여 있었어서⋯ 그럴 수⋯ 없었었다는 거죠. 놀랍게도! 아니 어쩌면, 미치고 팔짝 뛸 수밖에 없었었게도⋯ 그것은⋯ 결국⋯ 지난날의 제가 혼신의 힘을 다해 빚어내 뒀던 것이었었고⋯ 말이죠.

예, 그것은 바로⋯ 가까운 과거의 제가⋯ 그네들에게 '미리', 또 어쩌면, '이미' 배양시켜 내 뒀었던 기억이자! 아니아니⋯ 아예⋯ 그어떤 풍파나 노도에도 휩쓸려 가지 않을 수 있게끔⋯ 아주 단단히도 박아뒀던 기억이자!

그분들에게 새롭게 배양시켜 줄 기억과⋯ 완전히 반대되는 기억이었던 만큼, 그 새로운 기억들이⋯ 그분들의 머릿속으로의 침투를 감행해 낸다면, 그네들과⋯ '자리싸움'이라는⋯ 유혈이 낭자한 사투를 치러낼 것이 분명했던⋯ 기억⋯이었었더랬죠. 예, 그네들과 공존할 수 없었던 기억⋯이었더랬죠. 더욱이⋯ 그 혈투에서 '패배'를 거머쥐어 주고서, 망각곡선에 '무사히' 올라타 줘야만 했지만, 과연 그 래줄 것인지에 대한 확신도 품어볼 수 없었던 기억…이었었더랬죠.

맞아요. 그것은… 제가… 지난 첫 번째 작전을 이행해 가면서… 그분들의 머릿속에 배양시켜 뒀던… '재능을 칭찬받은 기억들'…이 었더랬죠. 그분들이… 자기네들을 '노력하는 사람'이라 '새롭게' 여 기게 하는 데에… 치명적인 장애를 안겨다 줄… 장애물이자… 방 해꾼! 예, 두 번째 작전이 안겨다 줄 전혀 새로운 기억과… 완전히 상충됨으로써, 그분들이… 그 새로운 기억들을… 액면 그대로 받아 들이지 못하게 만들어 낼 것이라… 여겨졌던… 기억들… 말이죠.

한번… 생각해 보십시오. 이미… 재능을 칭찬받았었던 기억들 을 잔뜩 끌어안고 있었던 그분들에게… 똑같이 쉬워빠진 문제들을 건네주고서, 그분들이… '당연하게도' 그 문제들을 다 맞혀냈을 때, '난데없이' 그분들에게… 그분들의 노력과 끈기에 대한 칭찬을… 건 네준다면? 상황이 좀… 이상하게 흘러가지… 않겠습니까? 보다 정 확히는, 그분들이… 그 상황을 좀… 이상하게 받아들이지… 않겠습 니까? 예, 이전의 상황과 아예 '똑같은' 상황에서… 이전의 것과는 완전히 반대되는 형태를 갖춰뒀던 그 '새로운' 칭찬들이 날아든다 면… 그 칭찬들의 진정성을… 또 저의를… 의심해 버리지 않겠냐는 거죠. 그럴 수밖에 없지… 않겠냐는 거죠.

더해… 그 칭찬의 진정성만의 문제가 아니라….

어제까지만 해도… 자기네들을… 세상에 둘도 없는 불세출의 영 재라 취급해 줬던… 선생이! 겨우 며칠 새에… '난데없이' 자기네들의 노력을 칭찬해 주는 선생으로… 바뀌어 버린다면! 예, 그러니까 이전과는 달리… 조금 전의 자기네들이… '노력했기 때문에' 그 문제들을 풀어재껴 낼 수 있었다는… 해괴망측한 언사를… 건네줘 버리는 선생으로… 바뀌어 버린다면! 그분들은… 정녕… 그 칭찬과 언사들을… 그 조금의 의심도 품지 않은 채로… 액면 그대로 받아들여 줄 수… 있겠습니까? 뭐… 글쎄요? 저 같으면… 섬뜩해서라도… 학원을 그만 다닐 것 같은데… 음… 아닌가요? 그건 좀… 과하려나요?

음… 각설하고요.

물론… 있잖습니까? 그의 존재가 정말 치명적이었던 것은 맞지만, 정말 다행스럽다면 다행스러웠게도… 그런 어려움 속에서도… 그 두 번째 작전을 이행해 낼 수'는' 있는 방법이… 셋 정도… 있기는… 했었더라고요?

첫 번째 방법은… 현실성이 몹시도 떨어지다 못해… 공상에 가까운 방법이었긴 했지만, 완전히 새로운 실험군들을… 아니아니… 학생들을 모집해 내는 것…이었고!

두 번째 방법은… 이 역시… 제가 할 수 있는 것이지는 않았었긴 했지만, 그네들… 아니 그분들에게서… 그 기억들을 들어내는 것…이었고!

세 번째 방법이자… 개중에서 가장 불확실했지만서도, '그나마 이행해 볼 수'는' 있었던 방법이었던 동시에… 결국은 제가 택해버리고야 말았었던 방법은….

다시는 치즈를 못 먹어도 돼!

결국… '덮어쓰기'…였죠. 지난 기억들의 '연장선'으로 인식되지 않을 만큼… 완전 별개의, 또 전혀 새로운 기억들을… 지난 기억들을 덮어줄 수 있을 만큼 '많이' 심어다 주는 것…이었죠.

당연하다면 당연한 이야기겠지만, 그분들에게 새로운 기억들을 심어다 주려면, 그에 맞는… 새로운 사람이 필요했고!

또 음… 그리 부드러운 표현이지는 않겠다지만, 제 뜻대로 움직여 줄 수 있는 사람을 데려오려면… 그의 마음을 동하게 할 수 있을 만큼의… 그리 적지 않은 자금이… 필요했어요. 그에게 '지불'할 인건비이자… 새로운 연구이면서도 쇄신이었던 그것을 위한 일종의 투자금이… 필요했었더라는 거죠. 또 앞서 언급했듯… 구멍가게의 사장에 지나지 않았었던 그 당시의 제게는… '대출' 이외의 경위로는 받아 챙겨낼 수 없었을 만큼의 투자금이… 필요했었더라는 거죠. 물론 아무리 그것이… 쇄신을 위한 투자였다고는 한들, 앞서 말씀드렸듯… 저는… 가정이 있는 사람이기는 했었던 덕분에, 사실… 그렇게 많이 받기는 좀 어려웠고, 한… 300만 원? 예, 딱… 그 정도만 받았었던 것… 같아요.

음… 어쨌든요. 제가 그런… 구국의 결단을 이행해 냄으로써, 통장에… 300만 원의 불로소득? 아니 어쩌면, 대출금이었던 만큼, '소득'일 수 없었던 돈이… 찍혀버렸던 그 순간을… 기점으로! 예, 재능을 칭찬해주던 남자 강사를… 노력을 칭찬해 '줄' 여자 강사로 바꿔낼 수 있을 만큼의 돈이… 제 통장에 들어왔던 그때를… 기점으로! 예, 그녀를… 고용 혹은 섭외할 수 있을 만큼의 돈이 들어왔던… 그때를 기점으로! 저는 다시… 골방에 틀어박혀서… 어려워 빠진 문제들을 빚어내기… 시작했어요. 보다 정확히는, 진짜 대놓고 어려워 빠지기만 하면, 그네들이 아예… 학원을 떠나버리는 대참사가 발생할 수도 있다고 생각했었으니만큼, 그런 쪽보다는….

꽤 깊게 사고해야만 풀어재낄 수 있을 정도의 문제들을… 빚어내기… 시작했죠. 더 정확한 표현으로는, 그냥… 맞히면 맞힌 대로 열심히 풀었다고 칭찬해 주면 됐었고, 또 틀리면… 아쉽긴 하지만, '그래도' 노력했으니 괜찮다는 위로의 언사를 건네주면 됐었던 만큼! 그냥 맞든 틀리든 간에… 어찌어찌 풀어재껴 낼 수'는' 있을 만큼의 난도의 문제들을… 말이죠.

음… 어쨌든요. 큰돈을 썼었던… 만큼! 아니 정확히는, 액수의 문제가 아니라… 누군가를 고용할 수 없는 상황에서… 누군가를 고용한 상황이었던 만큼! 그녀는… 그 조금의 실수도 없이 움직여 줘야만… 했어요. 그래서 뭐… 지금 생각해 보면 참… 실례되는 행위였던 것 같기는 한데… 그 당시의 저는… 그녀에게… 대본까지 써서 건네주는 누를 범해버리고야… 말았었더랬죠. 대본을 건네받고, 그를 읽어갈수록… 심드렁해져만 가던 그 당시의 그녀의… 그 표정이 참… 기억에 남네요. 아마… 잘은 몰라도… 자신이… 강사가 아닌 '배우'이며, '고용'된 것이 아닌 '섭외'된 것이라는 것을 알아가며… 심경의 변화를 앓아갔었던 모양인데… 뭐… 어쩌겠나요?

아… 그건 됐고… 말이죠?

생각해 보면… 말이죠? 참… 운이 좋았었던 것 같아요. 아니아

다시는 치즈를 못 먹어도 돼!

니… 시기가 참 적절했었던 것… 같아요. 만약… 있잖습니까? 제가 대출을 조금이라도 늦게 받았었거나, 그녀가 제 구인 공고를… 조금이라도 늦게 봤었더라면, 정말… 큰일 나지 않았을까 싶은 게! 아니 정확히는, 큰일이 났을 것이라기보다는, 그 쇄신을… 이렇게 성공적으로 마무리시켜 낼 수는 없었을 것 같은 게….

그… 그때는… 있잖습니까? 마침… 모든 학교들이 시험이자… 중간고사를 치러냈던 직후…였었더라고요? 뭐… 그때 마침 비슷한 나이대의 아들을 뒀던 아버지가… 그걸 몰랐었어도 되는 것이냐고 물으신다면, 할 말 없기야 하겠지만! 사실 저는… 진짜… 몰랐었긴 했거든요. 그때가… 시험이 딱… 치러졌던 직후였다는 것을… 말이죠.

음… 사실 뭐… 여담에 가까운 이야기겠습니다만, 아시는 분들은 아시겠지만, 초등학교 시험에는… 석차랄 것이 존재하지 않는답니다? 또 애초에… 저는… 초등학생 때의 성적을… 유의미하게 보는 입장이 아니어서… 솔직히 잘… 이해가 되지 않았었긴 했지만… 어쨌든 간에… 시험이란 건… 그런 존재였긴… 했더라고요? 자녀의 성적에 죽고 사는… '부모'보다는 '학부모'에 가까운 이들을… 유난에 떨게 만들어 버리는 존재…였기는… 했더라고요? 결과에 따라… 누군가는 자신의 피붙이를 학원에 '새롭게' 쑤셔 박아버리는! 또 누군가는… '이미' 특정 학원에 몸담고 있었던 피붙이를… 얼른 그런 질 떨어지는 곳에서 꺼내와… 거기보다는 조금은 더 나은 다른 학원에 몸을 담게끔 만들어 내는… 극도의 유난을 떨게 만들었

던 존재…였기는… 했더라고요? 뭐… 그런 유난의 기폭제와도 같은
존재… 말이죠.

뭐… 딱… 그때가 그런 시기여 줬던 덕분에, 저는… 말 그대로
'어부지리'로… 새로운 분들을… 무려 두 분이나… 모셔 올 수 있었
더랬죠. 이러나저러나… 자신의 피붙이의 성적을 마음에 들어 하지
않아 했었던… 도합 네 분의 학부모님들께서! 자기네들의 금지옥엽
같은 도련님 두 분을… 저희 학원에… 등록시켜 주셨거든요. 다른
표현으로는, 지난… 실험? 아니 어쩌면, 체험에 몸을 담아내지 않
았었던 덕분에, 앞선 세 분과는 달리… 다시금 '순백'이라는 표현을
빌려와 수식해 봐도 될 만큼… 새하얗던 분들을… 말이죠. 물론…
기존의 세 분들 중 한 분이… 앞서 언급했던 그 두 분과는 정반대
의 이유로! 예, 성적이 마뜩잖았다는 이유로! 저희 학원을 떠나버
리는 출혈이 있었기야 했다지만, 뭐… 그 정도는….

음… 어쨌든요. 그렇게… 그 당시의… 저는… 말이죠? 지난 체험
을 함께해 주셨던 두 분과… 전혀 새로운… 두 분에다가… 한 분의
여배우분까지… 도합 다섯 분을 그 교실에 넣어버리고서는! 학원
바깥에서… 더 많은 시간을 태워내는 일상에… 몸을 담아내 버리
고야… 말았었더랬죠. 보다 자세히는, 그 네 분에게 배부될 시험지
와… 그 여배우분에게'만' 제공될 대본을 빚어내고서, 그때 기준으
로… 한 세 분인가 네 분 정도 계셨었던… 중학생 단과반 학생분들
과의 수업을 끝마쳐 내기만 하면, 지체 없이… 학원 바깥으로 달려
가 버리는 일상에….

다시는 치즈를 못 먹어도 돼!

보다 정확히는, 그 시간들 동안… 부업인가 뭔가 하는 것을 이행해 내던… 전혀 새로운 일상에… 말이죠. 물론 그… 중학생 원생분들을… 다섯에서 여덟까지 만으로 불려낼 수 있었더라면, 그따위 부업인가 뭔가에게… 시간과 몸을 갈아 넣지 않아도… 됐었겠지만! 아니 애초에 그랬었더라면, 대출도 받지 않았었겠지만! 제 실력이 많이 부족했어서… 그러지는… 못했고….

뭐… 됐고… 말이죠?

사실 여담이겠습니다만, 저는… 그 부업 시장에서… 그리… 매력적인 인력이 아니었었더랬죠. 물론 매일… 아침 잠깐과 저녁 잠깐 정도의… 고정적이기'는' 했던 시간을 할애해 낼 수 있었던 인력이었던 것은 맞지만, 그 시간이… 각각 몹시도 짧았었던 만큼! 예, 하나의 덩어리였다면 괜찮았을지 몰라도… 그렇지 않았었던 만큼, 고정적으로 오토바이를 빌려주기에는 꺼려지는 인력…이었었더랬죠. 또 더욱이… 점심때의 시간이 텅 비어버려 있었던 만큼, 일당직 한 자리를 건네줘 보기도… 뭣했던 인력…이었기도 했고 말이죠.

그런 인력에게… '그나마' 주어져 있었던 일자리는! 혹은 부업 시장이… 그런 인력에게 허락해 줬던 일자리는! 야속하게도, 대리운전이… 전부였더랬죠. 물론 운명의 장난 같게도, 그 인력은… 앞서 언급했듯… '애초에' 그 공백의 시간을 활용해 보고자… 부업 시장에 나왔었던 인력이었던 만큼, 그에게… 그 공백의 시간을 하릴없이 태우고, 깊은 밤이 되어야만 '수요'를 안겨다 주던 대리운전이란 건… 그리 매력적인 부업이지는 않았었긴 했지만… 뭐… 어쩌겠나요? 그거라도… 해야 했죠. 공백의 시간 동안… 이런저런 퇴짜를 맞고서, 아무리 그래도… 하루를 무수입으로 마무리 지어낼 수는 없다는 미명하에… 잠을 자는 시간을 쪼개서… 대리운전을 한두 탕이라도 뛰고 잠이 드는… 비극적이면서도 비효율적이기 짝이 없었던 일상에라도… 몸을… 담아내 봐야 했죠. 아 물론… 그건… 부업 시장이 관심 있어 하지 않았던 대목…이었기는 했죠.

뭐… 여담은… 여기까지만 하고….

음… 그런 일상에게… 말이죠? 1달여의 시간을 빼앗기고서 닿았던… 어느 날이었던 동시에! 뭐… 제가 벌어들인 것은 아니었던 만큼, 이런 표현을 쓰면 안 될지도 모르겠습니다만, 어쨌든 제 통장에서… 제 피 같은 돈이… '인건비' 따위의 명찰을 가슴팍에다가 달아둔 채로… 그녀의 통장으로 도망가 버리고서부터… 사흘? 예, 딱 그 정도의 시간이 지난 뒤에 닿았었던… 어느 날… 말이죠? 또 다른 표현으로는, 앞서 언급해 뒀던… 그 이행해야 할 것들을 다 이행해 놓고, 부업을 나가기 위해! 아니아니… 부업이 가능할지를 찾기 위해… '일단은' 밖으로 나가려다가… 학원 복도인가 뭔가에서… '우연히' 그 여강사를 만났었던 날… 말이죠? 저는 아주… 대단한 보고를 하나… 받아버리고야… 말았답니다.

아… 본격적으로 말씀드려보기 전에….

오해하실까 싶어… 미리 말씀드려 보겠습니다만, 그 당시의… 저? 보고를 받을 생각 같은 건… 추호도 품지 않아 뒀었던 상황… 이었긴 했어요. 아니 애초에… '아직' 보고를 받을 수 있을 만큼 유

다시는 치즈를 못 먹어도 돼!

의미한 무언가가 일어났었으리라는 생각 같은 건… '아예' 품어두지도 않았었던 상황이었다고 말씀드리는 게… 맞겠죠. 물론 지난 첫 번째 작전을 통해… 1달에 가까운 시간은… 어쩌면… 유의미하게 해석해 볼 수'는' 있었던 변화를! 아니 정확히는, 유의미하게 해석해 보고 싶었던 변화를… 불러일으키기에… 부족하지만은 않은 시간 정도는 된다는 생각을… 품어보는 것… 정도는… 해봐도 됐었던 상황이었긴 했지만, 그럼에도 그 당시의 저는… 그런 생각을… 맹세코 품어두지… 않았었어요. 아니 그냥… 이런저런 묘사를 덧댈 필요가 없이… 그 두 번째 작전은… 첫 번째 작전과는 달리… 첫 번째 작전이 낳은 것들을 다 덮어낼 수 있을 만큼의 많은 기억들을 쌓아야만 완수되는 작전이라는 것을 잘 알고 있었던 입장이었던 만큼, 산술적으로도… 그에 소요되는 시간의 곱절을 투자해야만… 가닥이 잡힐 것이라는 생각을 품어뒀던 상황이었으니… 앞서 언급했던 그런 생각은… 맹세코….

뭐… 그래요. 결론을 말씀드리자면… 그겁니다. 그 당시의 제가 그녀에게 뱉었었던… 다음과 같은 구절은! 어디까지나… 안부… 혹은 인사치레의 구절…이었었더라는 거죠. '절대' 그녀에게 지불했던 인건비를 아까워했던… 마음에! 또 그와 결이 비슷하게도, 그 성과에 급급했던 마음에… 그런 구절을 건넸었던 것은… 아녔었다는 거죠. 예, 그 구절이… '최소한' 재촉의 언사이지는… 않았었다는 거죠.

'잘되어…가십니까?'

아 물론… 이해하는 편이긴 해요. 그것은 결국… 이러나저러나 저 혼자만의 생각이었다는 것! 또 그를 들어냈던 그녀는… 아무래도… 제게 돈을 받는 입장이기는 했었던 만큼, 그 구절을… 보고를 요구하는 구절로 받아들였을 수도… 있었다는… 것! 다… 이해하기는 해요.

그랬으니만큼, 그 당시의 그녀가… 다음과 같은… 어쩌면 불필요하기까지 했던 답변을 뱉어냈던 것을… 그리… 나쁘게 생각하는 편이지는 않아요. 아니 어쩌면… 고맙게까지… 생각하고 있죠.

'아… 원장님. 뭐… 잘되고 있는 것 같기는 한데… 가끔 보면… 살짝 좀… 신기한 거 같아요. 문제를 진짜… 신기하게 잘 출제하시는 것 같아요.'

뭐… 부연 설명 같은 게… 따로 필요하겠느냐마는… 말이죠? 그 구절은… 음… 고막 너머로 넘겨내는 것만으로는… 알 수 있겠던 게 하나가 없었던 구절이었던 덕분에, 그 당시의 저는… 다음과 같은… 반문을 던져내 버리고야… 말았었답니다?

'예? 뭐가 어떻게 신기하다는 이야기…실까요?'

음… 모르겠어요. 그 당시의 그녀가… 다음과 같은 답변을 뱉어냈던 때의… 태도? 그것에게… 어떤 수식어를 건네줘 봐야 할지… 잘… 모르겠다는 거예요. 사실 그게 중요한 이야기이지야 않겠다지만, 그래도 뭐… 말 나온 김에 굳이 묘사해 보자면….

그냥 뭐… 그 당시의 자신이 할 수 있었던 한도 내에서… 최대한의 보고를 이행해 내는… 태도? 또 그랬으니만큼, 그 모든 사견

다시는 치즈를 못 먹어도 돼!

및 개인적인 감정들을 철저히 배제해 둔 채로 말을 뱉어내는… 이를테면… 뭐… 건조한… 태도? 예, 딱 그런 상태로… 그 답변이자 반문을… 뱉어냈던 것 같아요. 그 답변이자 반문은… 그럴만한 것이 아니었었음에도 불구하고… 말이죠.

아 물론… 그건… 그녀에게는 몰랐었던 일이었겠지만….

'음… 그냥 뭐… 보면은… 5번까지 있잖아요? 근데 그중에서… '누구'랑 '누구'는 꼭… 4번만 틀리더라고요? 아 물론 당연히 다 맞힐 때도 있기는 한데… 틀리면 꼭… 4번인 거? 예, 그게 좀 신기하더라고요. 혹시 4번에… 뭔가… 있는 거예요?'

아 진짜로… 그 당시의 그녀가… '누구'와 '누구' 따위의… 몰지각한 단어들로 속을 채워뒀던 답변을 뱉어냈다고 생각하고 계시는 분… 없으시죠? 당연히 아니었지만, 뭐… 본명을 밝힐 수는 없으니까….

아… 뭐… 말 나온 김에… 앞으로도 계속 언급될 분들이니만큼, 그냥… '누구'로 퉁치고 넘어가지 말고….

좋습니다. 그 구절에 들어 있었던 '누구'와 '누구'는… '왜가리'와 '까마귀'였던 걸로… 해보겠습니다. 예, 그 두 분에 대해 묘사해 보자면, 그 두 분은… 첫 번째 체험이 치러졌던 그 당시부터… 고고히 저희 학원 한편에 둥지를 마련해 두시고, 또 그로써… 늘 저와 함께해 주셨던 분들…이셨었어요. 그… 재능을 향한 칭찬을 한가득 받으셨던 분들… 있잖습니까? 예, 새로 오셨던 두 분… 말고요. 앞으로 그 두 분을… 왜가리, 또 까마귀라 통칭하겠습니다.

음… 어쨌든요. 다시 본론으로 돌아가서….

뭐… 그 두 분이 어떤 분들이셨는지에 대해… 알게 되셨으니만큼, 이제… 짐작할 수… 있으시겠죠? 그 보고를… 고막 너머로 넘겨냈던 그 당시의 제가… 어떤 반응을 보였었을지에 대해….

아니 그보다는, 어떤 행동을 취했었을지에 대해… 말이죠.

뭐… 대단한 거였겠습니까만, 바로… 마른침을 삼켜내며… 그녀에게… 다음과 같은 답변을 건네주는 것…이었었더랬죠. 아… 손을… 빈 교실의 방향을 향해 흐느적거려 댔던 것도… 이행해 낸 행위에 포함…시켜야겠죠?

'잠시… 따로 이야기 좀… 하시죠? 애들 없는… 데서….'

그렇게… 있잖습니까? 저희는… 방금까지… 중학생 원생들이 뱉어댔던 이산화탄소가 미처 다 빠지지 않았었던 빈 교실에서…나름 깊디깊은 대화를… 나눴었더랬죠. 보다 자세히는, 마주 앉은 두 사람이… 앞으로 함께 밟아갈 길이자… 인류사를 뒤흔들어 낼 만큼 거룩하디거룩했던 사회 실험의 개요와… 그의 이행 방법에 대한… 뭐… 심도 있지만, '일방적이기는' 했었던 이야기들을… 나눴었더랬죠. 일방적인 지시… 혹은 명령의 하달만으로 구성되어 있었던 대화를… 말이죠.

보다 자세히 풀어보자면….

4번 문제가 정확히 어떤 문제였는지는… 기억나지 않지만! 보다 정확히는, 애초에… 번호들에게 특별한 의미를 부여하지는 않았었던 만큼, 그건 말 그대로… 우연이긴 했겠지만! 그래도… 어쨌든 간

다시는 치즈를 못 먹어도 돼!

에… 뭐… 다른 건 모르겠고… 말이죠? 저는 그녀에게… 언제나 그 '우연'이랄 것에 보기 좋게 걸려들어 줬던… 까마귀와 왜가리들에게는… A 시험지를… 배부해 주기를!

또 나머지 두… 새들에게는! 그래 그러니까… 음… 그 당시로부터 1달가량 전에 새롭게 우리 학원으로 날아들어 와 줬던… '백로'와… 음… '공작'에게는… B 시험지를 배부해 줄 것을… 주문했어요. 보다 정확히는, 그러라는 명령을… 하달해 줬었더랬죠. 예, 그러니까 그로써… 그녀에게… 그 시험인가 실험인가가… 완전히 새로운 국면을 맞이할 것이라는… 것을! 보다 정확히는, 제가 그 실험의 노선을… 완전히 바꿔낼 것이라는… 것을!

아니 그보다 더 정확히는, 제가… 그 실험인가 뭔가를… 기존에 낳기로 했었던 것과는 전혀 다른 무언가로 낳는 실험으로 바꿔내 보기로 결심했다는 것을… 전했다는… 이야기죠.

다들… 알고 계시죠? 아니 그보다는, 짐작 정도는… 바로 꽃피워 낼 수… 있으시죠? 그 A 시험지는… 제가… 첫 번째 작전을 이행하며 빚어냈던 유의 시험지였으리라는… 짐작 정도는! 예, 그러니까… 재능을 칭찬해 주기 위한 명분에 지나지 않았었던… 쉬워 빠졌던 시험지들과… 결이 같았던 시험지였으리라는… 짐작… 정도는!

또 반대로… B 시험지는… 반대로… 두 번째 작전을 위해 빚어냈던 시험지들이자… 당장 그때까지도… 한창 빚어내고 있었던 시험지들이었으리라는 짐작… 정도는! 예, 노력을 칭찬하기 위해 빚어냈던 시험지였던 만큼, 사고력을 요하고, 또 쉬워 빠졌었지는 않았던 시험지였으리라는 짐작 정도는⋯ 품어⋯두셨죠? 아니 그런 표현보다는, 그런 짐작 정도는⋯ 바로바로⋯ 꽃피워 낼 수⋯ 있으시죠?

어쨌든! 예, 어쨌든⋯ 말이죠? 하⋯ 벌써 몇 번째 작전입니까? 세 번째 작전이네요, 그죠? 뭐⋯ 그 세 번째 작전을 완수시켜 내기 위해 몸담아야 했던 일상은⋯ 말이죠? 이따금씩⋯ 제 숨통을 끊어 버리고 싶어 했던 누군가가⋯ 의도적으로 제 삶에 침투시킨 일상이 아니었을지에 대한 의심이 들었었을 만큼⋯ 끔찍하기⋯ 짝이 없었던 일상⋯이었었더랬죠. 당연하다면 당연한 이야기겠지만, 이전과는 달리⋯ 서로 다른 두 부류의 시험들을 빚어내야 했던 상황이었던 만큼, 업무량도 두 배로 불어나 버렸고⋯.

또 그녀에게⋯ 그를⋯ 두 집단으로 철저히 분리시켜서 진행할 것을 주문했던 입장이었던 만큼, 그녀에게 지불해야 했던 인건비역시⋯ 두 배로 불어나 버렸으니! 당연히 그럴 수밖에 없지⋯ 않았겠나요? 예, 제 일상이⋯ 이전의 일상보다⋯ 두 배로 더 힘들어진 일상으로 변모해 버릴 수밖에⋯ 없지⋯ 않았겠냐는 거죠. 솔직히 뭐⋯ 이 이야기는⋯ 무덤까지 가져가려고 했었지만, 저⋯ 딱 그 시기에⋯ 대리운전을 하면서⋯ 살짝⋯ 졸기도 했었어요. 예, 그 정도로⋯ 힘든⋯ 일상이었다는 거죠.

그렇게⋯ 저는⋯ 그러한 일상 속에서도⋯ 간신히 목숨만은 부지해 가면서⋯ '다시금' 1달여의 시간을⋯ 해치워 내 버리고야⋯ 말았고! 아니 뭐⋯ 당연하다면 당연한 이야기겠지만, 그런 일상에 시

다시는 치즈를 못 먹어도 돼!

간과 몸을 태워낼 수 있었던 한계점이자… 사실상의 종말점에 해당
됐었던 1달여의 이후의 시간에까지… 육신을 온전히 보전해 낸 채
로… 달려오는 데에 성공…했고!

그렇게… 그에 닿는 데에 성공했다는 것을 인지해 냄과 동시에!
저는… 그 어느 때보다도 무겁고, 또 걸쭉하기까지 했던 마른침을
한번 삼켜내고서는… 천천히… 빚어내기 시작했답니다? 그네들에
게 건네줄 작별의 편지이자… 공통적으로 배부될 최후의 시험지
를… 말이죠. 보다 자세히는, 그네들이 품어뒀을… '각기 다를', 또
'각기 달라야만 할' 실력들을 평가하기 위한 목적으로 빚어졌던 것
이었던 만큼, '최소한' 쉬워 빠진 문제들이었을 리는 없었고, 또 그
래서도 안 됐었던 열 개의 문제들로!

보다 정확히는, 사고력을 갖춰두지 못했던 자라면, 감히 풀어내
고, 또 맞혀낼 엄두조차 내지 못할 문제들로다가… 속을 채워뒀던
시험지를… 말이죠.

당연한 이야기겠습니다만, 그 당시의 저는… 알아야'만' 하는 입
장…이었었어요. 예, 제가 빚어냈던 가설이 틀려먹지 않았고, 또 그
를 위해 투자해 냈던 지난 제 시간과 돈들이… 헛되지 않았다는…
눈물겨운 사실을 세상에 밝히고, 또 그네들에게 인정을 받기 위해서
라면… 꼭… 알아야만 하는 입장…이었었더라는 거죠. 다른 표현으
로는, 그를 목적으로 세상에게 제출할 보고서를 빚어내기 위해서라
도… 그를… 알아야 했어서… 그런 시험지를… 빚어냈었던 겁니다.

있을 수밖에 없고, 또 있어야만… 했어요. 그네들 간의 차이

는… 말이죠. 그네들이 태워냈던 각기 다른 시간들은… 그네들에게… 각기 다른 변화를 안겨줘 냈을 것이… 분명했으니만큼, 그네들의 차이는… 있을 수밖에 없었어요.

또 그러니만큼… 다를 수밖에 없고, 또 달라야만… 했어요. 그네들이 기록하게 될 점수들은… 말이죠. 각기 다른 네 점수가 나와도 괜찮았고! 또 뭐… 한 부류 당 둘씩… 두 부류로 나눌 수 있을 만큼의 차이만이라도 있어 준다면… 괜찮았긴… 했어요. 예, 이러나저러나… 제가 제출할 서류들을 읽게 될 이들이… 제 가설에 동의하지 못하거나! 그네들이… 그를 뒷받침해 주지 못한다고 판단하거나! 이런저런 이유들로다가… 퇴짜를 놓을 수준만 아니라면… 다… 괜찮았다는 거죠. 그냥… 다르기만 하면 됐고….

또 달라'줄' 것이라… 믿어… 의심치 않았었어요.

음… 어쨌든요. 그렇게 저는… 그 밤을 꼬박 태워내는 것으로… 10문제가 담겨 있었던… 1장이면서도, 그와 동시에… 4장이었고, 또 4장이어야만 했던 시험지를 빚어내… 그네들을… 그녀에게… 합의되지 않았던 '마지막' 명령과 함께… 건네줬고!

사실 그때까지도… 완전히 들어내지는 못했었던 불안감을 앓으며, 또 그로써… 당장 터져버려도 이상하지 않을 것처럼 뛰어대던 심장에게… 그가 절대 완수해내지 못했을… 진정 명령을 내려줘 가면서… 평소보다 곱절은 더 느리게 흐르는 것만 같았었던… 1시간가량을… 숨을 죽여가며 태워낸… 끝에! 결국… 저는… 닿아버리고야… 말았답니다?

다시는 치즈를 못 먹어도 돼!

보다 정확히는, 닿아버릴 수… 있었답니다?

왜가리의 것이었던… 60점! 또 까마귀의 것이었던… 70점이 박힌 2장의 시험지와!

공작의 것이었던… 90점, 또 백로의 것이었던… 100점이 박혀 있었던 2장의 시험지들을… 받아 챙기게 되었던 순간에… 말이죠.

또… 그와 동시에… 제게… 이런저런 속삭임들을 건네주던 시험지들과… 눈을 맞춰냈던 순간에… 말이죠.

백로와… 공작! 그네들은 다… 알았었던 거예요. 보다 정확히는, 지난… 일반적이지 못했었던 시간들을 통해… 알게 되었던… 거예요. 세상에… 어려운 문제들이야 있어도, '끝끝내' 풀지 못할 문제 같은 건… 존재하지 않는다는… 것을… 말이죠. 다른 표현으로는, 그에게서 눈을 떼지만 않는다면! 연필을 놔버리지만 않는다면… 결국에는 그네들을 다… 풀어낼 수 있다는… 기가 막힌 사실을… 말이죠. 근거로 삼아볼 수 있을 만했던 기억들을! 보다 자세히는, 여태껏 눈앞의 문제들을 다… 풀어재껴 내고서, 칭찬을 받아 챙겼었던… 지난 기억들을 토대로… 그런 사실을… 단순히 품기만 하는 것을 넘어… 무려 확신인가 뭔가까지도 해낼 수 있었던… 거예요. 또 그로써… 연필을 놓지 않을 수… 있었던 거예요.

반면… 왜가리와… 까마귀는… 말이죠? 몰랐었던 겁니다. 문제를 푸는 방법을… 몰랐었던 겁니다. 배우지 못했었던… 겁니다. 보다 정확히는, 공작과 백로가… 그 방법이자… 진리를 배워갔던 그 1달의 시간 동안! 애석하게도, 그네들은… 그네들이 배웠었던 그

것들을 배우지 못했었고, 그로써… '최소한' 그네들보다'는' 사고력
이 떨어지는 작자들이… 되어버린 겁니다. 최소한 그런 쪽에 한해
서'는' 그네들보다… 못한 사람이 되어버린… 겁니다. 눈을 맞춰냄
과 동시에 답을 찾아낼 수 있었던 문제들에게는… 그 누구보다도
가혹한 사람이 되었'겠'지만! 아니 될 수 있었겠지만! 그와는 다른
부류의 문제들에게는… 힘 한번 써보지 못하고… 무기력하게 패배
하는 사람이… 되어버린 것…이라는 거죠.

  아니 어쩌면, 그렇게 어렵게 설명할 것도 없이… 그냥 그네들
은… 앞선 시간들까지 포함해… 약 2달가량의 시간 동안… 오만해
질 수 있는 방법을 배웠었고, 또 그 가르침에 따라… 오만해졌던
것…이었을 수도 있겠죠. 예, 다른 거 없이… '단순히'… 말이죠.

  그것이… 그네들의 점수들에 존재하고 있었던 차이를 만들어
버렸던 것이었을 수도… 있겠다는… 속삭임을! 보다 정확히는, 확
신할 수 있겠다는… 속삭임들을 건네주던… 시험지들과… 말이죠.

  의심의 여지는… 없었죠. 예, 그것들이… 보고서를 빚어내는 데
에 큰 도움이 되어줄 수 있는 존재들인가에 대해… 의심해 볼 필
요는… 없었죠. 그것들은… 단순히 유의미했던 것을 넘어… '충분
히'… 유의미하기까지 했던 존재들…이었어요. 아니 다른 건 몰라
도… 그네들의 차이를! 보다 정확히는, 그네들이 각기 다른 시간에
몸을 담아냄으로써, 앓게 되었던… 차이를… 증명해 줄 수 있을 만
큼은… 됐었어요, 충분히.

  그런 속삭임들을 들어냄과… 동시에! 아니 어쩌면, 그네들을 품

다시는 치즈를 못 먹어도 돼!

에 안음과… 동시에! 보다 정확히는, 그네들이 야기해 냈던 안도의 한숨이… 뱉어져 나옴과 동시에… 저는… 그네들을 끌어안고서는, 컴퓨터 앞으로… 달려가 버렸죠. 그러고서는… 그분들께서 여태껏 빚어다 주셨던… 그 모든 시험지들과! 마지막으로… 가장 중요했던 그… 1장이면서도 4장이었던 시험지들을… '죄다' 때려 박아둔 보고서를 빚어내기… 시작했어요. 흥미로우면서도… 한편으로는, 자극적인 경향도 없지 않아 있었던 사회 실험이 담겨 있는… 칼럼을!

하지만… 그 어떤 학자들도 감히 건드려 보지 못했었던… 교육의 본질을 탐구하고, 또 그 본질을 뒤흔들어 냈던… 위대하면서도, 대승적인 실험과… 그에 대한 결과가 담겨 있는 칼럼을… 빚어내기 시작했더라는… 이야기죠.

그 보고서는… 그 어떠한 흠결도 품지 않은 보고서여야 한다는… 미명하에! 또 그러면서도… 한눈에… 독자의 시선을 사로잡고, 또 그네들의 흥미를 유발시켜 낼 수 있는 보고서여야 한다는… 미명하에! 잘 기억나지는 않지만, 그를 쓰기 시작하고서부터… 그를… 세상에 던져내는 데에까지… 아마… 하루하고도 반나절에 가까웠던 시간이 소요됐었던 것 같아요. 기억나는 것만 해도… 다섯 번은 훌쩍 넘겼었던 탈고를 이행해 냈으니… '못해도' 그 정도의 시간은… 투자했었지 싶어요.

음… 어쨌든요. 그렇게 저는… 그를 세상에 던져냄과… 동시에! 그녀에게… 마지막 월급에다가… 소정의 위로금을 얹어둔… 마지막 인건비를 건네줘 버렸고… 말이죠?

그리고 남은… 일종의… 잔돈? 아니 어쩌면, 잔액은! 인터넷 언론사들에게… 사실상 무차별적으로… 살포되었었더랬죠. 물론 그 당시의 저는… 생계를 위해… 무려 부업을 뛰어야 했던 상황이었던 만큼, 그를 아껴내는 것도… 나쁘지 않은 선택이기야 했겠다지만, 그래도… '이왕' 돈을 써버린 거… 끝까지 다 써버리자는… 미명하에! 또 한편으로는, 이렇게 돈을 지불해서라도… 이 칼럼을… 많은 이들에게 읽히게 하는 것이… 어쩌면 그보다 더 나은 선택일 수도 있겠다는… 무릇 과학자라면… 꽃피워 내 봄 직했던 결론… 아래! 예, 당장의 푼돈에 연연해서는… 큰 것을 놓치게 될지도 모른다는… 어쩌면 뭐… 일정 부분 사실이기는 했을 결론 아래… 말이죠.

그 덕분…이었을까요? 아니… 그 덕분…이었겠죠. 그런 승부수를 띄우지 않았었더라면… 제 칼럼은… 굉장히 높은 확률로… 세상의 외면을 받아버리고… 말았었겠죠?

아… 아니죠. 그거 때문이 아니라… '㈜치킨포크스터디아'에 재직하고 계셨던 분들이… 원체고 유능하고, 또 식견들이 넓은 분들이어 주셨던 덕분에, 제 보고서를… 외면하지 않아 주…."

딱… 거기까지! 예, 저는 거기에서… 그 영상을… 종료시켜 버렸어요. 맞아요. 그를… '도중에' 꺼버렸었다는… 거예요. 화면 속의 아버지이자… 그 강연을 진행하던 아버지에게는… 아직 남은 할 말이 많아 보였긴 했지만, 미안하게도… 그건… 사실… 제 알 바가 아녔긴 했었더랬죠.

아 방금처럼만 이야기하고 끝내버리면… 좀… 그렇겠나요? 예,

다시는 치즈를 못 먹어도 돼!

그래버리면 그 당시의 제가 행했었던 그 행위가… '투정'에 지나지 않는 행위처럼… 여겨지실까요?

그리되면 좀… 곤란할 것 같으니까! 예, 다른 건 몰라도… 최소한… 그런 오명을 쓰는 것은… 저조차도… 바라지 않으니까… 오해를 불식시키기 위해서라도… 한번… 말씀드려 보겠습니다, 까짓것. 그 당시의 제가… 그 영상을… 끝까지 보지 않아 버렸던! 아니 어쩌면, 않을 수밖에 없었던… 두 가지 이유에 대해… 말이죠.

뭐… 첫 번째 이유는… 솔직히… 다들 공감하실 것 같기는 한데… 말이죠? 그냥… 너무 지루했어서…였죠. 예, 그게 전부였어요. 음… 동의하시지… 않으시나요? 그 영상은… 그의 유일한 혈육이었던 제게도… 지루해 빠졌었던 영상이었는데… 말 그대로… 그와 완전한 타인의 관계에 놓여 있었던 여러분들께서는… 어떠셨겠나요? 저는… 확신할 수 있어요. 여러분들께서는… 그 당시의 제가 앓았었던 것의 곱절은 더 될만한 지루함을 앓으셨었으리라는 것을… 말이죠. 제 말에 동의, 또 공감…하실 수… 있으시죠?

그리고… 뭐… 두 번째이자… 가장 치명적이었던… 이유는! 아니 단순히 치명적이기만 했던 걸 넘어… 첫 번째 이유 따위는… 사실… 무의미하다 못해… 품어볼 이유가 없었던 이유로까지 만들어 냈어야 했을 만큼… 치명적이었던… 이유는!

그것이 결국은… 제 이야기일 수도 있겠다는 생각이… 들어버려서…였죠. 보다 자세히는, 정황상의 증거들이… 모두… 제가… 그 강연 속의 피해자이자… 실험체! 아니 개중에서도… 그… 왜가리

혹은 까마귀…였었다는 것을 증명해 주고 있는 것처럼… 여겨졌어서…였죠.

아니 다른 표현으로는, 어쩌면 제가… 그 강연 속의 왜가리… 혹은 까마귀에 해당되는 사람이었을지도 모르겠다는 불쾌한 속삭임을 건네주던… 정황증거들이 여럿… 떠올라 버려서… 그랬었던 거죠. 아니 그것 자체가 이유가 될 수는 없겠고, 그런… 속삭임들이… 제게… 그 영상을 계속 시청해 낼 수 없을 만큼의… 중증의 두통을 안겨다 줬던 덕분에, 그를… 도중에 꺼버릴 수밖에 없었던 거…죠. 예, 그렇게 말씀드려야겠네요.

생각해 보면… 말이죠? 분명 제 기억 속에… 남아 있기는… 했었잖습니까? 그… 문혁대라는 작자가 포함된… 총원이… 넷인가 다섯인가 됐었던 집단에 소속되어… 아버지의 학원에서 진행되었던… 놀이 시간인가 뭔가 했던 '불명의 시간'을 태워냈었던 것에 대한 기억이… '분명'… 남아 있기는… 했었잖습니까? 보다 정확히는, 그랬던 적이 있었던 것 같기'는' 하다는 생각 정도는… 늘… 품어왔었잖습니까?

다른 표현으로는, 그 강연 속의 주인공이자… 피해자! 또 아니 어쩌면, 실험체'라면' 품어둘 수밖에 없었을 기억을… 애석하게도… 또 아니 어쩌면, 공교롭게도… 저 역시도… 품어뒀던 상황이었긴… 했잖습니까?

언급했듯… 그 불명의 시간이… 만약… 제가 실험체로서 태워야 했던 시간이었고….

다시는 치즈를 못 먹어도 돼!

그 강연 속의 아버지의 희망사항대로… 제게… 그 기억이 원형을 보전한 채로 남아 있어 주지 못했고, 그 사건이 낳은 일련의 감정들만이… 남아 있어 준 것이었더라면… 다… 이야기가 되지… 않겠습니까? 모든 것들이 다 설명이 되지… 않겠냐는… 거죠.

그 당시의 저는… 그 실험 속의… 까마귀… 혹은 왜가리에 해당되는 사람이었고! 아니 정확히는, 그런 사람이었'지만', 그 당시의 저는… 그를 인지하지 못한 채… 그 칭찬들을… 액면 그대로 받아들여 버렸고! 예, 그 칭찬들이 조작된 것이었고, 또 명분을 갖춰둔 완벽한 거짓말이었다는 것을 인지하지 못한 채… 그를… 급체(急滯)를 앓을 만큼… 허겁지겁 씹어 삼켜버리고야… 말았고!

그로써, 평생을 저를… 영재라 믿고 살아오게 되었던 것이었다고… 생각해 본다면, 다… 다… '얼추' 들어맞는 것 같기는… 하더라고요.

아 당연히… 그런 가설, 또 가정이 전부였지는 않았고….

앞서 언급해 뒀던… 그… 불쾌하기 짝이 없던 속삭임을 건네주던 정황증거들이… 그를… 훌륭히도 뒷받침해 주고 있었기도… 했고 말이죠.

생각해 보면… 있잖습니까? 사실 늘… 차고 넘쳐왔던 편이지… 않았습니까? 그네들은 늘… '부유'인가 뭔가를 이행해 내던 망령처럼… 제 근처를… 배회해 댔지… 않았습니까? '어쩌면'… 혹은 '사실은' 제가… 영재가 아닐 수도 있다는 의심을 품게 하는 데에 부족함이 없었을… 근거들! 보다 정확히는, 그를 넘어… 아예… 제가 영재가 아니라는 것을 증명해 주기까지 하는 것만 같았던 근거들이… 말이죠. 문혁대가 그랬고, 또 허태영이… 그랬잖습니까. 그네들은 언제나 제 곁에 있어 왔고, 또 제게… 언제나 그런… 불편한 무언의 속삭임들을 건네고 있었잖습니까. 단지 그 당시의 제가… 그네들과 눈을 맞추려 하지 않았던 것이었을… 뿐!

또 어쩌면… 성공의 기억들을 되새김질하는 것으로… 그네들이 제게 가져다줬던 여러 불편한 기억들을… 뒤로, 또 머나먼 곳으로 밀어내 버렸던 것이었을… 뿐! 그네들은… 언제고! 예, 언제고, 또… 언제나….

생각을… 그 정도로까지 전개시켜 봤더니… 말이죠? 문득… 궁금해지던 것… 아녔겠습니까? 예, 그러니까… 저 자신에게 직접… 물어보고 싶어지던 것… 아녔었겠냐는 거죠.

대체… 뭐였을까요? 제가 여태껏 쌓아왔고, 또 '역력지 않을 때면' 꺼내 가면서 의지해 댔었던… 그 '성공의 기억'들이라는 게… 대체… 뭐였을까요? 보다 정확히는, 얼마나 대단한 것들…이었을까요? 아니 '그만큼' 대단한 것들이었기는… 했었을까요?

근데… 있잖습니까? 진짜… 놀랍게도! 달리… 할 말이 없던 것… 아녔었겠습니까? 보다 정확히는, 답을 빚어내기 위해 머리를 굴려대 봤자… 떠오르는 게 없던 것… 아녔었겠습니까? 예, 다른 건 몰라도… 제가 품고 있었던 기억들 중에… 그 정도로 대단했던 기억 같은 건… 존재하지가… 않더라고요. 기껏해야… 쪽지시험 등에서 고득점을 얻어냄으로써, 선생 혹은 강사들에게… 칭찬을 받아

다시는 치즈를 못 먹어도 돼!

냈던… 기억? 예, 그깟 것들이… 전부인 것… 같더라고요. 그까짓…
뭐… 그를 품어냈던 자를…영재로 만들어 내 줄 수는 없었을 만
큼… 하찮기 짝이 없었던 기억들 밖에!

다른 표현으로는, '범재' 따위의 멍에를 안겨다 주기 위해 자행
되었고, 또 날아들었던 공격들에게서… 저 자신을 지켜낼 수 있을
만큼 대단한 기억이지는 않았던 기억들 밖에… 없는 것… 같더라
고요?

또 보다 더 깊게 생각해 봤더니….

그렇게 찾아낼 수 있었던… 기억들! 아니 어쩌면, 그나마 '라도' 남
아 있어 줬던 기억들에게도! 보다 정확히는, 그네들에게…마저도…
뭔가 좀… 석연찮은 구석들이 있는 것 같던 것… 아녔었겠나요?

그… 있잖습니까? 돌아보면, 그 기억들은 모두… 저 자신이 영
재 '라는 것'을 증명해 주던 기억들…이었던 거… 같더라고요? 다른
표현으로는, 다 제가 영재로 거듭난 '이후'의 시점에 쌓아냈던 기억
들이면서도! '이미' 영재였던 그 당시의 제… 뭐… 신분적 이점을
십분 활용해 가면서 쌓아냈던 기억들! 또 끝으로… 제가… 영재이
기 '는' 하다는 믿음을 견고히 만들어 줬던 기억들…이었던 거… 같
더라고요? 예, 실제로도… 저 자신이 영재가 맞기는 한 것인지에
대한 의심이 피어올랐을 때… 이따금씩 꺼내 썼던 기억들이었기는
했었으니… 그에… 큰 이견이야 없지만서도! 예, 그런 기억들일 수
밖에 없었겠지만서도….

아… 쉽게 말하자면… 이런 겁니다.

곰곰히 생각해 보니까… 그 기억들은… 결국… '나머지' 기억들에 불과하던 것… 아녔겠습니까? 또 있어서 나쁠 것은 없지만, 그 당시의 제게 꼭 필요했던 기억이지는 않았었던… 기억…이었기도 했고… 말이죠. 예, 그러니까 다른 건 몰라도… 그 당시의 제가 품고 있었던 의심을 해소해 내 줄 수 있는 기억이지는… 않았었다는… 겁니다.

아 물론… 그에 맞는 기억은 사실… 하나뿐이었긴 했죠. 예, 그것은… 유일한 기억이고, 또 유일할 수밖에 없었던 기억…이었기는 했죠. 뭐… 그 당시의 제가 찾고 있었던 기억이자… 그 당시의 제가 앓고 있었던 의심을 해소해 줄 수 있는 유일한… 기억은! 또 그 나머지 기억들까지도… 다… 유의미한 기억으로 만들어 줄 수 있었던… 유일한 기억은!

끝으로… 제 기억 속에 자리하고 있었던 단 하나의 공백을 채워 줄 수 있었던 유일한 기억은….

바로… 영재가 되었던 '계기'에 대한… 기억! 예, 제가… 영재로 '거듭난' 계기에 대한… 기억…이었죠. 애석하게도! 아니 어쩌면, 미치고 팔짝 뛸 수밖에 없었게도… 그것 하나만큼은… 도무지… 찾아지지가 않았어요. 당연하다면 당연한 이야기겠습니다만, '언젠가부터' 영재였기'는' 했었던 제게… 그런 기억은… 반드시… 존재해 줬었어야만 했어요. 아니 그래야만… 말이 된다고 생각했고, 또 실제로도… 그랬을 거예요. 그래야만… 말이 되었을 거예요. 이 세상에… 태어나자마자 영재였던 사람 같은 건… 존재하지… 않잖습

다시는 치즈를 못 먹어도 돼!

니까? 존재할 리… 없잖습니까, 안 그래요?

물론… 그런 가능성도… 없지만은… 않았죠. 그 결정적인 사건이… 아니 어쩌면 그에 관한 기억이… 애석하게도, 시간이라는 이름의 노도에 휩쓸려가 버림으로써, 잊힌 기억이 되어버렸을… 가능성? 예, 그래서 제가 그를… 다시 찾아내지 못하고 있는 것일… 가능성? 없지만은 않았고, 또 충분히 그럴 수'도' 있다는 생각 정도는… 품어뒀던 상황…이었긴… 했어요. 예, 그 당시의 제가… 그 가능성을 완전히 배제해 뒀던 것은 아녔었다는… 거예요.

그것은 분명… 자명한, 또 어쩌면 당연하기까지 했던 사실이었긴… 했지만! 그와 동시에… 약해 빠졌던 사실이었기도… 했죠. 예, 들불처럼 번져 오르던 의심을 진화시켜 내기에는… 약해… 빠졌었던 사실…이었기도… 했다는 거죠.

저는… 있잖습니까? 의심인가 뭔가 하던 그의 요구대로… 그로부터… 2시간? 아니 못해도… 1시간은 무조건 넘겼었던 시간을… 고심 속에서 태워냈지만! 예, 머리를 쥐어뜯어 가면서까지… 태워냈지만, 애석하게도… 또 그 시간과 노력들이 무색했게도… 그 공백을… 채워내지 못했었어요. 예, 그에 끼워 넣을 수 있는 단 하나의 기억을… 찾아내지… 못했었더라는 거죠.

당연하다면 당연한 이야기겠지만서도, 그런… 여정을 떠나놓고도… 그 공백을 채우지 못했었던 그 당시의… 제게… 말이죠? 그 숨 막히고, 또 섬 한 의심에게! 보다 자세히는, 제가 사실은… 그 실험체였을 수도 있다는… 불쾌하기 짝이 없던 의심에게… 퇴짜를 놓기 위해 뱉어낼 구절을 빚어내는 것은… 사실… 불가능한 일이었죠. 예, 그럴 수 있는 명분이 없었고, 또 근거가 없었더라는… 이야기죠. 사실 그건 결국… 제가 그를 찾아내지 못함으로써 빚어졌던 일이었겠지만, 어쨌든 간에… 말이죠.

아 물론… 그렇다고… 해서! 그를 받아들일 수 있었던 것은… 아녔었던… 그 당시의… 제게! 보다 정확히는, 앞서 언급했듯… 다른 건 몰라도… 그 공백의 기억을 찾아내는 것으로다가… 제가… 그 실험의 실험체가 아니었고, 순도 100%의 영재가 맞는다는 것을 증명해 내고, 또 그로써… 그 의심과의 완전무결한 작별을 이뤄내는 방식만은 택할 수 없겠었던 그 당시의… 제게! 남은 선택지는 결국… 하나뿐이었었더랬죠.

결국 이러나저러나… 그 의심의 모태가 되었었던… 그 기억의 진실을 찾아내는 것…뿐이었죠. 보다 자세히는, 제 기억 속의 그 놀이 시간인가 뭔가 했던 시간이… '최소한'… 아버지가 자행했던 그 '실험 시간'인가… 뭔가와는… 전혀 다른 시간이었다는 것을 밝혀내는… 것뿐! 예, 그 기억이… 최소한… 제가 실험체'로서' 쌓아냈던 기억이며, 또 실험체'라서' 제 머릿속에 남아 있었던 기억이지는 않다는 것을… 어떤 경위로든 간에 밝혀내는… 것뿐!

또 그로써… 제가… '최소한'… 실험체이지'는' 않았다는 것을 증명해내는 것…뿐이었죠.

예, 맞아요. 이러나저러나… 그 기억이… 실험 시간에 쌓아냈던 것이 아니었다는 것을 증명해 내기만 한다면… 사정이… 훨씬 괜찮아질 것이라… 생각했어요. 물론 그래 봤자… 제가 영재로 거듭나게 되었던… 혹은 거듭날 수 있었던 '계기'에 대한 것만큼은 공백으로 남게 되겠지만! 또 그렇게 그를 종결시켜 낸다면, 그 공백이 가져다주는 찝찝함은… 어쩌면… 평생토록 해소할 수 없게 되겠지만, 그래도… 그만하면 됐다고… 생각했어요. 그게 그 당시의 제… 최선이라고… 생각했어요.

그런 생각을 품어둔 채로… 그 기억과의… 재회를 이행해 봤더니! 보다 정확히는, 그냥 단순한 재회가 아니라… 뭐든 좋으니… 그 기억의 전후(前後)에 해당되는 기억을 되살려 보기 위해… 미간을 있는 대로 찌푸려 가며… 그와의 재회를 이행해 봤더니… 말이죠?

생각이 나던 것… 아니었겠습니까? 보다 정확히는, 발굴인가 뭔가가 되던 것… 아니었겠습니까?

예, 오히려 반대로… 그 기억이… 제가 그 실험의 실험체였기에 쌓을 수밖에 없었었던 기억이라는 것을 알려주다 못해… '넌지시'라도… 증명해 주기까지 하는 듯했던… 기억이!

보다 자세히는, 저희 아버지의 학원의 한… 교실에서! 예, 그러니까 그 놀이 시간이 이행되었었던… 교실, 또 그 교탁에서… 저를 바라보고 있었던! 아니 사실상… 내려다보고 있었던 '이름 없는' 여강사와 눈을 맞춰냈었던… 기억이!

보다 정확히는, 그 여강사가 제게 건네줬던 불명의 구절을 듣고… 제가… 얼굴을 붉혀냈었던 기억이! 혹은… 붉혀내'곤' 했었던 기억이… 말이죠.

아… 혹시 방금 제게… 그 여자가… 정녕… '이름 없는 여자'가 맞았냐고… 물으신… 겁니까? 허… 지금 저랑… 장난…치십니까? 당신… 제정신이십니까? 아니 그것도 그건데… 제가… 질문은 안 받겠다고, 아니 나중에 받겠다고 몇 번을….

아… 방금 표현은 좀… 거칠었나요? 다시… 평정을 되찾고….

그랬을 리는… 없죠. 입장 바꿔… 생각해 보십시오. 당신이 딸을 낳으면… 그녀의 이름을… '이름 없는'이라… 지으실… 겁니까? 당신이 그러고도… 부모입니까? 절대… 안 되죠. 아니… 그녀의 이름은… 절대… '이름 없는'이… 아니었죠.

그냥… 예, 그냥… 그 여자에 대해 그 조금의 회상도 이행하고 싶지가 않아서… 그랬던 겁니다. 이름은 물론이거니와… 그 여자에 관한 그 어떠한 기억도… 다시… 들여다보고 싶지가 않아서… 그냥 대충 그렇게… 하고… 넘어가려고… 했었던 겁니다.

아… 근데 언제까지 그렇게 얘기할 수는 없을 테니까… 그냥… '쥐약'…이었다고… 해두죠? 저희 둘… 아니 저희들 모두의 편의를 위해….

다시는 치즈를 못 먹어도 돼!

집앙이라는 여자

앞으로 제가 드리는 이야기가… 어떻게 들리든 간에! 여러분들
께서 절대 잊어서는 안 되는 사실은… 결국… 그것들은… 다 제 기
억 속에 남아 있기'는' 했었다는 것…입니다. 물론 그 기억'들'은…
그 기억의 전후에 해당할 만한 '다른' 기억들이 누락… 혹은 침식되
어 줬던 덕분에, 유사성을 지니고 있기만 할 뿐, 완전히 별개의 기
억이라 취급될 만큼… 아예 분리되어 있었던 두 덩이의 기억들이었
긴 했지만! 풀어보자면, 도저히 연결시켜 내 보기도 뭐했을 만큼…
분리되어 있었던… '놀이 시간이란 것에 몸담았었던 기억'과! 그와
같은 교실에서… '여강사와 눈을 맞췄었던 기억'… 예, 그 두 덩이의
기억들이… 그에 관한 기억들의 전부였긴… 했지만! 어쨌든 간에…

다시는 치즈를 못 먹어도 돼!

아예 없었던 것은… 절대… 아니었더라는 이야기죠. 더해 앞서 언급했듯… 그 강연을 보고서, 그런 고뇌에 몸을 담가보지 않았었더라면… 그 두 덩이의 기억 중… 한 덩이이자… 후자의 기억은… 어쩌면, 아예 발굴해 내지도 못했었을 만큼, 그를… 잊힌 기억이다 못해… 어쩌면… '아예 존재하고 있지도 않았었던 기억'이라 취급하고 있었던 것 역시 맞지만! 그래도 뭐… 어쨌든 간에… 그런 기억들이 존재하고'는' 있었다는 것 자체는 사실이고, 또 그 사실만큼은… 절대… 잊어서는 안 되는 겁니다, 아시겠죠?

뭐… 됐고… 말이죠? '어쨌든 간에'… 혹은 '이러나저러나'… 그 불쾌한 기억들! 혹은… 파편들과의 조우를 끝마쳐 냈던 그 당시의 제게… 이행해야 할… 것? 또 이행할 수 있었던 것은… 당연하게도, 그리 많지마는… 않았었더랬죠. 기껏해야… 그네들을… 하나의 기억으로 이어 붙이는 데에 필요한 연결고리를 찾아내는… 것…뿐이었더랬죠. 보다 자세히는, 연결고리가 되어줄… '다른' 기억들이자… 그사이의 기억들! 예, 있을 수밖에 없고, 또 있어야만 했던 그런 기억들을 찾아내는 것…뿐이었었더랬죠. 물론 그것을 찾아내고, 또 그로써… 그것을… 하나의 완연한 기억으로 변모시켜 내는 것은… 곧… 저 자신이… 실험체가 맞았었다는 것을 제 손으로 증명해 내는 꼴이었긴 했지만! 예, 그러니까… 저 자신의 몸뚱어리를… 불쾌한 수렁 속에 빠뜨려 내기 위해서… 안간힘을 써대는 꼴이었긴 했지만, 그래도… 어쩔 수… 없었어요. 그네 둘을 마주해버린 그 당시의 제게… 남아 있었던 선택지는… 그것…뿐이었었죠.

물론 뭐… 당연한 이야기이긴 하겠습니다만, 그것은… 머리를 굴려보는 것 따위로는 해결해 낼 수 있는 문제가… 아녔었긴 했죠. 아니 그로써 그를 해결해 낼 수 있었더라면, 애초에… 그네들 사이에 '기억의 공백'이랄 게… 남지도 않았을 것… 아녔었겠나요? 예, 당연한 이야기겠지만, 만약 그것이… 머리를 굴려보는 것만으로도 가능한 일이었더라면, 애초에 그… 여강사와의 기억을 떠올려 냈던 그때… 그 전후에 해당되었던 기억도 같이… 떠올려 낼 수 있지… 않았겠나요? 물론 그 기억 자체도… 깊은 고심 끝에 발굴해 낸 기억이었기는 했었던 만큼, 그의 곱절은 더 되는 시간을 더 태워 낸다면, 다른 기억들을 발굴해 낼 수 있었을지도 모르는 상황이었긴 했지만! 예, 그 가능성을… 아예… 염두에 두지 않았었던 것은 아니었긴 했지만….

　그것 하나만을 믿고서… '또다시' 고뇌 속에서 시간을 태워내기에는… 그 당시의 저는… 너무… 지쳐 있는 상황…이었었더랬죠. 또 여담이라면 여담이었겠지만, 그런 이성적인 판단도… 할 수가 없었던 상황…이었고 말이죠.

　맞아요. 그 당시의 저는… 몹시도… 급했었어요. 빠르게 그 기억의 실체를 찾고서, 또 그로써… 그 의심에 대한 결론을 내리고, 또 끝으로… 그로써… 빠르게 그와의 작별을 이행해 내고 싶다는 생각…뿐이었었어요. 물론 그 어떠한 결말이든 다… 용인해 낼 수 있었던 것은 아녔었겠지만! 예, 그 당시의 제가 원했었던 결론은… 제가… 그 실험의 실험체가 아니었었다는 것 하나뿐이었긴 했겠

　　　　　　　　　　　　다시는 치즈를 못 먹어도 돼!

지만… 어쨌든! 이러나저러나… 그를 빨리 매듭지어 내고 싶어 했었던 것 자체는… 사실이었긴… 했죠. 그 의심에게… 그 이상의 감정… 또 시간을 소모하고 싶지 않아 했었더라는… 이야기죠.

그런 저의 바람이… 음… 신에게 닿았던 것이었을까요? 아니 방금 같은 표현은… 솔직히 우습지도 않고, 그냥… 그 덕분에, 제 머리가… 비상하게 돌아가기 시작했던 덕분이었을까요? 뭐… 경위가 무엇이었는지는 모르겠지만, 어쨌든 간에… 그 당시의 저는… 말 그대로… 기적적이었게도… 발상의… 전환? 아니 어쩌면, 새로운 작전의 수립에 성공해 낼 수… 있었답니다? 예, 잊힌 기억들을 찾아내… 그네들을… 봉합… 혹은 복구시켜 내는 것을 과감히 포기해 내고서… 그와는 전혀 다른 방식으로… 그 끝에 한번 닿아보자는… 혁신적인 작전을 하나… 수립해 낼 수 있었더라는 거죠.

간단한… 이야기입니다. 그런 시간이 존재했었다는… 것을! 보다 정확히는, 제 기억 속의 그 놀이 시간이… 실제로는… 실험 시간이 맞았었고, 또 제가 그의 피해자였다는… 것을… 증명해 낼 수 있을… 눈에 보이는 증거를 찾아내는 쪽으로다가… 가닥을… 잡아보기로 했었더라는 거죠. 물론 꽤 오래전에 있었던 사건에 대한… 실재하는 증거를… 그때 그 시점에서 찾아낼 수 있을 확률은… '사실상'… 0%에 준한다고 여겨졌긴 했지만, 그래도… 그건… 좋게 보면, '준한다'… 정도에서 마무리 지어낼 수는 있었던 것이었기는… 했잖습니까? 예, '못해도'… 성공 가능성이 0%라 느껴졌었고, 또 그렇게 잠정 결론을 내려두기까지 했었던… '잊힌 기억'… 혹은 잊혔다고 확신… 내지 가정할 수 있을 다른 기억들을… '되'찾아 내는 것보다는… 그것이 훨씬 더… 나은 선택지이지… 않았겠습니까? 해 볼 만한 선택지까지는… 아니었을지 몰라도… 최소한… 최소한… 그것보다는 나은 선택지이지… 않았을까요?

또 더욱이 그것은… 비록 하나뿐이었긴 했지만, '믿는 구석'이랄 게… 존재해 주기는 했었던 방식이어 줬기까지… 했으니까… 말이 죠. 다른 표현으로는, 그 당시의 저는… 눈에 보이는 증거를… 단 하 나, 또 '당장'… 찾아내 볼 수'는' 있는 상황…이었기는… 했었거든요.

맞아요. 저는… 몹시도 쉽게… 찾아내 버리고야 말았었어요. 그 당시의 제가 찾았던 '첫 번째 증거'이자… 그 당시의 제게 있었던 유일한 믿는 구석이었던 것은… 바로… '칼럼'…이었죠. 저는… 인 터넷 검색창에다가… 아버지의 이름 석 자를 박아 넣는! 또 더해… 그렇게 나왔던 검색 결과들에서… 동명이인과 관련된 것들을 솎아 내는… 그 최소한의 노력을 기울여 내는 것만으로도… 그 옛날의 아버지가 작성했던 칼럼과… 눈을… 맞춰낼 수 있었었더랬죠.

예, 그 칼럼은… 실재했었어요. 그 칼럼에는… 아버지가 그 강연 에서 얘기했던 실험의 내용과… 결과, 또 어쩌면 결론들이… 고스 란히 담겨 있었어요. 또 그 시험지에 해당되는 듯했던 사진들 역시 도… 다 담겨… 있었고요. 그 강연에서 아버지가 뱉어냈던 그 말들 은… 모두… 진실이었었어요. 보다 정확히는, 진실이어… '줬'어요.

하지만 애석하게도… 그뿐…이었긴 했죠. 애석하게도, 그것은… '증거'가 되어주지… 못했었어요. 예, 그것은… 겨우 '그까짓' 노력을

다시는 치즈를 못 먹어도 돼!

투자했었던 것마저도… 시간 낭비에 지나지 않았었다 여겨졌을 만큼… 효용가치가 없었던 증거…였었더랬죠. 그도 그럴 것이… 그 기사에는! 또 그 기사에 박혀 있었던 사진 속의… 성적표들에는! 그 어떤 이름도… 예, 그 누구의 이름도… 박혀 있지가… 않았었거든요. 보다 정확히는, 가려져… 있었거든요. 그 칼럼과… 그 속을 채우고 있었던 사진들이… 불특정 다수들에게 공개되는 것이라는 것을… 잘 알고 있었던… 그 칼럼의 저자가! 보다 정확히는, 그를 의도하다 못해… 주도했을 저자가! 그 4명의 학생들에게…그네들의 이름을 가려주는 최소한의 배려를… 이행해 둔 채로… 그 사진을 실어버리는… 미치고 팔짝 뛰겠었던 행위를….

음… 어쨌든요. 그로써… '진짜' 단 하나뿐이었던 믿는 구석이… 사실은… 믿을만한 것이 아니었었다는 것을 알게 되었던 그 당시의… 제가! 키보드와 마우스에서 손을 떼버리고야 말았었던 것은… 어찌 보면… 당연한 수순이었지… 않았을까요? 보다 정확히는, 그로써… 그것 외의 무언가를 담고 있을 리는 만무하다고 여겨졌던… 컴퓨터를 향한 모든 기대를 거둬버리고서, 다른 쪽으로 노선을 선회하는 것을 택해버렸던 것은… 어찌 보면… 당연한 수순이었지… 않았을까요? 아 물론… 지금에 와서 돌아보면, 그 칼럼을 빚어내기 위해… 한때나마 파일의 형식으로다가 존재하기'는' 했었을… 그 시험지들의 스캔본을 찾아내는 것을… 가닥으로 잡아보는 것도… 어쩌면 나쁘지 않은 선택지였을 수도 있겠다는 생각이 들기도 하지만, 뭐… 그 당시의 저는… 앞서 언급했듯… 그리 이성적이지 못했던 상황…이었으니까….

또 어차피 이러나저러나… 그 선택… 역시! 보다 자세히는, 노선을 선회해야겠다는 판단을 내림과 동시에… 어쩌면 무의식적으로… 아버지의 서랍으로… 손을 가져가 버렸던 선택이… 그 당시에는 당연히 몰랐었지만, 놀랍게도… 정답이었기는… 했었으니까….

음… 맞아요. 저는… 있잖습니까? 그렇게… '무의식적으로' 아버지의 서랍을 열어재껴 냄과… 동시에! 눈을 맞춰버리고야… 말았답니다? 아버지의 책상 서랍에 터를 잡아뒀다고 해서… 사실… 안 될 것은 없는 물건이었긴 했지만, 상황이 상황이었던 만큼… 그곳에 터를 잡아뒀던 게… 그리… 곱게 받아들여지지는 않았었던… '김학필'이라는 글귀가 박혀 있었던 서류봉투와… 말이죠.

보다 정확히는, 그 안에 들어 있었던… 제 성적표들, 또 시험지들과… 말이죠. 자세히는, 만미중학교와 산연고등학교가 뱉어냈던 성적표들은 물론이거니와!

김학필의 이름이야 박혀 있었다지만, 학교 이름 따위의 발행처가 표기되어 있지 않았을뿐더러! '국어 문제'인지… '수학 문제'인지를 알 수 없었을 만큼… 난잡하고, 조잡하기 짝이 없었던 문제가… 딱… 다섯 개… 박혀 있었던… 2장의 시험지들과도… 말이죠.

아… 근데… 있잖습니까? 만약 그네들이… 그 당시의 제가 눈을 맞춰냈던 이들의 전부였더라면, 저는… 방금 같은 이야기를… 부러 꺼내지… 않았을 겁니다. 예, 그네들을… 제 토크쇼의 일부로 써먹지는 않았을 것이라는… 이야기죠.

다시는 치즈를 못 먹어도 돼!

맞아요. 그네들이 전부가⋯ 아니었었어요. 왜 그곳에 터를 잡아 됐는지는 모르겠었지만, 그래도⋯ 그와 그 서랍의 주인은⋯ 아버지 와 아들의 관계이기는 했었던 만큼, 터를 잡을 수 있기'는' 했었던 그네들'만'이⋯ 그곳에 터를 잡아뒀었던 것들의 전부이지는⋯ 않았 었다는 거예요.

그곳에 터를 잡아뒀었던 다른 이들이자⋯ 제 시험지 뒤에⋯ 자 기네들의 몸뚱어리를 숨기고 있었던 것들의 정체들은⋯ 바로⋯.

3장의 시험지들⋯이었죠. '문혁대'라는 이름이 박혀 있었던 시험 지⋯ 1장과! '송석민' 따위의 낯설디낯선 이름이 박혀 있었던 시험 지⋯ 1장! 또 끝으로⋯ '박성식' 따위의⋯ 송석민만큼이나 낯설어 빠졌었던 이름이 박혀 있었던 시험지⋯ 1장까지! 도합 3장의 시험 지들⋯이었죠. 모두가 하나같이⋯ 다섯 문제들을 박아뒀었긴 했지 만, 애석하게도, 죄다⋯ 각기 다른 문제들만을 박아뒀던 시험지들 이었던 만큼, 얼핏 봐서는⋯ 공통점이 없어 보였지만⋯.

놀랍게도⋯ 모두가 하나같이⋯ 앞서 언급해 뒀던⋯ 김학필의 것 들 중의 몇몇처럼⋯ 발행처를 박아두지 않아 뒀었던⋯ 신원불명 의⋯ 낯설디낯선 시험지들⋯이었죠.

'심지어' 그네들에서 끝이⋯ 아니었고⋯.

놀랍게도⋯ 도합⋯ 3장의 이력서들까지도! 아니 어쩌면, '역시 도'⋯ 함께⋯ 들어 있었었던 것⋯ 아니었겠나요? 예, '김학필'이라 는 글귀를 새겨뒀던 봉투에 있을 만하지 않았었던⋯ 그네들이! 보 다 정확히는, 있어야 할 이유 자체가 없어 보였던⋯ 그네들이⋯ 그런 불편하면서도, 또 저의도 알 수 없겠었던 동침을 이행하고… 있었더라는… 거죠. 보다 정확한 표현으로는, 그네들이 그런 동침을 이어가고 있었던 것을… 제가… '마침' 발각해 버렸던 것…이었겠지만! 예, 그렇게 표현하는 게 맞겠지만….

음… 어쨌든요. 저는… 있잖습니까? 그네들과 눈을 맞춰냄과 동시에… 알 수… 있었어요. 그네들은… 조금 전의 제가 그토록 간절히 찾았었던 '모든 것'이라는… 것들을… 말이죠.

아… 방금… 뭡니까? 혹시 제게… 그 당시의 제가… 간절히 찾았던 그 '모든 것'들을 다 찾아낸 게… 맞기는 한 거냐고… 물으신… 겁니까? 제발… 제발 적당히 좀 해주실 수는… 없으신… 겁니까? 그럼 그 당시의 제게… 뭐가 더… 필요…했겠는데요?

아… 아… 다시… 다시 평정을 되찾고….

음… 어쨌든요. 무슨 부연 설명이 필요하겠습니까마는, 이러나 저러나… 그네들과! 보다 정확히는, 제가 그 실험의 실험체였다는 것을… 온몸으로 알려주고 있는 듯했던 그네들과 눈을 맞춰냈던… 그 당시의 제가… 해야 했고, 또 할 수 있었던 일은… 결국… 단… 하나…뿐이었었더랬죠.

그 3장의 이력서에 기재되어 있었던 각기 다른 번호들에게… 전화를 걸어보는… 것! 아니 어쩌면, 돌려보는 것…이었죠.

뭐… 인정합니다. 강연의 내용, 또 제 남아 있던 기억들로 미루어 봤을 때, 그 실험인가 뭔가 하던 것은… 무려… 12년 전에 자행되었던 것…이었기는 했죠. 그는 곧… 그 이력서 역시도… 12년? 아

다시는 치즈를 못 먹어도 돼!

니 어쩌면… 그에다가 몇 개월이 덧대진 세월 전에… 빚어진 것이었다는 의미가 되겠고! 그 12년의 세월은… 그 이력서에 기재되어 있었던 번호이자… '그때만 해도' 누군가가 사용하고 있었을 번호를… '없는 번호'로 전락시켜 내는 데에 부족함이 없었을 만큼 긴 시간…이었긴 했죠. 보다 정확한 표현으로는, 그 당시의 저라고… 그걸… 몰랐던 것은… 아녔었어요.

그랬으니만큼… 그 당시의 저는… '다짜고짜' 전화를 걸어보는 것은… '무모한 방법' 이상의… 그냥… '틀린 방법'이 될 공산이 큰 행위일 것이라는 생각을… 당연히도 품어뒀던 상황…이었답니다? 예, 또… 그와 결이 같게도, 다른 방법을 찾아 나서는 것이 더 낫지 않겠냐는 생각 역시도… 품어뒀던 상황…이었고 말이죠. 아니 '최소한'… '아예' 안 품어두지'는' 않았었던 상황…이었었어요, 진짜로.

하지만 뭐… 그렇다고 해서… 달리… 방법이 있었겠나요? 그 당시의 제게… 다른 방법이랄 게… 있었겠나요? 그런 게 있었거나… 그런 걸 꽃피워 낼 수 있었더라면, 실제로… 첫 번째 이력서에 기재되어 있었던 번호가… '이미'… '언젠가부터' 없는 번호가 되어버렸었다는 것을 알려주던 기계음을… 고막 너머로 넘겨냄으로써, 그 우려가… '기우'가 아니었다는 것을 알게 되는… 진 빠지는 상황에 닿지도 않았을 것… 아녔었겠나요?

또 그렇게… 한 번의 실패가 낳은… 그리 가볍지 않은 실망감을 앓으면서도! 또 그 행위를 지속하는 것이 맞는가에 대한 의심을… 앓으면서도… 두 번째 이력서에 기재되어 있었던 번호를… 지체 없이… 제 휴대폰에 박아 넣는 행위 역시도… 이행하지 않았을 것…
아녔었겠나요?

물론… 말이죠? 방금 같은 표현을 썼긴 했지만… 사실 그것은….

뭐… 바로 말씀드리겠습니다. 저는… 있잖습니까? 그랬던 제 노
력과 용기가… 무색하지 않았게도! 그와 동시에… '최소한' 그 번
호가 없는 번호이지는 않다는 것을 증명해 주던… 그… 뭐라고 합
니까? 예, '통화연결음'을 고막 너머로… 넘겨낼 수… 있었고!

그로부터 20초 살짝 안 됐었던 시간을… 시간을… 숨을 죽여가
며 태워낸… 끝에! 당연하다면 당연한 이야기겠지만, 신원불명이었
던… 목소리! 하지만 뭐… 다행스럽게도, 여성이라는 것만큼은 확
신해 낼 수 있었던 목소리가 입혀져 있었던 다음과 같은 구절을…
받아 챙겨낼 수… 있었더랬죠. 첨언하자면, 앞서… 첫 번째 번호가
'없는 번호'가 되었다는 것을 알려주던 그 기계 여자의 목소리와는
달리… 확실히… 사람의 것이기는 했었던 목소리가… 입혀져 있었
던 구절을… 말이죠.

"여보세요?"

음… 글쎄요? 무슨 부연 설명이 필요하겠느냐마는… 그 구절
은! 제가… 다음과 같은 답변이자… 반문을 뱉어내게 만들었던 구
절…이었고!

"여보세요? 그… '쥐약'… 님… 전화… 맞으십니까?"

그 답변이자… 반문은… 놀랍게도! 또 그 당시의 저로서는… 알
길이 없었었지만, 그녀가… 고막 너머로 넘겨냄과 동시에… 제 심

다시는 치즈를 못 먹어도 돼!

장을 미친 듯이 뛰게 만들었던… 역시 답변이자 반문이었던 그 구절을 뱉어내게끔 유도해 '줬'던 구절…이어'줬'더라고요? 아 물론… 시간이 꽤 많이 흘렀기야 했었다지만, 그래도 그것이… '한때는' 쥐약의 번호였었기는 했었던 만큼, '그때도' 쥐약의 번호였을 가능성이… 아예… 0%였던 것은 아니었긴 했지만! 예, 그랬으니만큼… 그 답변은… 사실… 확률이 희박하기는 해도… 흘러나올 수'는' 있었던 답변이었고, 또 그랬으니만큼… 그를 받아 챙겨냈던 그 당시의 제가… 그 답변이 제 고막 속으로 날아들어 와 줬던 것을… '기적'에 가까운 것이라 여길 필요까지야… 없었었던 것 같긴… 하지만! 어쨌든… 예, 어쨌든! 그 당시의 제게 그것은… 기적 같은 일이었긴… 했어요. 보다 정확히는, 그 당시의 저는… 그를… 기적이라 받아들였었어요. 아무래도 그 당시의 저는… 그만큼… 간절하고, 또 절박했던… 상황…이었긴… 했으니까….

"네. 쥐약… 맞는데… 누구세요?"

물론… 당연한 이야기겠지만, 그것이 아무리 기적 같은 상황이었다 해도… 그때는 '아직'… 혼절인가 뭔가를 이행해 버려서는 안 되는 상황이었긴… 했던 만큼! 예, 사실… 따지고 보면, 그때는… '이제야' 뭔가가 시작되고 있었던 상황이었던 만큼, 저는… 그 어느 때보다도 무겁고 걸쭉했던 마른침을… 목 뒤로… 억지로 삼켜내고서는, 다음과 같은 답변이자 반문을… 뱉어내 버리고야… 말았었더랬죠.

"아… 그… 안녕하세요? 저는… 필소학 단과학원에서… 그… 수

업? 어… 그… 수업… 예, 수업을 들은 적이 있었던… 김…학필이라
고… 합니다. 혹시… 그 학원에서… 강사로 재직하셨던 적이… 있
으…셨는지….”

아… 이쯤에서… 잠깐! 저… 하나만 여쭤보고 가도… 될까요?

딱… 방금까지는… 진짜! 예, 방금까지의 문답은 진짜… 일반적
인 대화이지… 않았었습니까? 예, 그러니까 ‘누구든’ 주고받을 수
있었던 문답…이었지… 않았습니까? 그 수화기 너머의 상대방이…
쥐약이었든… 그냥 동명이인이었든 간에… 충분히 뱉어낼 수 있고,
또 뱉어내 봄 직했던 답변…이었지… 않았냐는 거죠.

근데… 있잖습니까? 그를 고막 너머로 넘겨냈었던 그 당시의 그
녀가! 예, 그전까지만 해도… 앞서 언급했듯… 보편적이기 짝이 없
었던 문답을 이어가고 있었던 그녀가… 그를 넘겨냈던 직후에… 뱉
어냈었던 답변이… 뭐였는지… 압니까?

허… 무려… “죄송해요.”…였다면… 믿으시겠습니까? 믿으실
수… 있으시겠습니까?

아… 죄송해요. 제가 잠시… 흥분했네요. 예, 그 뒷이야기들을
다 알고 있는 입장이었어서… 잠시 흥분을 해버렸는데… 다시…
예, 다시 평정을 되찾고….

아… 물론 그건 있죠. 그 “죄송해요.”…인가 뭔가가… 사실… 그
런 느낌의 “죄송해요.”…였을 가능성도… 없지는 않았겠죠. 누군가
가… 상대방에게… 그 상대방이 전화를 잘못 걸었다는 것을 알려
주기 위해서! 아니면 반대로… 그 누군가가… 자신이… 상대방이

다시는 치즈를 못 먹어도 돼!

찾는 사람이 아니라는 것을 알려주기 위해서… 통상적으로 뱉어내
는… 관용구에 해당되는 '죄송해요.' 따위였을 가능성도… 없지는
않았겠죠. 예, 그럴 가능성도… 배제할 수야… 없었겠죠. 여러분들
중에서도… 그 당시의 그녀의 그 "죄송해요."를… 그렇게 해석하신
분들이 계실 수도 있을 테니까… 뭐….

음… 각설하고요. 이러나저러나… 뭐… 그 당시는… 아직… 정
해진 것이 없었던 상황이었던… 만큼! 달리 말하면, 그 당시의 저
는… 아직… 아는 게 없었던 상황이었던… 만큼! 그 당시의 제가…
다음과 같은 답변이자 반문을 뱉어냈었던 것은… 어쩌면… 당연한
수순이었지… 않았겠나요?

"죄송…하다고요?"

다만! 예, 다만… 이것은 절대… 당연한 수순이지… 않았었죠.
보다 정확히는, 그를 넘어… 예상치도 못했었던 일…이었죠. 그 당
시의 그녀가… 제게… 다음과 같은 답변이자….

무려… 자백의 언사이기까지 했었던 것을… 뱉어내 '줬'던 것
은… 말이죠.

"당신의 인생을… 망쳐버려서… 너무… 죄송해요…"

아… 뭡…니까? 혹시 방금… 제게… 그녀가 정녕 그런 답변을
뱉어내 줬던 게… 맞냐고… 물으신… 겁니까? 자꾸… 자꾸 그럴…
겁…니까? 제발 가만히 좀 있어 주시면! 아니 계셔 주시면… 안…
됩니까? 정녕… 그럴 수 없는… 겁니까? 지금 당신 때문에… 토크
쇼가… 몇 번이나 중단되었는지… 알고는… 계신… 겁…니까? 제발

적당히… 좀… 해주시면….

아… 방금… 뭡니까? 뭐라고… 하신… 겁니까? 제게… "호전되지 않았다고 전하겠습니다." 따위의… 구절을… 건네주신… 겁…니…까? 아니 그따위 망발을 뱉어내신… 겁…니까? 그게 대체 무슨… 개소리….

아… 알겠다. 당신… 임승현…이지?

그럴 줄… 알았어.

아니… 그냥… 그럴 거… 같았어.

"맞습니다. 저는… 뭐… 죄수 번호 4051… 김학필. 당신의 간수… 임승현…입니다. 아 물론… 당신만의 간수인 것은 아니긴 하지만… 어쨌든… 뭐… 처음부터… 저였습니다. 그럼 저… 말고… 여기에… 누가… 있겠습니까? 새삼스럽게… 왜 그러십니까? 다 알고 하신 거… 아니십니까?"

아… 역시… 그런 거지?

카메라… 꺼. 토크쇼… 여기까지! 촬영 끝! 카메라… 꺼. 다 꺼, 빨리. 뭔 놈의… 뭔 놈의 토크쇼야, 짜증 나게… 진짜….

다시는 치즈를 못 먹어도 돼!

Off the Record

솔직히⋯ 아까부터⋯ 좀 이상하다고⋯ 생각했었어. 계속⋯ 되도 않는 질문을 던질 때부터⋯ 좀⋯ 이상하다고 생각했었다고! 자꾸⋯ 말을 끊고, 질문을 던져서 이상하다고 생각했었던 것도 맞고, 그냥⋯ 그냥 질문 자체가 이상한 질문들이었어서⋯ 그렇게⋯ 생각했었던 것도 맞지. 처음에는⋯ 그냥 뭐⋯ 단골? 뭐⋯ 그런 건 줄⋯ 알았는데⋯ 뭔가 좀⋯ 아무리 그래도⋯ 좀⋯ 그렇긴 하더라고? 아⋯ 실제로도⋯ 단골인 건⋯ 맞긴⋯ 하겠네, 그지?

"뭐⋯ 맞습니다. 하루 이틀도 아니고, 그냥⋯ 거의 매일 밤마다 듣고 있는 사람이니까⋯ 모르는 게 더⋯ 이상하지⋯ 않겠습니까? 어느 부분이 어떻게 틀렸는지⋯ 다⋯ 아니까⋯ 그냥 잠자코⋯ 가만

다시는 치즈를 못 먹어도 돼!

히 듣고만 있기가 좀… 그랬었어…가지고….”

이게… 이게 갑자기 무슨 소리일까? 무슨 어이없는… 개소리…
아니 개헛소리…일까? 어디가… 뭐 어디가… 어떻게… 틀렸는데?
내가 뭔 이야기를… 잘못…했는데? 네가 나에 대해서… 알아봤
자… 얼마나 안다고….

“자꾸… 왜 그러십니까? 솔직하게… 얘기해 봅시다. 쥐약? 그 여
자가… 언제… 자기가… 선생님의 인생을 망쳤다고… 얘기…했습니
까? 그래서 죄송하다는 말을… 언제… 했습니까, 대체? 안 그랬잖
습니까? 그 사람… 아무것도 몰랐었잖습니까.”

아… 그거였어? 내가 그걸… 그렇게 얘기하고 ‘치워버렸던’ 게…
그렇게… 아니꼬웠던 거야? 그런 거였으면… 진작 얘기하지 그랬어?
그것만 정정하면… 돼? 그것만 정정하면… 다… 만족할 수 있어?
다른 거 더 필요한 거 있으면… 지금 얘기해. 난 또 뭐라고, 진짜….

그래 미안해. 내가 다… 정정할게. 맞아, 맞아! 쥐약… 그 여자
는… 아무것도 모르고 있었지. 그 어떤 것도 기억하지 못하고… 있
었고 말이야. 그래, 그래! 한때 우리 학원에서 일했었던 적이 있었다
는 것을 기억하고 있었던 것이… 기적이지 않았을까 싶었을 만큼…
진짜… 아무것도 기억하지 못하고 있었지. 그래 맞아… 그랬던 사람
이… 나한테 죄송하다는 말을 했을 리는… 없겠지. 그래 그건 불가
능한 일…이었겠지. 당신… 말 잘했어, 맞아. 내 얘기… 제대로 들어
주고… 있었나 봐? 고마워, 고마워. 아 정말… 너무너무 고마워.

그래 뭐… 그 여자는… 그런 사람이었어서… 내게… 그런 말을

해주지도 않았었고! 또 그런 사람이었던 덕분에, 좀 많이… 힘들었기도 했지. 그 여자를… 바깥으로 끄집어내는 일은… 말이지. 그래 그 여자를 만나는 일은… 말이지. 그건… 읍소? 설득? 아니 어쩌면… 구걸이었을 수도 있었던 행위를 이행해 내야만… 성사시켜 낼 수 있었던 일…이었어.

아니 어디… 그냥 읍소이기만… 했겠어? 알다시피… 나는… 그녀가… 그 실험에 대해 어떤 감상이나 견해를 지니고 있었는지에 대해서도… 알지 못하고 있었던 사람이었…잖아? 아니 그 전에… 그녀가… 그것이 수업이 아닌 '실험'이었다는 것을 알고는 있는지에 대해서도… 아는 바가… 없었던 사람이었…잖아? 그랬었던 만큼… 훨씬 더 복잡하고, 또 고차원적인 읍소를 이행해 내야만… 했지. 본질을 건드려 보지는 못하고… 빙빙… 돌아가는 방식의 읍소를… 진행해 내야 했었…다고.

그래 그건 정말 고역이었긴 했지만, 뭐… 그런대로… 괜찮았기는 했었어. 아니 괜찮았다기보다는, 그냥… 참고… 해볼 만은' 했던 일…이었어. 내 인생을 망가뜨려 버린 일생일대의… 사건의… 진실을 찾아나가는 여정이었는데! 고역이라 여겨진다고… 안 할 수… 있었겠어? 아무리 힘든 일이더라도… 꿋꿋이 참고… 이행해야지. 그래 다 이겨내고… 이행하는 게… 맞지, 안 그래?

아… 아냐. 그 여자 이야기는… 그만…할래. 아니… 그만하자고. 그런… 그런 나쁜 사람 이야기는… 그만…하자고. 하기 싫어졌어. 아니… 늘 하기 싫었던 게 맞겠지만, 어쨌든… 그만할 거야. 딱… 여

다시는 치즈를 못 먹어도 돼!

기까지만 할게. 그 여자는… 괜히 만났다는 생각이 들었을… 만큼! 또 괜히… 읍소인가 뭔가를 진행했었다는 생각이 들었을 만큼! 끝까지… 끝까지… 그 어떤 것도… 기억해 내지… 못했어. 여기까지야, 알겠지? 정정했으니까… 만족…하지? 나 진짜… 그만한다?

그래 뭐… 그랬으니만큼, 당연한 이야기겠지만, 나는… 그 무의미하기 짝이 없었던 그 여자와의 만남을… 서둘러… 매듭지어 내고서는 다시… 학원으로 돌아가 버렸어. 그래 어쩌면… 유일한 복수의 대상이자… 반드시 죗값을 치러야 하는 유일한 사람이었던 아버지를… 찾아가 버렸다는… 이야기지.

"정말 그냥… 무의미하기 짝이 없었어서…"

조용히 좀… 해봐. 아니 그냥… 닥쳐봐, 좀.

다시… 다시….

그…래. 냅다 그 여자에게서 도망쳐 나와… 학원으로 내달렸던 선택은… 뭐… 정말 다행스럽게도, 정답…이기는 했던 선택…이었더라고? 사실 뭐… 학원 원장이라는 작자를 만나기 위해 학원으로 내달렸던 게… 뭐… '당연한 선택' 그 이상의 뭔가를 지닌 선택이기야 하겠느냐마는! 어쨌든 간에… 그건… 일단은 옳은 선택…이어 줬긴 했어.

뭐… 다른 건 몰라도… 그곳에 닿아서… 그 원장실 문에 박혀 있었던 도어록인가 뭔가를 빠르게 풀어재껴 내고서, 문을 부술 듯이 열어젖힘으로써! 나는… 컴퓨터 책상에 앉아… 나와 눈이 마주침과 동시에… 내게… 다음과 같은… 인사말다운 구석이 조금도 없었던 구절을… 인사말로 간택하는 우를 범했던… 아버지와의…
불편하디불편한 재회를 이행해 낼 수… 있었으니까! 그것이… 옳은
선택이어 주기는 했었다고… 얘기해 봐도 되지 않을까 싶은데…아
닌가? 당신 생각은… 어때?

　"니 뭐… 내 책상… 뒤짔나? 아부지 책상을… 만다 함부로 뒤지
노? 왜 그랬노?"

　음… 글쎄? 다른 건 몰라도… 말이지? 아무래도 그 질문은…
다음과 같은… 뭐… 간단명료했기 짝이 없었던 답변을 뱉어내는 것
으로다가… 쉽게… 응수해 낼 수 있는 질문이었기는… 했었던 것
같아. 뭐… 아쉽게도, '증인'이야 확보하지 못했었다지만, 그래도 어
쨌든 간에… '피해자'의 신분 정도를 꿰차내는 데에는 성공한 채로!
그래 그에 한해서 만큼은… 확신을 품어둔 채로! 과거의 내게… 인
격 말살적인 행위를 결행해 냈던 가해자에게… 응수인가 뭔가를
이행해 내는 상황이었던 만큼! 그 어느 때보다도… 격양된 목소리
와 어투로다가… 그를… 뱉어낼 수 있기까지… 했었더랬지.

　"뭐… 저한테… 못 보여주실 거라도… 있으신… 겁니까?"

　음… 글쎄? 사실 나도… 이해하는 편이긴 해. 그 당시의 그가…
연수인가 뭔가를 위해…'자의로' 내게… 사적 공간을 내어줬었던
것은 맞지만, 그에… 내가… 진정한 의미의 사적 공간이었던 자신의
서랍을 뒤져대도 된다는 의미가 포함되어 있지는… 않았었잖아? 아
물론… '사고'로라도… 그런 일이 일어날 가능성을… 조금도 염두에
두지 않았었던 것은… 뭐… 그의 불찰이었다면 불찰이었겠지만….

　　　　　　　　　　　다시는 치즈를 못 먹어도 돼!

어쨌든 간에… 그랬던 입장이었으니까… 아무래도… 그럴 수밖에 없었을 것이라 생각해. 맞아, 그 당시의 그가… 그따위… 고운 구석이라고는 없었던 어투로다가… 다음과 같은 반문을 뱉어냈었던 것? 충분히 이해되는 선택이었던 것 같기는… 해. 내가 피해자였고, 그가 가해자였던 걸 떠나서… 그 행위? 아니 어쩌면… 그 반응 자체는… 뭐….

"니 지금… 대답이 와 그렇노, 어?"

물론 그래도… 오해는 하면… 안 된다? 다 이해할 수 있었던 것은… 절대… 아니었다? 딱 그의 어투가… 모난 구석이 있었던… 것! 거기까지이기만… 했어. 그래 뭐… 내 말투가 유순하지 않았다는 이유에 더해… 자신이… 사적 공간을 침해당한 사람이었다는… 이유! 그래 그 두 개의 이유 때문에… 많이도 모났었던 어투를 간택해 냈던 것… 딱… 거기까지만… 이해해 줄 수 있다는 거야. 아니… 있'었'다는… 거야.

달리 말하면, 내가 당했던 것에 비해서는… 새 발의 피도 되지 않았었던 피해를 입었다는 이유… 하나만으로… 정석적인 답변을 뱉어내는 것을… 은근슬쩍… 회피하기까지 했던… 것까지! 아니아니 단순히 반문이기만 했던 게 아니라… 아예… 화제를 돌려버리는 반문이기까지 했던 것을 뱉어냈던 것까지… 이해해 줄 수 있었던 것은… 절대… 아니었다는 거야.

뭐… 그랬으니까… 그랬었던 거…겠지? 그래 그랬으니까…그 당시의 내가… 다음과 같은… 답변이자 반문을… 뱉어내 버렸던…

거…겠지? 그래 그에게… 더 이상의 회피를 용인해 줄 의향이 없다는 것을 밝혀내기 위해…그랬던 거…겠지?

"저한테… 안 미안…하십니까?"

사실 뭐… 특별할 것도 없는 이야기겠지만, 사람 성격… 어디… 안 가더라고? 맞아, 그는… 그런 상황에서도… 어김없이… 회피를 택해버리고야… 말았었던 것 아니었겠어? 아무래도 그 당시의 그가 뱉어냈던 답변이자 반문은… 다음과 같았었으니… 그렇게 봐도 되지 않을까 싶은데… 음… 아닌가?

"내가? 내가 니한테… 대체… 뭘 미안해해야… 되는데?"

솔직히 뭐… 몇 마디를 나눴다고… 벌써 그런 기분이 들었던 것이냐고 물어보면… 나… 할 말 없긴 하겠지만! 솔직히 좀… 그만하고 싶더라? 그런 무의미한 선문답? 지치더라고. 아마… 그 당시의 나는… 그 증거들을 찾느라, 또 그 여자와의 만남을 갖느라… 이미… 지칠 대로 지쳐 있었던 상황이었으니까… 뭐… 그럴 수밖에 없지… 않았을까 싶은데… 뭐… 아님 말고, 그지?

아 굳이… 꼭… 방금 같은 부연 설명을 덧대어 볼 것 없이… 그냥… 사람 심리가 다 그렇지 않겠어? 그따위 무의미한 선문답을… 누가 그리 오래 이어가고 싶어 하겠어! 다들… '본론'이라 부를만한 이야기들을 나누고들… 싶어 하지… 않겠어?

그래서… 그랬던 거야. 맞아, 그래서… 그 어느 때보다도 무거웠던 한숨과 함께… 다음과 같은 구절을… 뱉어내 버렸었던 거야. 아니… 그랬었지 싶어.

다시는 치즈를 못 먹어도 돼!

"저 이제… 다 알고… 있습니다. 이미 다… 찾아뒀기까지… 했고요. 그거… 저… 맞잖습니까? 그… 아부지가 행했다던 실험! 거기 나왔던… 까마귀, 왜가리, 백로… 그런 애들… 중에… 제가… 있었던 거… 맞잖습니까? 아니 그냥… 까마귀와 왜가리 중에… 하나가… 저…였잖습니까? 저… 다 봤습니다. 아부지가 예전에 출연하셨던 그 강연… 사실… 다 봤다고요.

그거… 저… 맞죠? 저랑… 문혁대인가… 그 친구 이야기… 맞죠?"

물론 뭐… 당연하다면 당연한 이야기겠지만, 그를 뱉어냈었던 것에… 후회는… 없긴 해. 그래 언젠가는 꼭… 그런 말을 뱉었어야… 했지. 다른 건 몰라도… 진정… 그 끝을 볼 것이라면, 그를! 혹은 그와 비슷한 구절을… 뱉지 않을 수는… 없었겠지.

아 근데… 살짝… 그런 쪽에서는 아쉬운 게 있긴… 하지. 그래 그런 후회는 조금… 남는 것 같긴 하다는 거지. 그보다 아주… 조금이라도 더 나은… 구절을! 아니 어쩌면, 빚어낼 수 있었을지는 모르겠지만, 어쨌든 간에… 완벽한 구절을 빚어내 뱉어냈었더라면… 상황이 더 낫지 않았을까 따위의… 후회는… 있긴 하지. 그게 어떤 구절이었을지는 모르겠지만, 만약… 내가… 그랬었더라면, 최소한… 그에게서 다음과 같은 김빠지는 답변이자… 반문을 받아 챙기는 일 같은 건… 일어나지… 않지… 않았을까? 아님 말고, 그지?

"갑자기 그게 뭔… 개소리고, 학필아? 니 뭐… 잘못… 무긋나?"

솔직히 얘기하면… 잘… 기억 안 나기는 해. 그 당시의 내가… 공복 상태였는지! 아니면 그의 말대로… 진짜 뭔가를 잘못 먹었던 상황이었는지가… 기억이… 안 나기는 해. 그랬으니만큼… 뭐… 사실 그의 그 말이! 아니 어쩌면, 그 의심이… 사실이었을 가능성도… 있긴 하지.

아… 내가 지금… 무슨 이야기를 하고 있는 거지?

음… 어쨌든 간에… 그 구절을 고막 너머로 넘겨냄으로써, 그가…피가 거꾸로 솟게도… 어김없이… 또 한 번의 회피를 이행해 내고야 말았다는 것을 인지해 내는 데에 성공했던… 그 당시의…내가… 뱉어낼 수 있었던 답변일랑… 사실… 다음과 같은… 보다 더 직설적이었던 답변… 하나뿐이었지… 않았을까? 다른 말이 뭐… 더… 있었겠어?

"저… 저… 솔직히 좀… 이상하다고는 생각…했었습니다. 전 분명… 영재…였는데! 아니 영재 출신이었고, 또 영재였던… 게… 맞는데! 실제로도… 썩… 괜찮았었는데! 중학교, 또 고등학교에… 가니까… 마냥, 또 어째…괜찮지가 않았었어가지고…… 뭔가가 좀 이상하다는 생각을… 많이… 품었었기는 했었어요. 물론 그런… 뭐… 부침… 같은… 거? 당연히… 저만 겪지야 않았겠지만, 그래도! 정도가 좀… 심하다고 생각…하긴… 했었어요. 그 정도로 심하게 겪는 것은… 좀… 말이 안 된다고 생각…하기는 했었더라는 거죠. 아 물론 그런 생각들을… 매 순간마다 품으면서 살았었던 것은… 아니었긴… 했지만….

아… 어쨌든요. 됐고… 다 필요… 없고! 그러다가… 아부지의 그 강연! 그걸 보고 나니까… 다… 알겠더라고요. 그것 보니까… 그렇

다시는 치즈를 못 먹어도 돼!

게 생각해 보면 맞겠다… 싶더라고요. 아니… 싫어졌어요. 그게 처음부터… 잘못되었던 것이었다고! 예, 저는 애초에 영재가 아니었지만, 아부지의 그 실험 때문에… 저 자신을… 영재라 믿고 살아오게 되었던 것이었다고… 생각해 보니까… 아니 어쩌면, '가정'해 보니까… 다… 들어맞더라고요. 아부지의 서랍에서… 이 시험지들도… 다… 찾아냈고… 말이죠.

아부지… 이게… 이게 대체 왜… 있는 겁니까? 제 시험지들, 또 성적표들이야 그렇다 쳐도… 이 사람들 건… 대체… 왜… 있는 겁니까? 대체… 뭔데요, 예? 이 사람들이 뭔데! 누군데! 왜 이 사람들의 시험지가… 아부지의 서랍 속에서… 나오는… 거냐고요, 예?

이제는… 솔직하게… 다… 얘기해 주세요. 결국 다… 조작된 거…였습니까? 그런 거…였습니까? 사실 저는… 처음부터 영재가 아니었고, 또 그럴 재목도… 아니었지만, 아부지가… 제게… 그런 뭐… 오만… 오만 같은 것들을 배양시켜 내셔서! 예, 그럴 수 있는 기억들을 심어내… 주셨…어서! 제가… 제가 여태껏 이따위로 살아오게 되었던 것…입니까? 예, 저 스스로를… 출중한 재능을 지닌 영재라 믿으며 살아오게 되었던… 거…였습…니까? 그래서 지금의 제가… 이 모양… 이 꼴이 된… 거…였습니까? 그런… 겁니까?"

물론 뭐… 내 입으로 직접 이야기하기에는… 좀… 부끄러운 이야기이긴 하겠지만… 말이지? 나 솔직히… 그를… 그리 이성적인 어투로다가 뱉어내지는… 못했었어. 맞아, 약간… 울분을 토해내듯이 그를 뱉어버리는… 실책 아닌 실책을… 범해버렸었기는 했더라는 거지. 아 물론… 그럴만한 주제의 이야기였기는 했고, 또 앞서 언급했듯… 나는… 그를 그렇게 풀어재껴 나가 봐도 되는… 명백한 '피해자'의 신분을 꿰차뒀던 사람이었던 만큼… 그래도… 안 될 것은 없는 입장이었기야… 했었다지만! 아니… 했'겠'다지만! 어쨌든… 그랬었어. 그래… 그래버렸었더라는… 거지.

아… 방금 같은 표현을… '부러' 꺼냈던 이유에 대해… 묻는다면….

뭐… 간단하지. 그 당시의 내 상태가… 아무리… 그랬었다고… 해도! '그때까지는'… 나는… 최소한의 이성이란 걸 품고 있기'는' 했었다는 것을… 꼭… 알려주고 싶어서… 그랬어. 맞아, 그의 입에서… 다음과 같은 답변이자… 반문이! 음… 진하고 불쾌하기까지 했던 헛웃음? 아니 어쩌면 비웃음과 함께 뱉어져 나오기 전이었던… 그때까지만… 해도! 나는… '완전히' 이성을 잃어버리지는 않았었던 상황이었다는 것을… 꼭… 꼭… 알려주고 싶어서….

다른… 다른 표현으로는! 그가… 그따위 답변을 뱉어주지만 않았더라도… 나는… 끝까지 이성을 지켜가면서… 그와의 대화에… 임할 수… 있었을 거야. 아니… 있었을 거란 것도… 알려주고… 싶어서….

"허… 니가 임마… 니 입으로… 다 얘기했네? 결국 다… 그 강연… 그걸 보고… 그런 생각을 한 거라고….

지금 그럼… 임마… 겨우 그거 하나… 때문에? 또 뭐… 그 시험지? 혁대 시험지랑 니 시험지가… 내 서랍에 같이 있었다는… 그

다시는 치즈를 못 먹어도 돼!

거 하나 때문에… 지금… 이 난리를 치고 있다는… 기가? 진짜…
진짜 그기… 전부가? 내 진짜… 어이가… 없어가지고….

그럼 임마! 반대로… 뭐 어쩌다가 니가 그걸 보게 되었는지는
모르겠지만, 만약에… 있다이가? 니가 그 강연이랑… 그 성적표를
못 봤으면은… 니는… 니는 평생을 니를 영재라 생각하고 살았을
거… 아이가? 그냥 계속… 똑같이 살았을 거… 아니냐꼬! 근데…
근데 무슨….”

잘 알고… 있지? 저 말은… ‘절대’ 현혹되어서는 안 되는 거짓말
이라는… 것을! 굳이 내가 말 안 해줘도… 잘 알고… 있지? 아 물
론… 얼핏 들었을 때는… 일리가 있는… 말! 또 그럴싸한 말인 것
처럼 들릴지… 몰라도! 아니… 그렇게 들릴 수야 있겠지만, 사실 파
고들어 가 보면, 새빨간 거짓들로 점철되어 있는 말이라는 것 정도
는… 아주… 잘 알고… 있지? 아니아니… 그냥… 자신이 여태껏 저
질러 왔던… 인격 말살적인 비위행위들이 다 탄로나 버린… 파렴치
한 피의자가 뱉어내는… 생떼에 지나지 않는 구절이라는 거… 역
시도… 아주… 아주 잘 알고 있지? 속지 마. 또… 절대… 믿어서는
안 돼. 알잖아? 그가… 얼마나… 철두철미한 사람인지에 대해… 아
주… 아주 잘 알고 있잖아? 모르지… 않잖아?

그런 사람의 말을… 믿을… 거야?

아… 오케이. ‘지금의’ 당신이… 그를 믿든 말든… 별… 상관없
긴 해. 아무래도 지금의 당신은… ‘아직’… 듣지 못해뒀던 입장이긴
하니까!

그래… 그 당시의 그가… 내 답변이 뱉어져 나오기도 전에… 추가로 뱉어냈었던… 다음과 같은… 구절을! 맞아, 뭐가 그리 급했던 것이었는지… 내가 답변을 뱉어낼 차례였음에도 불구하고, 무려 내 차례를… 빼앗아 가기까지 하면서… 뱉어냈던… 다음과 같은 추가 구절을… 아직… 듣지 못해둔 입장이긴… 하니까… 상관없어.

이걸 들으면… 생각이… 달라…질…걸?

"니가 지금 말하고 있는 그 강연이라는… 게… 내가 생각하는… 그거가 맞는다면, 그래 그거… 실화였던 건… 맞다. 맞기는… 맞는데… 다… 어디까지나 실화 '기반'이었을… 뿐이다! 맞다, 애들마다 성향이 다르고… 성적들에 편차들이 있고 하길래! 아니… 그 성향들이… 성적으로들 연결이… 되길래! 뭐… 각색… 그래 각색 비스무리한 걸 좀… 해본 거…일… 뿐이다. 실험 같은 건… 없었다! 실험 같은 건… 안 했고, 없었다꼬! 내가… 내가 느그 같은 얼라들 데리고… 만다 그런 걸… 하고 앉아 있겠노?

임마, 니야 내 아들이지마는… 다른 애들은… 안 그렇다이가? 그냥… 원생 아이가, 원생! 그런데도 그걸… 믿었나? 아가… 순진한 기가… 아니면… 멍청한… 기가…."

어때? 굉장…하지? 조금 전의 내가… 그렇게 확신에 차서 이야기할 수 있었던 이유를… 이제는… 이제는 알겠지? 진짜 대단한 구절이었지… 않아? 아 이번에는… '아님 말고' 같은 거… 없어. 그냥 저 구절은… 대단한 구절이었어, 그지? 그냥… 그렇게… 알면… 돼.

그래… 뭐… 하여튼 간에… 그렇게… 그 추가 구절이자… 사실

다시는 치즈를 못 먹어도 돼!

상의 자백의 언사를… 고막 너머로 넘겨냈던… 그 당시의 내가 택했었던 것은! 보다 정확히는, 그런 상황에 놓여 있었던 그 당시의 내게… 유일하게 남아 있었던 선택지는… 그거… 하나뿐이었지. 손을 덜덜 떨어가며… 비탄의 눈물이자… 깨달음의 눈물? 아니 어쩌면… 다 필요 없이… 그냥… 배신감과… 비참함의 눈물 두 방울가량을 아래로 떨어뜨려 가며… 다음과 같은 답변이자 반문만을… 나지막이도 뱉어내는 것…뿐이었지, 그렇지? 동의…하지? 이번에도 역시… '아님 말고'… 같은 거… 없어, 알겠지?

"맞네. 아들이라서… 그랬던… 거네! 아들이라서… 그래 막 대해도 되는 아들이라서… 나를… 나를 그거 시켰던… 거네. 까마귀… 왜가리… 그런 거… 시켰던… 거네!

그래서… 이렇게 학원 자리도… 내어준… 거…고! 다… 그거였네. 그냥… 그냥 미안해서… 그랬던 거네! 내 인생을… 내 인생을 개말아먹어 버렸던 게… 미안해서… 그랬던… 거네!

내… 내 말이… 틀려? 내 말이… 틀리냐고!"

뭐… 나도 다 이해해. 그 답변이자… 반문은! 원체고… 자명한 사실들만으로! 또 어쩌면, 완벽히 들어맞는 추리들만으로 속을 채워뒀던 답변이었던데다가… 이견은 물론이거니와… 그 어떠한 변명도 뱉어내 볼 수가 없었던 반문이었기는 했었던… 만큼! 그 당시의 그도… 그럴 수밖에 없었겠지. 그래 그런… 최후통첩을 뱉어내는… 것밖에는! 다른 표현으로는, 그로써… 최후의 발악을 이행하는 것밖에는… 선택지가… 없었겠지.

보다 자세히는, 몸을 벌떡 일으켜 낸 것도 모자라… 왼손을… 허리춤에 올려둔 채로… 오른손을… 나를 향해도 곧게도, 또 공격적으로 뻗어내고서, 내게… 삿대질인가 뭔가 하는 것을 해대기까지 하며… 다음과 같은 답변이자… 반문을! 아니아니… 앞서 언급했듯… 최후통첩을 뱉어내는 것밖에는… 없었겠지. 뭐… 내가 이해해 줘야지, 안 그래?

"허… 대체 혼자서… 무슨… 무슨 생각을 하는 기고, 어? 니… 니… 어디… 아프나? 야 임마! 내 보기에는… 니가… 학교 다니는 것도 별로 안 좋아하는 것 같고 해서… 계속 놔두면은… 니가 임마! 진짜로 엇나갈까 봐! 그래 방황을… 하게 될까 봐! 마음을 다시 다 잡아 보라꼬… 자리라도 하나 마련해 줬던 거 아이가, 임마! 니… 니 진짜… 정신 안 차릴 끼가? 넌 대체… 내를… 뭘로 보는 기고?

고마… 고마 됐다, 임마! 그냥… 그냥 니 지금 여기서… 딱… 정해라. 내 말을 어디까지 믿고, 어? 어디서부터… 안 믿을 건지를… 딱… 딱 지금 정하라꼬! 내가… 내가 지금… 니랑 와 이런 이야기를 하고 있어야 하는지를… 모르겠다, 내는… 진짜로!

마지막으로… 딱 얘기하꾸마. 실험 같은 건… 없었다! 그래 그딴 건… 처음부터 없었다꼬, 임마!"

잘… 들었지? 물론 그 당시의 나 역시도… 아주 잘… 들었었어.

맞아, 너무도 잘… 들었었어서! 또 그로써, 그의 마음을… 너무도 잘 알게… 됐었어서! 다음과 같은 답변까지도… 무리 없이… 뱉어낼 수 있었던 것 같아. 그래 다음과 같은….

다시는 치즈를 못 먹어도 돼!

뭐… 최후통첩이자… 그에 들어차 있었던 양자택일의 선택지를 받아 챙겨낸 사람이라면, 응당… 뱉어내야만 했었을… 답변을… 말이지.

"실험은… 실험은… 있었어. 분명히 있었고, 나는 그 실험 때문에… 망가져 버린… 거야! 그 실험이 내게… 자만심인가 뭔가… 하는 걸… 배양해 주지만 않았었더라면! 그래 그 실험 때문에… 그를 앓게 되지만 않았었더라면… 지금의 내 삶은… 이 모양… 이 꼴이 되지는… 않았을 거라고! 그래 그래줬었더라면… 나는… 다른 건 몰라도… 현실에 순응할 줄'은' 아는… 성숙한 사람이 될 수… 있었을 거야. 아니… 분명히… 되었을 거야. 그리되어 주기만 했었더라면, 애초에… 그따위 방황도… 하지… 않을 수 있었겠지? 아니… 분명… 하지 않았겠지? 결국 내 방황까지도… 당신이… 당신이 다 자초해 낸 거야.

그리고… 솔직히… 코웃음 칠 수도 있겠지만, 만약… 그래주지만 않았었더라면, 나… 어쩌면… 진짜배기 영재가 될 수 있었을지도… 몰라. 아 그래 좋아… 그건 솔직히 나도… 잘 모르겠긴 하니까… 방금 말은 없었던 거로… 하자. 그래도… 돼. 난 그래도… 할 얘기… 많아.

아… 아냐. 많긴 한데… 지금 내가… 하고 싶은 말은… 딱 하나…뿐이야.

당신은… 당신은… 너무… 너무 많은 죄를… 지었…어!"

그 말을 매듭지어 냄과 동시에… 나… 아주 찰나의 시간 동안…

정신인가 이성인가를… 잃었었던 것 같아. 아니 그네들은 잃지 않았을지 몰라도… 일단… 시력을 잠시 상실했었던 것만큼은… 확실해. 앞을 볼 수 없었던 것은… 확실해. 그래 잠시 동안… 모종의 경위로… 그 어떤 것도 존재하지 않던… 그냥… 온 세상이 하얗기만 했던 순백의 세상에 다녀왔던 것이었는지! 아니면 그냥… 그런 표현은 솔직히 좀 구역질 나고, 그냥… 말 그대로… 눈에 뵈는 게 없는 상태가 되어버렸던 것이었는지는… 모르겠지만! 어쨌든 그 당시의 나는… 그랬었어. 잠깐 동안… 그 어떤 것도 눈에 담아내 보지 못하는 상황에… 닿았'었다고!

음… 어쨌든! 그 세상에 홀로 남겨지고서부터! 아니 어쩌면, 그 세상이… 나를 '납치'해 버리고서부터… 얼마의 시간이 태워졌을까? 뭐… 잘은 모르겠지만, 나는… 그리 짧지만은 않았던 시간을… 묵묵히 태워낸 끝에… 다시… 기존의 세상에 발을 들일 수 있었지. 그 순백의 세상에서… 내가 방출당함으로써, 무엇이든 간에 눈에 담아낼 수는 있는 세상이었던… 기존의 세상으로의 복귀가 이뤄졌던 것이었는지! 아니면 내 상태가… 호전… 아 호전 같은 단어는 쓰고 싶지 않고, 그냥… 완치되어… 시력인가 뭔가 하는 것을 되찾아 냈던 것이었는지는 모르겠지만, 어쨌든 간에… 무엇이든 간에… 눈에 담아낼 수'는' 있었던 상태에… 다시… 닿았었다는 이야기지.

굳이 꼭… 다시 뱉고 싶은 이야기는… 아니지만, 다시 눈을 맞췄던… 세상? 아니 어쩌면… 광경에는… 꽤 많은 게 변해… 있었더라고?

다시는 치즈를 못 먹어도 돼!

어떤 경위였는지! 보다 정확히는, 어찌 된 영문이었던 것이었는지는 모르겠지만, 그 '다시 찾은' 세상 속의 아버지는… 행색이 참… 말이 아니었었지. 그는… 농담으로라도… 바닥에 '누운 채로' 따위의 표현을 써볼 수는 없었었게도, 뭐… 말 그대로… 널브러진 채로! 뒤통수인가 어딘가에서… 결코 적지 않은 양의 피를 쏟아내고… 있더라고? 보다 정확히는, 그런 행색으로… 내가… 다시 그 세상에 돌아와 주기를 기다리고… 있었더라고?

더해… 아버지의 책상 뒤이자… 옆에 자리를 잡아뒀었던… 협탁 역시도… 아버지의 것으로 추정되었던 피를… 자신의 몸뚱어리 중 '모서리'에 해당되는 부위에다가… 잔뜩 묻혀둔 채로! 그래 그런 행색으로… 나를… 기다리고 있었었고… 말이지. 그보다 더 나은 행색들도… 얼마든지 있었을 텐데… 대체 왜 나를… 그런 꼴로다가….

뭐… 됐어. 그네들의 행색이야… 아무렴….

음… 어쨌든. 그 공백의 시간 동안… 무슨 일이 벌어졌는지에 대해서는… 아는 바가 없기는… 하지만!

나… 있잖아? 사실 그것 하나만큼은… 아주… 잘 알고 있어. 확신까지 해낼 수 있을 만큼… 말이야.

그 모종의 행위는! 아니아니… 모종의 '사건'은… 결국… '정당방위'이자… 최고의 '저항'이었다는… 것! 그래 괴짜 연구원의 손가락을 물어뜯음으로써, 그가 패혈증을 앓게 하고, 또 끝내는… 그로써… 죽음에 닿게까지 해버리는… 최고의 저항…이었다는… 것! 맞아, 모르모트가 이행해 낼 수 있었던… 최고의 저항…이었다는 것… 그것만큼은… 확신…할 수 있어.

자신의 삶을 송두리째 망가뜨려 버린 실험을! 그래 결코 이행되어서는 안 됐었던 실험을… 자행….

"그렇게 생각… 안 하시던 편… 아니셨습니까?"

아까부터… 자꾸… 개소리…할… 거야? 개소리 그만하라는 의미로다가… 내가… 여기까지… 다 솔직하게 얘기해 준 거…잖아? 다 풀어…준… 거…잖아? 벌써… 벌써 잊어버렸어? 자꾸… 왜 이러는 거야, 도대체?

"여전히 아직… 처음 들었던 것들이랑은… 많은 것들이 달라서… 이러는 거… 아니겠습니까?"

아… 진짜… 머리 아프네. 뭐가… 또 어떻게 다르다는… 건데?

"언제는… '실험은 있었어.'…가… 아니라! '실험은 있었어야만 해.'…라고… 말씀하셨었다고….'

뭐야? 너도… 어디 아픈 거야? 그게… 말이 돼? 내가 그런 말을… 했…겠어? 내 이야기가… 뭐… 이해가 잘 안되니? 나는… 그 실험의 피해자야. 아니… 피해자…라니까? 그런 내가 미쳤다고… 그런 이야기를… 했…겠어? 너… 내 이야기… 똑바로 안 들은 거… 맞지?

"아… 생각났습니다. 그 여자랑 했었던 대화 때문에… 실험은… 있었어야'만' 했다고….

하… 예전에 그 이름을 들었었는데… 까먹었습니다. 예, 뭐… 그… '쥐약'이라는 여자랑 나눴었다던 대화 때문에….'

그 여자 이야기… 꺼내지… 마라니까?

다시는 치즈를 못 먹어도 돼!

"왜… 그… 있잖습니까? 그 쥐약이라는 여자를 만나가지고, 막… 시험지랑 성적표를… 그 여자랑 만난… 어디랬죠? 카페 테이블? 그런 데에 막 흩뿌려 두고서… 그… 설명인가 읍소인가… 뭔가를… 했을 때! 그 여자가… 그렇게 이야기했었다고… 하셨었잖습니까? '그럼' 문혁대 그 사람이… 피해군(群)에 속해 있었던 것 같다고… 이야기했다고… 하셨었잖습니까? 그 이야기를 생략해 버리시니까… 지금 이야기가 이렇게…."

그 이야기는… 왜 또… 꺼내는… 건데? 그 이야기… 굳이 안 해도… 되는 거잖아? 그 여자와의 만남에 대한 이야기를… 안 해도… 다… 이야기가 전개가… 되잖아? 그걸 생략해도… 충분히… 이야기가 되잖아?

아니 애초에… 내가 그 이야기를… 당신한테… 왜 해줘야 하는… 건데? 왜 그걸 나한테… 다시… 물어보는 건데?

"아니… 그럼 다른 이야기들은… 언제… 뭐… 제가 해달라고 해서 해주신… 겁니까? 그건… 아니잖습니까? 오늘도, 어제도, 그제도… 아니 그냥… 저희가 처음 만났었던 그때도! 늘 선생님이… 저를… 붙잡고 이야기를 하셔왔었잖습니까? 근데 갑자기… 뭘… 새삼스럽게…."

아… 맞는 말이긴… 해. 근데 듣기 좀… 거북하네?

아… 잠깐만! 그럼 너… 다… 알고 있다는… 거…잖아? 기억하고 있다는… 거…잖아? 다 듣기는 했었다는 거…잖아? 그럼 됐겠구만! 왜 그 이야기를… 지금 이 자리에서…'다시' 해달라는… 건데? 그게 뭐가 재밌는… 이야기라고….

하… 그래… 뭐… 해줄게.

못해도… 다… '어느 정도는' 기억하고 있는 모양이니까… 빨리 넘어갈게? 그 여자… 진짜… 아무것도 기억 못 하고 있긴… 했었지. 물론 그녀는… 가해자였으니까! 아니 좋게 봐줘도… '공범' 정도에 지나지 않았었던 존재였으니까… 뭐… 기억 못 하는 게 당연하기야 했겠지만, 어쨌든 간에… 진짜… 화가 치밀어 올랐을 만큼… 아무것도… 기억 못 하고 있기는… 했었지.

뭐… 상황이 그랬어서… 어쩔 수가… 없었지. 그래 그러니까 그 여자에게… 자초지종이랄 것들을… 다… 풀어내 볼 수밖에… 없었다고! 당신을 찾아온 나는 어떤 사람이다! 또 어떤 삶을 살아온… 사람이다! 또 그것은 사실… 정식 수업이 아닌 '실험'이었다! 더해… 아니 어쩌면, '끝으로'… 그 진상을 파악해 내고, 진실을 찾기 위해… 당신을 찾아오게 되었다…까지도… 다… 밝혀내 볼 수밖에 없었었다고!

사실 뭐… 그리 좋은 일이지는 않았었으니까… 음… '기적적이게도' 따위의 표현을… 써볼 수는 없겠지만! 아니 딱히… 쓰고 싶지도 않긴 하지만….

그 여자는… 앞서 얘기했듯… 그에 관한 기억은… 그 어떠한 것도 품어두지 '못했던' 사람이었긴 했지만, '기적적이게도'… 내가 모르는 무언가에 대한 기억을 품어두기'는' 했었던 사람…이었더라고? 보다 자세히는? 아니 어쩌면… 정확히는, 나로서는… 품어보려야 품어볼 수가 없었던 기억을… 말이지.

　그래 알고 봤더니… 그 여자는… 우리 학원에서 '방출'인가 뭔가를 당한 이후로… 여러 학원을 전전했던 뜨내기였고, 그 여러 학원들 중… 한 학원이자… 다른 어떤 학원에서… 16살의 문제현이라는… 뭐… 문혁대의 3살 터울의 동생을 만난 적이 있었던 사람… 이었었더라고? 보다 정확히는, 그에게… 그의 형이었던 문혁대에 관한 이야기를 전해 듣는 것으로다가… 19살의 문혁대에 대한 정보들을… '어느 정도는' 취할 수 있었고, 또 그를 품어뒀던 사람…이었었더라고? 물론 당연한 이야기겠지만, 또 어쩌면… 애석하기까지 했던 이야기였겠지만… 그 당시의 그 여자가 품고 있었던 것은… 그 언젠가… '그의 동생의 입에서 나왔었던 정보들'…에서! 그 여자가… '흘려들었던 것들'을, 또 그 여자가… 끝끝내 '잊어버리고 말았었던 것들'을 빼버리고서 남은 정보들이자… 기억들만이 전부였긴 했지만! 어쨌든 뭐… 뭔가를 품고 있기는 했었던 사람…이었었다는 거지.

　음… 어쨌든. 그… 처음에는… 있잖아? 어쩌면 당연한 이야기일 수도 있겠지만, 그 여자는… 그… 오래된 기억 속의 문제현인가 뭔가 하던 작자의 입에 이따금씩 오르내리던 '문혁대'와… 내 이야기 속의 문혁대가… 사실은 동명이인일 수도 있다는 가능성을 배제하지 않는 듯한 눈치였지만… 말이지? 고맙게도… 내 이야기가 전개되면 될수록… 나와 동갑내기였던 내 이야기 속의 문혁대를! 그 기억 속이자… 그 동생과의 대화 속에서 '이따금씩' 등장해 댔던 문혁대와… 동일 인물이라 취급하는 쪽으로… 가닥을 잡아'줘' 가는 모양새…였지, 아마? 보다 정확히는, 그래주는 것… 같아… 보였어. 뭐… 내게서 건네받은… 내 나이와… 내가 사는 지역들 따위의… 그 나름의 '신상(身上)'들이… 그 기억 속의 문혁대의 것과 비슷하다고! 또 아니 어쩌면, 유사성이 짙다고 판단했어서… 그랬던… 것이었는지!

아니면 그냥… 애초에… 내 이야기 자체를… 심도 깊은 이야기라 여기지 않음으로써! 그래 그냥…'그렇다 치고'… 혹은 '맞다 치고' 들어도 될 만큼… 가벼운 이야기라 여겨버림으로써… 그런 선택을 해줬던 것이었는지는 모르겠지만, 어쨌든… 그녀는… 그래줬지. 맞아, 그래주는 눈치였어. 고맙다면 고마웠게도… 말이지.

아 물론… 그건… 고마운 일이었긴 했지만! 또 다른 표현으로는, 거기까진 괜찮았긴 했지만!

그건 사실… 무의미한 행위, 또 선택…이었었더랬지. 맞아, 애석하게도… 거기가… 사실… '끝'이었었더랬지. 그래 그래 봤자… 거기까지…였었더랬지.

그… 뭐라고… 얘기할까? 그… 있잖아? 당연한 이야기겠지만, 결국 그녀에게… 그 놀이 시간에 대한 기억이 남아 있지 않았던… 이상! 또 그녀가… 내 이야기를 듣고서, '기껏' 꺼내왔던 것이… 그 기억과는 그 조금의 관련도 없는… 19세의 문혁대와 관련된 기억이었던… 이상! 보다 정확한 표현으로는, 그깟 것이… 그 당시의 그녀가 꺼내올 수 있었던 것의 전부였던… 이상! 모든 게 다… 무의미해지더라고? 보다 정확히는, 그런 생각을 해봤더니… 다… 무의미해지

다시는 치즈를 못 먹어도 돼!

는 것… 같더라고?

그래 '그런' 그 여자가… 내 말을 믿어'주'면… 뭐하겠어? 또 '그런' 그 여자가… 그 두 문혁대를… 동일 인물로 취급해 '주'면… 뭐하겠어? 어차피 그 여자는… 뱉어내 줄 수 있는 게 없는… 사람인데! 보다 정확히는, '증거'로 삼아볼 만한… 유의미한 무언가를… 뱉어내 줄 수가 없고, 또 '증인'이 되어줄 수도 없는… 사람인데! 맞아, 그것들이 전부였던 그녀는… 사실상… 순도 100%의 청자에 지나지 않는 사람인데! 그렇게 들어주면… 뭐하겠냐는 거지. 보다 정확히는, 그런 생각이… 들었었더라는 거지.

상황이 그랬었던… 덕분에! 그 당시의 나는… 그녀와… '그 이상' 대화를 이어가는 것은… 무의미한 행위가 될 것이라는 판단이자… 결론을… 내려버렸지. 실제로도… 그러하지 않았을까?

아니… 다른 건 몰라도… 그냥… 그런 생각이 들었을 때, 그녀에게… 목례를 한 번 하고서는… 그 자리에서… 빠져나가 버렸어야… 했어.

음… 알다시피… 일단은 그러지 않았으니까… 이야기를 계속해보자면….

그 결론은… 어쨌든 간에… 나를… 깊디깊은 침묵 속에… 빠뜨려 버렸지. 그 침묵이… 어떻게 하면 '그런' 그녀에게서… '그나마라도' 유의미한 정보를 이끌어 낼 수 있을지를 고심하며 빚어냈던 침묵이었는지! 아니면 뭐… 앞서 얘기했던 이유들로다가… 그녀와의 작별을 결심했고, 그로써… 그 작별의 언사를 고심하게 되었던

과정에서 '자연스럽게' 빚어졌던 침묵이었는지는 모르겠지만, 어쨌
든… 그 당시의 나는… 그래버렸었더라는 거지. 물론 전자의 것이
성립되려면… 그 당시의 내가… 일말의 희망이라도 놓지 않아 둔
상태였었어야 한다는… 전제가… 성립되어 줘야겠지? 그렇지는 않
았었던 것 같으니까… 그냥… 후자였던 걸로 하자.

음… 어쨌든. 그… 침묵은… 있잖아? 보다 정확히는, 내게 한해
서는 침묵이었지만, 그녀에게는 '정적'이었을… 그 침묵은… 있잖
아? '생각보다는' 빠르게… 소멸되어… 줬다? 첨언하자면, 나로서
는… 짐작도 하지 못했었던… 경위로! 아니 그를 넘어… 내가… 조
금도 원하지 않아 했었던… 경위로… 말이지.

그래 다… 그 여자의 소행이었어. 그 여자는… 다음과 같은 구절
을 '난데없이', 또 앞서 얘기했듯… 합의 없이… 뱉어내는 것으로다
가… '멋대로' 그 침묵을… 소멸시켜 버리고야 말았었다는… 거야.

"듣고 보니까 그럼… 문혁대 그 친구가… '재능' 쪽이었고, 그쪽
께서는… 뭐… '노력' 쪽…이었겠네요?"

뭐… 지금에 와서 하는 이야기지만, 그 구절을 고막 너머로 넘
겨냈던… 그 당시의 내가… 다음과 같은 답변이자… 반문을 뱉어
냈던… 것? 아니… 뱉어내 버리고야 말았었던… 것? 사실… 자의로
이행해 냈던 행위였지는… 않았어. 그래 그냥… 무의식적으로 이행
해 냈던… 행위…였다고. 또 그 답변이자 반문 역시… 내 무의식이
'멋대로' 빚어냈던 것… 이었어. 그 당시의 내가… 진짜 그것을 궁금
해했어서… '그따위' 반문을 뱉어냈던 것은… 아녔었다는… 것! 이

다시는 치즈를 못 먹어도 돼!

것 하나만큼은… 꼭… 기억해 줘, 알겠지?

"왜요, 갑자기?"

그 여자는… 말이지? 초점을… 좌측 상단? 아니 어쩌면… 우측 상단? 뭐… 방향은 기억나지는 않긴 하지만, 어쨌든 간에… 천장 어딘가에 꽂아두고서… 내게… 다음과 같은 답변을… 건네줘 버렸고!

"아… 그냥 뭐 저도… 오래되어서 잘 기억이 안 나기는 하는데… 아마… 문혁대 그 사람… 대학… 못 갔을걸요? 그 동생이… 그런 이야기를 자주… 했었거든요. 형이 대학 다 포기하고 그래가지고… 자기는… 열심히 해야 한다고 했나? 아니면… 할 거라고… 했나? 아니면 그냥… 형이… 한심하다고만 했나? 어쨌든 그런 뉘앙스의 이야기를 많이… 하기는 했었거든요.

근데 그쪽은 뭐… 진용대학교? 거기… 나오셨다면서요? 그럼 뭐… 그렇지 않았을까 싶어서… 해본 이야기예요. 별 의미 없어요."

그 답변은! 보다 정확한 표현으로는, 그녀가 멋대로, 또 홀로 꽃 피워 냈던 결론을 담아뒀던 답변은… 말이지? 그때까지도… '멋대로' 활개를 치고 있었던 내 무의식을 자극해 냈던… 답변…이었었더랬지.

보다 자세히는, 내 무의식을 자극해… 내가… 다음과 같은… 답변이자 실언을 뱉어내게 만들었던 답변…이었었더랬지. 그래 내 무의식이… 그따위 소행이자… 용서받지 못할 월권행위를 저지르게 만들어 냈던 답변…이었었다는 거지.

"아… 그래요? 그럼 뭐… 다행…이네요."

애석하게도! 그 여자는… 말이지? 그 답변이… 내 무의식이 멋대로 빚어냈던 것이었다는 것을… 몰랐었나… 보더라고?

아니… 나라면 알 수 있었겠냐고… 묻는다면! 그래 누군가와 마주 앉아 대화를 하고 있었던 상황에서… 마주 앉은 상대방이 방금 뱉어냈던 그 답변이! 모종의 경위로… 그의 '의식'의 자리를 무단 점거해 버렸던 그의 '무의식'이 빚어냈던 것이었다는… 기가 막힌 사실을 알고 있냐고… 묻는다면! 보다 정확히는, 그런 생각을 꽃피워 내 볼 수'나' 있겠냐고 묻는다면… 나도… 나도 할 말 없긴 한데….

그래도… 난… 억울해. 다 필요 없고… 억울해! 그런 참작 사유를 지니고 있었던 그 당시의 내가… 그 여자에게… 다음과 같은 답변이자 반문을 받아 챙기게 되었던 것은… 사실… 미치고 팔짝 뛸 만큼 억울한 일이긴… 하다고! 아니 정확히는, 일이었기'는'… 했다고! 맞아, 부당한 처사…였다는… 거지.

"네? 그럼 다행인 거…예요? 필요하셨던 게… 겨우… 그거…였어요?"

잘 알고… 있지? 그 답변이자… 반문은… 내 실언이! 보다 정확히는, 내 무의식이 낳았던 실언이… 그녀의 마음속에다가 '오해'란 것을 낳아버렸고, 또 그를 모태로 두고 피어올랐던 것…이었다는 것을… 말이지.

다른 표현으로는, 난처함에… 또 당혹감에… 고개를 되는대로 숙이기까지 하며… 다음과 같은… '미완의' 답변을 뱉어내는… 꼴사납기 짝이 없던 행위를 이행해 가면서까지 불식시켜 내야 했을

다시는 치즈를 못 먹어도 돼!

만큼… 치명적이고, 또 유해하기까지 했던… 오해를 모태로 두고 피어올랐었던 답변…이었다는 것을… 말이지.

"아니 그게… 그런 의미는 절대… 아니고….."

음… 글쎄? 지금 이 시점에서 다시 돌아봐도… 참… 이해가 안 되는 상황이었긴 한데… 말이지? 그 말이 그렇게… 미완으로 매듭지어져 버리고야 말았던 이유가! 정확한 표현으로는, 그 당시의 내가… 그 답변을… 그렇게… 미완으로 매듭지어 버릴 수밖에 없었던 이유가… 뭐였는지… 알아?

그… 있잖아? 앞서 얘기했듯… 그렇게… 고개를 숙여버렸던… 내게! 정확한 표현으로는, 그로써… 내 몫이었던 커피잔이었음과 동시에… '당연하게도' 내 얼굴 외에는… 그 어떤 것도 비치지 않았어야 했던… 커피잔에 향하게 됐었던… 내… 눈에! 나를 일순간… 실어증에 걸리게 만들었을 만큼… 해괴망측하기 짝이 없던 광경이… 들어차 버렸기 때문…이었지.

놀랍게도… 말이지? 그 커피잔에! 혹은 그에 들어차 있었던 커피에 비쳐 있었던 것은… 내 얼굴이 아녔었던 것… 아니었겠어? 그래 그에 비쳤던 것은… 웬… 낯설디낯선 생쥐의 얼굴…이었지. 그것도 무려… 옅은 미소로다가 속을 채워뒀던 생쥐의 얼굴… 이었지. 난… 살면서 한 번도 들어본 적 없었어. 쥐를 닮았다는 얘기나… 평가 같은 건… 말이지. 아… 방금 건… 뭐… 별 도움 안 되는 구절인가?

음… 어쨌든! 그 당시의 내가… 난데없이 나를 찾아왔던 실어증에 신음하고 있었다는 것을… 그녀는… 몰랐었나 봐? 그래 그 때문에… 그 말을 미완으로 매듭지어 내 버릴 수밖에 없었다는 것을… 몰랐…었나 봐? 그래 그 당시의… 그 여자는! 그 어떤 말도 뱉지 못 하고 있었던 그 당시의 나를… 변명을 뱉어내고는 싶었지만, 양심 의 가책을 느낌으로써! 혹은 그와 비슷한 어떤 다른 감정을 느낌으 로써, '차마' 말을 잇지 못하고 있었던… 파렴치한으로… 인식했던 것이었나… 봐? 혹은 그렇게… 여겼었나 봐?

그러지 않았더라면… 말이 안 돼. 아니… 설명이 안 돼. 그 당 시의 그녀가… 직전의 내 말이 미완으로 매듭지어졌었음에도 불구 하고, 다음과 같은 구절이자… 반문을… '차례에 맞지 않게' 뱉어 내 버렸었던 것이… 말이지. 그래 그런… 무례하기 짝이 없던 행위 를… 이행해 내버렸던 것이… 말이지.

"그럼… 어떤 의미…인데요? 결국 그쪽이 아니라서 괜찮다는 이 야기… 아닌가요? 그거면, 또 그러면 됐다는 의미… 아닌…가요? 저 를 찾아왔던 이유 역시… 그거였나… 보네요? 예, 그걸 알기 위해 서였나… 보네요? 그쪽이 그 실험의 희생양… 아니 어쩌면, 최대 피 해자였는지 아닌지를… 물어보러 온 거…였나… 보네요? 그게 그렇 게나… 중요한 거…예요?

아니… 그러면 안 되는 거… 아니에요? 그쪽이 그 실험을… '나 쁜 실험'이라고 생각하는 사람이라면! 예, 그를… '불의'라 여기는… 사람이라면! 최소한… 최소한… 그렇게 얘기하면 안 되는 거… 아 녜요? 다른 사람이면 몰라도… 그쪽은… 그러시면 안 되는 거… 아 니냐고요."

다시는 치즈를 못 먹어도 돼!

뭐… 나는… 몰랐었지만! 아니 사실 그녀 역시도… 몰랐었겠지만! 그 답변이자… 반문은… 말이지? 그 당시의 나와… 눈을 맞추고 있었던 그 생쥐의 얼굴에서… '직전까지만 해도'… '나름'… 환하게 피어올라 있었던 미소를… 말끔히도 지워버리는 데에… 부족함이 없었던 반문…이었더라고?

아니아니… 그렇게 표현할 게 아니라….

그 생쥐가! 아니아니… 그때까지야 몰랐었지만, 어째서인지… 혀와 이빨이 '남아 있지' 않았었던 생쥐가! 그 언젠가의 자신이 직접 꽃피워 냈었던 것으로 사료되었던 그 미소를… '직접' 꺼뜨려 내고서는, 별안간… 진노한 얼굴을 빚어내게끔 했던… 반문!

더해… 그가… 텅 빈 입을 있는 대로 크게도 찢어가며… 다음과 같은 답변이자 반문을 뱉어내게 하는 데에… 부족함이 없었던 반문…이었었더라고. 맞아, 어째서인지… 내 목소리와 똑같은 목소리를 지니고 있었던… 생쥐가… 말이지.

"왜… 왜… 왜 안 되는… 데? 왜 안 되는 건…데? 내가 그러면… 왜 안 되는… 건…데? 나도… 나도 피해자인데… 그러면… 왜 안 되는 건…데? 당신이… 당신이 뭔데?"

음… 글쎄? 그 생쥐가 뱉어냈던 반문은… 이러나저러나 반문(問)이었기는 했던 만큼, 그를 고막 너머로 넘겨냈을… 그 여자가! 보다 정확히는, 그 생쥐의 목소리가 원체고 컸던 덕분에, 당연히 넘겨냈을 수밖에 없었을… 그 당시의 그 여자가… 그 생쥐를 청자로 삼아둔 듯했던… 다음과 같은 답변을 뱉어냈던 것은… 사실… 이상할 것은 없는 일이었긴… 했을지도 몰라. 그래 그 답변이 이상한 답변이었던 것과는… 별개로! 그 행위 자체를 '이상한 행위'였다 여길 수는… 없을지도… 모르겠다는 거지.

"왜… 안 되냐니요! 맞아요, 당신 말마따나… 당신도… 피해자라면! 같은 다른 피해자들을… 보듬어 줘야 하는 거… 아닌가요? 아니 최소한… 그러기 위해서… 노력해야 하는 입장이지… 않나요? 아니 그러지는 못하더라도! 네, 그들을 보듬어 주거나… 그들과 함께… 싸우지는 못하더라도! '최소한'… 그쪽의 상황과… 다른 피해자들의 상황을 비교하는 일…만큼…은… 해서는… 안 되는 거… 아닌…가요? 네, 최소한 그쪽의 상황이… 다른 피해자들보다 조금이라도 낫다고… 해서! 그에 만족하고서, 그 불의에 눈을 감아버리는… 행위…만큼…은… 해서는 안 되는 거 아니…겠냐고요.

자신이 그의 최대 피해자가 맞는지를… 확인하러 오는… 게! 또 '그나마' 그것만큼은 피해냈다는 것을 확인해 내면… '다행'이라는 말을 뱉어내고, 안도의 한숨을 쉬어버리는… 게! 당신의… 최선인 건가요? 그게 그쪽의 방식인… 거예요?"

나는… 말이지? 확실히… 눈에 담아냈었어. 그 답변이자 반문이… 공중에 흩뿌려짐과… 동시에! 그 생쥐가… '이미'… 진노한 얼굴이었던 자신의 얼굴을… 조금 전보다도 훨씬 더 진노한 얼굴로 바꿔내고서는! 그래 더욱 흉포한 표정, 또 얼굴을 빚어내고서는! 이빨이 다 빠져버린 잇몸을… 갈아대기 시작하던 모습을, 또 광경을… 말이지.

다시는 치즈를 못 먹어도 돼!

더해⋯ 들어낼 수까지⋯ 있었지. 그 생쥐가⋯ 별안간 잇몸을 갈 아대는 것을 멈추고서는, 사방으로 침을 튀겨가며 뱉어냈었던⋯ 다음과 같은 답변이자⋯ 반문까지도⋯ 말이지.

"맞아, 잘⋯ 아네. 아주⋯ 잘 얘기⋯했어. 나? 피해자야. 아니⋯ 무슨 일이 있어도⋯ 나는⋯ 피해자야. 내가⋯ 내가⋯ '노력'을 칭찬 받은 사람이었다고⋯ 해서! 그⋯ 그⋯ 그래 그러니까 내가⋯ 내가 사정이 조금은 더 나은 군(群)에 속한⋯ 개체였다고⋯ 해서! 내가⋯ 내가⋯ 내가! 실험을 당하지 않았던 게 되는 것은⋯ 아니잖아! 내 가 그 실험으로⋯ 수혜를 받은 입장이⋯ 되는 것은⋯ 아니잖아, 아 니야? 결국 나도' 실험체였고, 또⋯ 피해자야. 나도⋯ 나도 망가질 대로 망가져 버린 사람⋯이라고!

근데 내가! 아니 '그런' 내가! 대체⋯ 대체 왜 그래야⋯ 하는⋯ 건데? 내가 왜⋯ 싸워야⋯ 하는⋯ 거고! 내가 왜⋯ 보듬어 줘야⋯ 하는⋯ 거야? 나도⋯ 나도⋯ 치료를 받아야⋯ 하는⋯ 사람인데! 내 가⋯ 내가 왜!

당신⋯ 뭐⋯ 철학자야? 아니면 뭐⋯ 사회학자라도⋯ 되나? 대 체⋯ 대체 왜 나한테⋯ 그따위 이야기를⋯ 해대는⋯ 거야?

어차피⋯ 어차피 당신도⋯ 똑같아! 당신도 나처럼⋯ 아무것도 하지 않았어. 당신은 어디 한번⋯ 귀 기울여 본 적⋯ 있어? 인터넷, 또 교과서에 떠도는⋯ 각양각색의 실험들에⋯ 있는 대로 난도질당 한 피해자들의 목소리에⋯ 귀 기울여 본 적⋯ 있어? 그네들의 속 삭임에⋯ 눈물⋯ 흘려본 적은⋯ 있어? 그런 자극적인 실험들을⋯

그냥… '재밌는 실험'이라 여기고, 또 그가 낳은 것들을… '흥미로운 결과'라… 여기고, 다 그냥! 다 그냥… 넘겨버렸을 거… 아니야? 기억 속에서도… 지워내 버렸을 거… 아니야? 당신의 일이 아니라는… 미명하에… 그래버렸을 거… 아니냐고! 근데 왜… 나한테만! 왜 피해자인… 나한테만!

아니아니… 그냥… 다 필요 없고, 잘 알고… 있지? 그 말이… 다른 사람도 아니고… 공범이었던 당신의 입에서 뱉어져 나온… 이상! 그건… 위선에 불과하다는 거… 잘 알고… 있지?

또 당신이 뭐라 하든 간에… 나는… 피해자고, 당신은 가해자인 것… 역시도… 잘… 알고… 있지?

당신은… 당신은 너무… 이상적이야. 당신이… 당신이 한번 당해봐. 나 같은 생각… 안 할 수 있…겠어? 나와는 다른 선택… 할수… 있…겠어? 자신… 있어?

아… 좋아! 그렇게 하는 게… 정도(正道)다, 이거지? 그렇게 하면… 방금 내가 했던 그것들이… 내 최선이 아닌 게 될 수… 있는… 거지? 내 최선을… 바꿔낼 수… 있는… 거지?

기대해도… 좋아."

그 말이… 공중에 흩뿌려짐과 동시에… 나는… 더 이상… 그 생쥐의 얼굴을 눈에 담아낼 수… 없었어. 정확한 표현으로는….

그따위 위선에 찌든 사람과… 그 이상의 대화를 이어갈 수는 없겠다는… 미명하에!

또 결국… 내게 남아 있는 선택지는… 그… 괴짜 연구원의 손을

다시는 치즈를 못 먹어도 돼!

물어뜯어 버리는 것뿐이라는! 그래 내 무의식이 빚어냈던 과오를…
씻어버릴 수 있는 방법은… 그것 하나뿐이라는… 자명한 사실이지
만서도… 단 한 번도 품어본 적 없었던 생각이자… 전혀 새로웠던
깨달음 아래… 내가 그 자리에서 몸을 일으켜 냄으로써, 더 이상
그 커피잔을! 또 그에 터를 잡아뒀었던 생쥐의 얼굴을… 눈에 담아
낼 수 없게 되었던 것이었겠지만… 어쨌든… 그랬어. 더 이상… 그
를… 눈에 담아낼 수… 없었다고.

그 여자의 말을 듣고서, 곰곰이… 생각해 봤더니… 말이지?

어쩌면… 그 실험이… 실제로 자행되었던 실험일 수도 있겠다
는… 생각을! 보다 정확히는, 그에서 그치지 않고, 내가… 그 실험
의 실험체였을 수도 있겠다는 생각을… '갓' 꽃피워 냈던 그 당시의
나는… 어쩌면 사실… 다른 거 없이 단 하나'만'을 궁금해하고 있었
던 것이었을지도… 모르겠다는 생각이… 들기는… 하더라?

다른 거 없이… 그저 그 당시의 내가… 까마귀 혹은 왜가리였
을지! 아니면… 공작… 혹은 백로였을지에 대한 궁금증'만'을… 품
었을지도… 모르겠다는… 불쾌해 빠진… 생각이… 말이지.

만약… 만약… 있잖아? 김정민… 그 작자의 서랍 속에… 그 '작
별의 편지'이자… 열 문제짜리… '마지막 시험지'가… '남아' 있어
'줬'었더라면! 보다 자세히는, 그 12년 전 어느 날… 내 본명에게 퇴
거명령을 내리고, 그 자리를 꿰찼던 새의 이름이 무엇이었는지를
증명해 줄 수 있는 유일한 증거였던 그것이… 남아 있어 '줬'었더라
면! 어쩌면 나는… 그녀를 만나야겠다는 생각'조차도' 하지 않았

을지도… 모르겠다는 생각도… 들었었고… 말이지.

한번… 다르게 얘기해 볼게.

만약 그 시험지가 남아 있어 줬고, 또 그 시험지가… 그 옛날의 내가… 까마귀나 왜가리가 아닌… 백로나 공작이었다는 것을… 알려…줬었더라면? 그래 내게… 그런 속삭임을… 건네…줬었더라면?

아마 나는… 그 서랍을… 그냥… 닫아버리지… 않았을까?

그래 그녀를 만나서… 그 실험의 진상… 아니 어쩌면, 실체를 파악해야겠다는 생각조차도… 꽃피워 내지 못했지… 않았을까? 보다 정확히는, 그를 '굳이' 꽃피워 내지 '않지'… 않았을까?

내가 피해자였던 것도… 아니었는데… 대체… 왜….

그래 나를 수렁에 빠뜨리지도 않았었던 것을 넘어… 내게… 수혜 아닌 수혜를 안겨다 줬던 실험의 진상 같은 걸… 대체… 왜… 파헤치려 들겠어, 안 그래?

결국… 그거였어. 그 당시의 내가 가장 궁금해했었던 것은! 아니… '유일하게' 궁금해했었던 것은… 결국… 나 자신의 안위…였었던 것 같아. 아니… 어쩌면… 그것 외에는… 그 어떤 것에도… 관심을 가지지 않고 있었을지도… 몰라. 내 무의식이… 그를… 증명해 버렸던 것이었을지도… 모르지.

물론… 맞지. 그럼에도 불구하고, 그 실험은… 없었어야 했던 실험이었던 게… 맞아. 뭐… 가능성이 희박하다고는 생각하지만, 내가… 정황증거들에 대한 해석을 잘못했어서 그런 결론을 도출해냈던 것이었을 뿐… 실제로는 그와는 다르게… 내가 그에 수혜를 입은 입장이었었다는… 놀랍기 짝이 없던 사실이 밝혀지더라도! 나는… 그 실험은… 애초부터 없었어야 했던 실험이었다고… 당당히… 말할 수 있어. 그래 내가 수혜를 입는 군(群)에 속해 있었다고 해서… 그 실험을 긍정적으로 여길 생각 같은 건… 추호도 없긴… 한데!

그건 사실… 어디까지나… 그녀에게… 혼쭐 아닌 혼쭐이 남으로써, 계몽 아닌 계몽을! 아니 어쩌면, 성장을 이룩해 냈던 지금 이 시점에서나 꽃피워 내 볼 수 있는 가정임과 동시에… 나 자신을 위한 변명…이겠지.

그런다고 해서… 그 당시의 내가… 나 자신을 향한 안위만을 궁금해했고, 또 그를… 최상단에 뒀었다는 사실은… 변하지 않겠지.

또 그를… 아주 꼴사나운 방식으로… 챙기려 했었다는 사실… 역시도… 말이지.

꼴사나운… 방식? 뭐… 아주 쉬운 선택지를 택하는 방식이었다고 얘기하면… 알아…들을까?

풀어볼게. 내가 택했던 선택지는… 그런 게… 아녔었어. 이를테면… 그런 선택지들… 있잖아? 괴짜 연구원의 손가락을 깨물어 버리는… 선택지? 그래 마음만 먹으면… 내 숨통 정도는 우습게도 끊어버릴 수 있었던… 그의 손가락을 깨물어 버리는… 가히 '혁명'에 가까운 '저항'을 이행해 내는… 선택지? 또는… 그가 우리네들에게… 우리네들의 집이자… 우리네들에게 허락해 줄 수 있는 유일한 세계로다가 제공해 줬던… 플라스틱 통을… 몸으로 부딪쳐 박살 내고서, 그 실험체에서 벗어나는… 최대한의 저항을 이행해 내는…

선택지? 뭐… 그런 것들이… 아녔었다는 거지. 그래 나는… 그런…
뭐… 나 자신의 사정을 좋게 만들기 위해… 투쟁을 이어가는… 선
택지? 혹은 그를 쟁취해 내기 위한… 거룩하지만서도, 위험부담이
크고, 또 어려워빠진 선택지들을… 택하지… 않았었다는 거지.

아주 쉬운 선택지이면서도, 그와 동시에… 그 당시의 내가… 나
자신의 안위를 위해… 택했던 선택지들은… 결국….

나와 다른 개체들을… 비교하는… 선택지! 보다 정확히는, 나
와… '나보다 못한 개체'를 비교하는 것을 통해… 안도의 한숨을
내쉬는… 선택지!

보다 정확히는, 안도의 한숨을 내쉬기… 위해! '그럴만한 개체'
를 찾아내는… 선택지! 맞아, 위안으로 삼아볼 만한 개체를 찾아내
는… 선택지…였었더랬지. 그게 훨씬 더 편한… 일이고, 또 택해보
기에도 쉽고, 이행해 보기에도 쉬운 선택지이기'는' 하다는… 미명
하에… 말이지.

생각해 봐. 나와는… 다르게! 그래 그러니까 겨우… 혓바닥과
이빨만을 난도질당하는 개체로 '간택'…되었던… 나와는 다르게!
운이 없었다는 이유로! 또 아니 어쩌면, 그 실험군들은 죽었다 깨
어나도 알 수 없을 모종의… 이유로! 두 다리를 난도질당하는 개체
로 '간택'…당해 버린… 다른 모르모트들을 보며… 안도의 한숨을
내쉬는… 것이… 어려운 선택지일 리는… 없잖아?

그래 그 간택인가 뭔가에는… 내 의지가 반영되어 있지 않았
다는… 미명하에! 맞아, 거기에는… 무소불위의 힘을 지닌 권력자

　다시는 치즈를 못 먹어도 돼!

의 의지만이 반영되어 있다는… 그래도… 자명하기'는' 한… 사실 아래! 그네들의 아픔을 외면하고서, 나 자신만을 위한 안도의 한숨을… 내쉬어 버리는… 것! 그래 나 자신의 안위가… '어느 정도는'… 혹은 '못해도 저 사람보다는' 보장되었다는 것을 인지해 내고서, 그 사실이 낳아준… 안도의 한숨을… 기꺼이 내쉬어 버리는… 것! 최대 수혜자가 될 수 없었던 것은 아쉽지만, 그렇다고 해서… 그가 되기 위해… 안간힘이랄 것을 써보기보다는! 또 어쩌면, 이 집단에 속해 있는 모든 이들을… '수혜자' 혹은 '피해자'로 가르는… 인격 말살적인 행위가… 더 이상 진행되지 않을 수 있게끔… 그 앞서 얘기했던… 무소불위의 힘을 지닌 권력자와… 사투를 벌여내는 것…보다는! '어찌어찌' 최악의 피해자가 되는 것…만큼은 면해냈다는 사실을 되뇌어 가며… 피어오른 불만을 삭혀내는… 것! 그것보다… 더 쉬운 선택지가… 또… 있겠어?

더해… 모두가 택하는 선택지인 것도… 맞지… 않나? 나 혼자만이… 택했던 게… 아니라….

생각해 봐. 누가 그럴 수… 있었겠어? 그 어느 누가… 저 모르모트를 대신해… 내 두 다리를 잘라달라고… 할 수… 있겠어? 그래 그 어느 누가… 저 모르모트를 대신해… 자신이… 더 피해를 받는 개체가 되는 것을 택할 수… 있겠냐고! 아 물론 반대의 경우야… 있겠지. 아니 차고 넘칠 만큼… 많겠지만….

그래 내 혓바닥을 가져가는 대신… 내 다리만큼은… 자르지 말아 달라고! 맞아, 다리를 잘리는 개체'만큼은'… 내가 아니게… 해달라고! 그래 가장 큰 피해를 받게 되는 개체는… 내가 아닌… 다른 개체가 될 수 있게… 해달라고! 그… 저 사람이 더 많은 피해를 받게 해달라고 빈다기보다는, 내가 조금이라도 피해를 덜 받을 수 있게 해달라고… 구걸 아닌 구걸을 하는 경우야… 차고… 넘칠 만큼… 많겠지만! 그래 그런… 권력자와 나 사이의 힘의 차이를 자각하고, 또 시인한 끝에… 현실에 순응해 버리기까지 하는… 지극히 자연스럽고, 또 상식적인 선택지를! 맞아, 절대다수를 넘어 '모두'이기까지 했던 자들이 택해버리는 선택지를 택해버리는 경우야… 차고 넘칠 만큼… 많겠지만! 그 반대의 경우는… 없잖아? 난… 못… 봤…는데?

하나… 물어볼게. 임승현… 당신이라면… 그럴 수… 있겠어? 연구원의 손가락을 물어뜯어 버리거나! 그에게… 당신을… 타인보다 더 많은 피해를 받는 군(群)에 집어넣어 달라고… 요구할 수… 있겠어?

"답변… 보류하겠습니다."

아 그래… 좋아. 그럼… 이렇게 한번 물어볼게.

당신이 속한 집단이… 피해를 보거나! 당신이… 피해를 보는 집단에 속하게 되었을 때… 저항…할 거야? 아니면… 눈을… 감을 거야? 아니지. 저항…할 수 있겠냐고 물어보는 게… 나을까? 어쨌든… 그럴 수… 있겠어? 그 당시의 나처럼… 그 연구원의 손가락을 깨물어 잘라버리는… 선택을! 아니… 그를 아예… 죽음에 닿기까지 하는… 최대한의 저항을… 이행해 낼 수… 있겠냐는… 거지.

"역시 답변… 보류하겠습니다만, 그… '연구원'이라는 호칭을…

다시는 치즈를 못 먹어도 돼!

써도… 되기는 하는 겁니까?"

아… 뭐야? 임승현… 너도… 내 말을… 안 믿는 거야? 아니 반대로… 그 김정민인가 뭔가 하던 작자의 말을… 믿는 거야? 그런 실험이 없었다는… 그런… 면피용 거짓말을… 믿는… 거냐고, 아직도! 내가… 내가 이렇게 많은 이야기를… 해줬는데! 내 모든 이야기를… 다… 해줬는데! 아직도 그 사람의 말을… 믿고… 있는 거야? 내 삶을 송두리째 망가뜨려 버렸던… 그 사람의… 말을?

하… 좋아. 그럼… 당신부터 딱… 정해. 내 이야기를… 어디까지 믿고, 또 어디서부터 안 믿을 건지를… 지금 이 자리에서… 딱… 정하라고.

내가… 내가 조금 도움을 줄게.

잘… 생각해 봐. 만약 그 실험이 없었다면, 나는… 지금 당신의 눈앞에 있는 나는… 어떤 사람이 되는 것인지를… 한번… 잘 생각해 봐. 한때는 뭐… 영재였기는 했었다지만, 종국에는… 장난으로라도… 영재 출신이라고 해볼 수 없을 만큼… 헛웃음 나는 성적을 받아 챙기게 되었던… 머저리? 또 음… 내가 상황이 조금이라도 더 나은 모르모트라고… 해서! 보다 정확히는, 그럴 수도 있겠다는 그까짓 추측을 듣고서… '무의식중에' 안도의 한숨을 내쉬어 버렸던… 이기적인… 생쥐, 또 모르모트?

또… 억측이 낳은 분노를 억누르지 못한 채… 존속살해 따위의 중죄를 저질러 버렸던… 인간… 쓰레기? 뭐 그런 게 되지… 않을까?

그럴 리가… 있겠어, 임승현… 씨? 실험은… 있었던 게… 맞지? 아니… 있었어야만… 해. 그래야 말이 되고, 또 그래야… 내가… 내가….

목숨을 내걸고서, 저항을 이행한… 사람이… 될 수 있는… 거잖아. 불의를 참지 않은… 선인(善人)이, 또 저항가가… 아니 어쩌면, 혁명가가… 될 수… 있는… 거잖아, 안 그래? 그게 나한테는 더… 어울리지… 않나? 나 비록… 이제… 죽었다 깨어나도 영재라 불릴 순 없겠지만, 선인이나… 혁명가…만큼은… 좀… 하고 가야 하지… 않겠어?

물론 나도… 아주 잘 알고 있어. 그 정황증거들 중에… 내가 그 실험의 피해자였다는 것을 증명해 줄 수 있는 것은커녕… 그 실험이 '실제로' 있었다는 것을 증명해 줄 수 있는 것조차도… 사실… 따지고 보면… 없긴 하다는 것… 정도는… 나도… 잘 알고 있긴… 해. 그러니만큼, 누군가가 내게… 그 실험은 실제로 자행되지 않았다는… 불쾌하기 짝이 없는 말을 뱉어내더라도… 음… 그에… 반론? 또 이견이랄 것을 뱉어내기는… 어렵겠긴 해. 그럴 수 있는… 명분도… 없겠고….

근데… 있잖아? 그게… 지금의 내게… 그렇게까지 중요한 일… 일까? 이 시점의 내게… 그러한 것들이 부재하다는 사실이… 그렇게까지 중요한 걸… 까? 난 그렇게 생각… 안… 하는…데?

그냥 나는… 그 실험은… 있었던 거로… 할… 건…데? 그러기로… 했는…데?

물론 난… 이따금씩… 나 자신에게 물어보곤… 해. 그 실험이 있었다는 가정하에… 이런저런 질문들을… 던져보고는… 한다고.

다시는 치즈를 못 먹어도 돼!

문혁대가 왜가리나 까마귀였던 게… 그렇게… 다행이었을까? 그래 내가 '최소한' 그보다 나은 삶을 살고 있다는 게… 그렇게나… 다행인 일이었을까? 보다 정확히는, 그를 기억도 하지 못하고 있었던 그 여자가… 그 정황증거들을 통해… 그렇지 않겠냐는 고작… 추정이나… 사실상 주정에나 다를 바 없었던 것을 꽃피워 내 줬던 게… 그렇게나 다행스럽고, 또 고마운 일…이었을까? 그러면… 최소한… 문혁대 정도만이지 않았을 뿐이지… 어느 정도는 망가지기는 했던 내 인생도… 다… 괜찮다고 여길 수 있었던… 걸까? 그 실험이 내 인생을 망쳐버렸다는… 생각도! 또 그로써 피어올랐던 분노도… 다 꺼뜨려 낼 수… 있었던… 걸까?

그게 그렇게나 중요한 일…이었을까?

또… 그가… 나를… 이빨과 혓바닥만을 잘리는 개체로 '간택'… 해 줬던 게… 그렇게나… 고마웠던 일…이었을까? 그래 그가… 최소한… 나를… 저 친구처럼… 두 다리를 모두 잘려버리는 개체로 간택하지'는' 않아 줬던 게… 그렇게나… 고맙고, 또 다행스러웠던 일…이었을까? 그래 그로써….

"비록 이빨과 혓바닥이 잘려버리고야 말았지만, 그래도… 괜찮아. 아니 이만하면… 다행이야. 최소한… 나는… 두 다리를 잘리지는… 않았으니까! 그래 두 다리를 모두 잘려버린 저 친구보다는… 내 상황이 더 낫긴… 하니까! 그래도 나는… 걸을 수는… 있으니까! 더이상 치즈를 못 먹게 된 것은 아쉽기는 하지만, 그래도… 괜찮아! 아니 그냥 아예… 다시는 치즈를 못 먹어도 돼! 두 다리를 잘려버린 당신이 내 곁에 있어주기만 한다면… 나는… 웃을 수 있어. 아니 웃기까지는 어려워도… 안도의 한숨 정도는… 내쉴 수… 있어."

따위의 혼잣말을 끝도 없이 되뇌어 가며… 안도의 한숨을 내쉬는 것이… 정녕… 그 당시의 내 최선…이었을까?

아… 됐어. 이쯤 해두고….

날이 밝으면… 꼭 내가… 다시 한번 재판을 받을 수 있게… 해줘. 가여운 나를 위해… 힘을 좀… 써달라는 이야기야. 내가 했던 것은… 정당방위이며… 사회를 향한… 저항이었다는 거… 다른 사람은 몰라도… 당신은… 아주… 잘 알고… 있지? 판사, 또 검사, 또 방청객들은 몰라도… 당신은… 아주 잘 알고… 있지? 그것은 결국… 판을, 또 통을 깨뜨려 내는… 거룩하디거룩했던 행위…였다는… 것을! 맞아, 범재는 몰라도 범인(凡人)들은 절대 이행해 낼 수 없을 만큼… 거룩하디거룩했던 행위였다는 것을… 잘 알고… 있지?

그런… 거룩해 빠졌던 행위에게… 우발적인 존속살해 행위 따위의 불명예스러운 호칭을 갖다 대는 거… 솔직히 좀… 아닌 거 같지 않아? 내 행동이 그렇게… 가벼웠어? 아니면… 그렇게 가벼웠다고… 생각해? 그건 당신이 봐도 좀… 부당한 처사이지… 않아?

아 그리고… 하나 더!

내일도! 아니 어쩌면, 모레도… 나를… 다시 찾아와 줘. 여기에서 태웠던 지난 5년여의 세월처럼… 밤이 오면, 다시 나를 찾아와서… 내 이야기를 들어줘. 그리고 나를 더… 가여워해 줘. 뭐… 어여뻐 여겨줄 필요까지야 없겠다지만, 최소한 나를… 내 힘으로는

다시는 치즈를 못 먹어도 돼!

탈출해 낼 수 없었던 실험의 희생양으로 취급해 주고, 가여워…해 줘. 아 물론… 실제로도 그렇긴 하지. 나는… 희생양이었던 게 맞긴 하지. 그래 희생당한 게 맞긴… 하다고. 또 그 실험은… 내 힘으로 는… 깨뜨려 낼 수 없는 실험이었었던 것도… 맞고… 말이지.

아 그리고… 쥐약…이라는 여자에게도… 꼭 좀… 전해줘. 아… 아니다. 저렇게 얘기하면… 그 사람을 찾으려 할 수도 있을 테니 까… 방금처럼 이야기하면 안 될 거 같고….

그냥… 그냥 당신만 알고… 있어.

결국은 나도… 저항해 내고야 말았었다는… 것을… 말이야. 물 론… 오해였긴 했지만, 다른 모르모트를 보며… 안도의 한숨을 쉬 었었던… 부끄럽다면 부끄러운 과거를 품고 있었던… 나도! 그래 그 런… 과오를 저질러 버리기'는' 했었던… 나도… 그로써… 지난 과 오를 모두 청산해 냈다는 것을… 꼭… 전해줘. 아니 그것만큼은… 꼭 알아주고, 또 꼭… 기억해 줘, 알겠지?

그래 그럼… 나는… 잘게. 아까… 얘기했듯… 꼭… 내일 다시 만날 수 있으면… 좋겠어. 아니 나를… 만나주러… 와야겠어. 내일 다시… 웃으면서 만날 수 있도록….

안녕.

다시는
치즈를
못 먹어도 돼!

초판 1쇄 발행   2024. 4. 5.

지은이 김학필
펴낸이 김병호
펴낸곳 주식회사 바른북스

편집진행 김재영
디자인 양헌경

등록 2019년 4월 3일 제2019-000040호
주소 서울시 성동구 연무장5길 9-16, 301호 (성수동2가, 블루스톤타워)
대표전화 070-7857-9719 | **경영지원** 02-3409-9719 | **팩스** 070-7610-9820

•바른북스는 여러분의 다양한 아이디어와 원고 투고를 설레는 마음으로 기다리고 있습니다.

이메일 barunbooks21@naver.com | **원고투고** barunbooks21@naver.com
홈페이지 www.barunbooks.com | **공식 블로그** blog.naver.com/barunbooks7
공식 포스트 post.naver.com/barunbooks7 | **페이스북** facebook.com/barunbooks7

ⓒ 김학필, 2024
ISBN 979-11-93879-59-7 03810